SOPHIE LOUBIÈRE

Née en 1966, auteur de huit romans, de nouvelles policières et dramatiques radio (Prix SACD Meilleur jeune auteur), Sophie Loubière publie son premier polar dans la collection « Le Poulpe » (*La Petite Fille aux oubliettes*, 1999). Son univers : la maltraitance des sentiments, les secrets coupables de l'enfance. Ses personnages : tueurs en quête de rédemption, femmes au bord du précipice, *losers* flamboyants et vieilles dames indignes. De Paris à San Francisco (*Dans l'œil noir du corbeau*, Cherche Midi, 2009), de sa Lorraine natale à la route 66 (*Black coffee*, Fleuve Éditions, 2013), entre empathie et défiance envers ses héros, elle construit son ouvrage, plonge le lecteur dans un trouble profond, puisant son inspiration dans des faits divers ou dans ce qui la touche intimement, à fleur de peau. Sophie Loubière est aussi une voix bien connue de la radio (France Inter, France Info). Récompensé par plusieurs prix littéraires, son roman *L'Enfant aux cailloux* (Fleuve Éditions, 2011) a été traduit dans de nombreux pays dont le Royaume-Uni et les États-Unis.

DANS L'ŒIL NOIR
DU CORBEAU

SOPHIE LOUBIÈRE

DANS L'ŒIL NOIR DU CORBEAU

Édition revue et corrigée par l'auteur

LE CHERCHE MIDI

Pocket, une marque d'Univers Poche,
est un éditeur qui s'engage pour la préservation
de son environnement et qui utilise du papier fabriqué
à partir de bois provenant de forêts gérées
de manière responsable.

© le cherche midi, 2009
© Pocket, un département d'Univers Poche, 2014,
pour la présente édition
ISBN 978-2-266-25010-8

À Bruno, qui m'a fait découvrir San Francisco.

À l'heure où l'on s'enivre aux lèvres d'une femme,
De ce qu'on croit l'amour, de ce qu'on prend pour l'âme,
Sang du cœur, vin des sens âcre et délicieux,
On fait rougir là-haut quelque passant des cieux !

Victor Hugo, *Les Contemplations*

Mise en bouche

C'est un joli cadavre.

L'homme approche un doigt du ventre encore tiède, le touche.

Triste prodige que la mort.

La dépouille repose sur le ponton de bois craquelé où l'homme est assis, à côté d'une grosse pierre, ses jambes balançant dans le vide au-dessus de l'eau grise. Parfois, les talons de ses bottes en caoutchouc se télescopent, se frottent au silence, et des morceaux de terre agglutinés sous les semelles tombent dans l'étang telle une pluie maudite. Bill ne porte rien d'autre qu'une vieille veste en daim marron doublée de fourrure et une paire de bottes usées.

De l'autre côté du plan d'eau, le soleil blanchit les cimes des séquoias, efface leurs ramures brisées, avale jusqu'à leurs ombres. La forêt a souffert durant la dernière tempête. On distingue nettement le trajet emprunté par la tornade à travers bois ; des branches s'enchevêtrent au sol, rendant impraticable le sentier qui dessine un ovale autour de l'étang et du bungalow. Bill va devoir débroussailler, retirer les branchages gorgés d'eau barrant la rive, mettre le bois à sécher, abattre puis tracter les plus gros arbres déracinés jusqu'à la route. Des semaines de labeur pour un homme seul. Il faudrait revenir au printemps, ne pas attendre que les ronces s'enroulent autour des débris et fabriquent ainsi d'inutiles casse-tête parés de fougères.

Bill penche sa barbe sur le petit cadavre.

Oui, vraiment, il est joli.

L'homme pourrait s'en réjouir. Assis à l'extrémité du vieux ponton, ses talons battant l'air, il a tout d'un gamin, un garnement de quatre-vingt-dix kilos ; des poils coriaces accrochés aux joues.

Bill n'avait jamais réussi un coup pareil. Directement à la tête. Ploc ! *Merci, m'dame...* Le lance-pierre est dans la poche de sa veste, au chaud, relique d'un mauvais jour.

Il s'en souvient encore. À l'époque, Bill habitait avec ses parents une maison coquette dans Sunset. C'était un jeudi de grand beau temps ; le quartier s'affranchissait de ce damné brouillard, un halo de mystère dont s'imprègne San Francisco, peuplé de mille rumeurs, écho de sirène de police, grondements de moteurs et klaxons de camions. Une main en pare-soleil, l'autre rajustant son short, Bill observait deux oiseaux traverser un ciel bleu aussi limpide que le bleu de ses yeux. Leurs becs sombres fendaient l'air comme la pointe d'un couteau, montrant un chemin singulier jusqu'aux cieux. Assis sur son vélo, le jeune garçon attendait que son père sorte du garage pour lui donner son goûter, quelques tranches de pain de mie tartinées de beurre de cacahouète et de gelée de mûres. Mr Rainbow avait aménagé là un petit atelier de menuiserie. À travers la porte, Bill pouvait entendre s'entrechoquer les boîtes en fer-blanc remplies de vis et de boulons posées sur l'établi. Son papa travaillait bien. Pour remettre d'aplomb chaises capricieuses et tables branlantes, rafistoler des armoires à linge désarticulées, David Rainbow était ce qui se faisait de mieux dans le secteur. Il tenait sa réputation auprès des ménagères de St Francis Wood, toutes mariées à des flics ou des pompiers. Il œuvrait aussi sur commande pour un magasin de meubles de San Francisco. Question fabrication, c'était impeccable. Pour le pognon, on était loin du compte. Lassitude au cœur, paresse de l'âme, le menuisier répugnait à achever ses ouvrages. Les délais de livraison se comptaient en semaines. Mr Rainbow faisait perpétuellement crédit et ne tenait aucun livre de comptes. C'est pour cette raison que la maman de Bill avait dû trouver un travail de secrétaire au QG des flics de San Francisco, 850, Bryant Street. Elle s'y rendait chaque semaine avec son gilet rose, son cabas en macramé et un petit en-cas enroulé dans de la Cellophane. Lorsque leur voisine Mrs Swabs était sortie du garage, un sac à main jaune citron sous le coude, Bill n'avait vu que ses longues jambes, mais son regard brillait comme un couvercle de bocal sous le soleil. Le menuisier l'avait suivie d'un pas serein, ajustant sa casquette.

— Devine ce que Mrs Swabs t'a rapporté, Billy...

Le lance-pierre était sorti d'un sac en papier avec ce petit bruit sec et délicieux. La voisine l'avait acheté dans un drugstore sur Market. Il était fait d'une lanière en caoutchouc et d'un manche en bois verni. Bill avait demandé si le lance-pierre était bien pour lui, il avait lâché son vélo pour saisir délicatement son cadeau tel un chien s'emparant d'un os et murmuré « merci, m'dame ». Mrs Swabs était alors occupée à

15

lisser du plat de la main quelques plis formés dans sa robe à pois.

— Viens, p'tit con ! On va s'entraîner.

Plus tard, le gamin avait suivi son père au fond du jardin, sous un fil à linge alourdi de draps blancs.

— Faut trouver des trucs sur quoi tirer.

Le père avait disparu dans la cuisine. Il en était revenu avec six bières. Bill avait armé son lance-pierre et mordu sa langue, visé les quatre bouteilles alignées sur une caisse en carton. Vers 17 heures, il était monté dans sa chambre avec une nausée et avait jeté son cadeau au fond du placard à vêtements souhaitant ne jamais remettre la main dessus, puis il s'était écroulé sur le lit, emporté par la honte de ne pas voir réussi un seul tir. Il avait aussi vomi dans la cuisine à cause de la bière un peu sucrée que son père lui avait fait boire dans le jardin – et ça n'allait pas plaire à sa maman.

Bill se souvient très bien de ce jour-là. De ses rires et ceux de son père mêlés, de cette première ivresse, déroutante, béate, de l'éclat insolent du soleil sur les bouteilles.

Bill avait sept ans.

Sa maman était rentrée du travail avec des escarpins vernis blancs.

Jamais il n'avait entendu pareil cri dans la maison.

Une lueur ambrée se répand à présent sur les bois. Le ciel est presque froid, jauni. Au crépuscule, l'étang exhale un parfum d'humus et de limon. Une clameur monte des nénuphars, un bruissement funèbre qui précède le déluge de coassements. Un monde invisible s'éveille, constitué d'organismes minuscules, d'insignifiants insectes guerriers en lutte pour leur survie et de batraciens goulus. Un combat auquel Bill est étranger. Derrière le bungalow, sous les pattes d'un raton laveur, un craquement de brindilles donne une claque à la forêt, figeant l'animal de surprise. L'homme n'est que le témoin de ce qui naît, croît et meurt.

Bill hume la fraîcheur du soir. Depuis qu'il a pris place sur le ponton, pas un oiseau n'a pénétré le ciel. Pas un seul corbeau pour se moquer de lui, lancer son cri grinçant.

Signe qu'il n'ira pas plus loin.

L'homme tire d'un coup sec sur la corde en nylon posée sur ses genoux. Fabrique un nœud coulant. Le bleu électrique de la corde tranche sur le vieux ponton. La corde est bientôt fixée à la grosse pierre. Bill retire sa veste, exhibe un corps nu, massif, vulnérable. Ses poils se hérissent. Seuls ses pieds conservent un peu de chaleur dans les bottes. Une fois remplies d'eau, celles-ci l'emporteront au plus profond de l'étang.

Rien ne l'appelle dans le ciel ni dans les bois, pas même un pic-vert au bec insolent. Pas un hululement pour lui signifier qu'ils sont deux à frémir dans la brume. La forêt a fait vœu de silence.

Bill frissonne. Une vapeur tiède s'échappe de sa bouche, lui souffle combien il est encore vivant. Le panorama s'assombrit, il va faire nuit.

À deux mètres du ponton, parmi les roseaux sauvages, on ne distingue plus la chevelure blanche de la dame de l'étang dont les boucles lisses caressent la surface de l'eau. Depuis combien de temps est-elle là celle qui régna sans fin sur ses songes d'enfant ? Combien d'années à l'attendre ?

Passer la corde autour du cou.

Saisir la grosse pierre à deux mains, la tenir au-dessus de l'eau, fermer les paupières.

Bill vide ses poumons jusqu'à l'asphyxie.

Son cerveau s'engourdit, il est prêt, il va plonger.

Quelque chose a bougé. Comme un frôlement sur sa joue gauche. Bill tourne la tête : le petit cadavre a disparu. Au-dessus de lui, l'oiseau s'envole à tire-d'aile, dessinant de folles arabesques dans le ciel. Bill repose la pierre sur le ponton. Son cœur bat à tout rompre. Un malin, le piaf. Se faire passer pour mort alors qu'il est juste un peu sonné. Tout à l'heure, quand Bill l'a visé, le caillou n'a donc pas frappé la tête.

L'homme retire de la poche de sa veste le lance-pierre, le soupèse. Objet de malheur pour un fils de bon à rien. L'arme tourbillonne dans l'air avant de heurter la surface de l'eau et de sombrer, nappée d'une sève saumâtre.

Bill remet sa veste.

Pas le bon jour pour mourir.

La dame de l'étang dînera seule ce soir.

À genoux, les coudes en appui de chaque côté de la cuvette, la jeune femme tient sa tête penchée en avant. Elle ignore si elle doit encore pousser deux doigts au fond de sa gorge, s'oblige à fixer le blanc de l'émail. Le sang pulse dans ses veines une furieuse brûlure et il n'y a personne à ses côtés pour lui tenir le front ou relever ses cheveux.

Anne glisse mollement contre le mur des toilettes, referme les bras autour de ses genoux, y pose le front. Un souffle traverse ses lèvres incolores en ce moment de répit. La vie est cet impénétrable encombre que la fin d'une nausée rend alors supportable.

Dans le miroir rococo suspendu au-dessus des lavabos apparaissent des joues pâles et deux yeux cobalt. Triste mine à l'épreuve des luttes. Rincer la bouche avec de l'eau fraîche au robinet. Remaquiller tout ça. Défroisser la robe en lin tomate. Replacer le flacon de savon liquide de telle façon qu'il soit exactement entre les deux vasques. Récupérer la paire de mules en satin doré abandonnée dans les toilettes. Se redresser. Rejoindre les convives sur la terrasse du Relais et Châteaux. D'un pas félin, atteindre le buffet aménagé en arc de cercle pour le mariage, rejeter la tête en arrière, et contempler cet assortiment de fromages du terroir en exposition sur un lit de paille orné de feuilles de vigne.

— Madame ?

Un serveur lui tend une assiette. Crottin de chèvre, tome de brebis, camembert et vacherin. Il ajoute un petit pot de gelée de thym et un autre de confiture de figues pour égayer les fromages frais.

— Cela vous convient-il ?

Anne tend la main.

Manger.

Mathieu Gandrange. Un homme au lait cru. Pour leur mariage, il y a quinze ans, Mathieu s'était assuré que *Le plateau des fromages de nos régions* figure au menu du repas de noce. C'était un restaurant du dimanche du côté de Ligny-en-Barrois, quelques amis, peu de famille, Anne portait un tailleur blanc à épaulettes, Mathieu faisait le choix d'une part de fourme d'Ambert. Le gâteau des mariés, gonflé de crème au beurre, avait la forme d'une caméra. Une trouvaille du pâtissier avec lequel jadis Mathieu avait joué au Lego et collé des rustines sur des chambres à air de vélos nécessaires à toutes sortes d'acrobaties. Les collègues de France 3 Régions étaient venus filmer les alliances. L'animatrice de l'émission « Une journée en Lorraine » épousait son réalisateur, ravissant sujet de clôture pour une édition du journal local.

Anne possédait encore la faculté de croire au contentement. Être *réalisée* par un mari lui convenait parfaitement. Comme une coquille de noix à la merci du courant d'un ruisseau, elle laissait Mathieu diriger sa vie. Anne a conservé de cette période une aptitude propre aux hôtesses d'accueil : sourire à toutes occasions. Marque indélébile de félicité. Son reflet croit aux artifices. Certains dimanches, parce que son mari l'y conduisait, Anne respirait les parfums de la forêt de Haye, scrutant les sous-bois humides pour y dénicher quelques champignons, frottant ses pantalons aux herbes hautes, caressant la mousse au pied des arbres. Un homme, alors, la tenait par la main. La beauté d'Anne l'emportait sur la mélancolie de son regard. Rien ne pouvait laisser imaginer que son âme fuyait l'apocalypse.

La nouvelle épouse de Mathieu traverse la terrasse dans une robe de grossesse couleur topaze. Devant chaque invité, elle prend soin d'agiter le tulle torsadé en corolle autour de ses épaules avec un sourire, s'empare doucement du bras de son époux lorsqu'il rit trop fort, reluque avec envie les chaises longues alignées sur le jaune sablonneux des cailloux, avale une gorgée d'eau pétillante en retenant un rot, cajole son ventre majestueux. Anne est fascinée par l'ondulation des volants autour des épaules de la mariée et ne peut détacher ses yeux de la robe pâtisserie.

Manger.

Mordre dans une part de camembert tartiné sur un matelas de pain au levain farci de raisins secs. Vider un deuxième verre de Morgon. Pivoter sur soi avec élégance. Visiter les petits salons en enfilade. Repousser au passage quelques chaises, les mettre dans l'alignement du mur, exactement. Se découvrir seule au milieu d'une vaste pièce sur une partition de Vivaldi. Suspendue au plafond, une boule à facettes tourne au-dessus de la piste déserte. Derrière un podium de fortune, s'affairant au classement de leurs CD, un couple d'animateurs endimanchés observe Anne et son assiette.

Se sentir gourde, presque divine.

Manger. Remplir la bouche.

Pourquoi Mathieu a-t-il invité Anne ? Pourquoi Anne accepte-t-elle les invitations de Mathieu ? Pourquoi ne *réalise-t-elle* pas sa vie ?

— Mademoiselle, encore un peu de vin ?

Boire.

Ivre, Anne est radieuse, impertinente. Débarrasser le plancher. Trop tard. Un couple d'amis qu'elle fréquentait avec Mathieu avant leur rupture s'approche d'elle. *C'est formidable que tu sois venue.* On s'excuse de ne pas avoir appelé depuis six ans sans chercher à justifier pareille grossièreté. On insiste pour reprendre un numéro, on l'inscrit dans le calepin virtuel d'un téléphone mobile pour se donner bonne figure, curieux de savoir si Anne mange les plats qu'elle cuisine dans son émission. *Et quand tu rates la recette, comment ça se passe ? Ce n'est pas trop lassant de cuisiner devant une caméra ?* Les amis de la mariée ont pour Anne d'autres attentions ; ils observent la bête curieuse à distance.

Anne Darney.

Tache rouge incongrue sur la terrasse.

Un sourire vu à la télé.

Alors, c'est elle ? Tu vois, Pascal, tu ne voulais pas me croire. C'est elle, les fiches cuisine... Tu crois qu'elle connaît Robuchon ? Les chaînes sur le câble, c'est beaucoup regardé ? Pas sûr... Oh, elle a fait tomber son camembert.

L'assiette penche. La reposer sur le buffet, bredouiller *pardon,* rétablir la pile de serviettes en papier, s'éloigner à reculons, rejoindre la réception de l'hôtel, demander d'une voix lisse que l'on appelle un taxi, patienter debout derrière un bosquet tout en enfilant sa veste. Le bracelet-montre accroche à la doublure ; s'y reprendre à deux fois.

— Vous attendez quelqu'un ?

Celui-là est blond, sportif, à large carrure, dégarni. Porte un costume gris clair mal ajusté.

— Ça vous dérange si je vous tiens compagnie ?

Gérard. Vendeur de cheminées. Joue au tennis le dimanche. Skie l'hiver. Une connaissance de la mariée. Gérard regarde souvent sa montre de grande marque. Du trivial. Du menu fretin. Du comme elle en mange. L'homme finit par jeter un chewing-gum dans sa bouche en souriant.

— Je vous reconduis à Paris ?

Gérard, dossard 42.

Ne pas vomir dans la voiture dès la première accélération.

Une lumière crue traverse les persiennes. Le soleil est déjà haut derrière les immeubles de la rue Ledru-Rollin. Le drap-housse est légèrement froissé, la couette aubergine repoussée au pied du lit. Anne s'est enroulée dans une serviette de bain humide, allongée en travers du matelas. Lorsqu'elle parvient à se lever, elle va d'abord vérifier que la porte d'entrée a bien été fermée. Ce ne serait pas la première fois que l'un de ses joyeux amants sortirait de chez elle sans l'avoir claquée, celle-ci battant toute la nuit sur le palier.

Anne s'est assise sur le rebord de la baignoire. Une odeur aigre provenant de restes de nourriture à moitié digérée enfle dans la salle de bains. Cette nuit, après le départ du vendeur de cheminées, Anne s'est sans doute levée. Papillon ébloui, elle aura titubé jusqu'au lavabo, se cognant aux meubles en bafouillant des excuses, elle aura glissé nue dans la baignoire, ouvert le robinet et tandis que l'eau coulait sur sa tête, Anne aura laissé son estomac se vider.

Le drap de bain tombe sur le carrelage abricot. Anne s'examine face au miroir : hanches, fesses et ventre arrondis, on la croirait pétrie par un boulanger, dorée au jaune d'œuf. D'une adolescence sportive, Anne a conservé des seins fermes, des cuisses galbées et des épaules de nageuse. Quelques rides aux coins des yeux murmurent son âge. Elle écarte doucement les jambes, regarde son sexe.

Quelque chose de verdâtre adhère aux poils de son pubis.

Tête basse, Anne grelotte.

En plus de sa carte de visite et d'un préservatif usagé trouvé dans les plis du canapé, le vendeur de cheminées a laissé son chewing-gum.

Ce ne fut qu'une cabane construite à la hâte au bord de l'étang dans la forêt. L'homme avait décidé de faire de sa vie un pamphlet. Sept jours après s'être marié à la fille d'une riche famille d'exploitants forestiers, Henry Rainbow avait quitté la grand-mère de Bill pour assouvir dans les bois son désir de désobéissance civile. Le jeune homme qu'il était alors se refusait à une vie tranquille, comme en connaissaient la majorité des hommes de son entourage, modestes ouvriers ou employés, fils d'immigrés et catholiques – à son image.

Henry Rainbow était né le 18 avril 1906 à San Francisco au milieu des ruines d'un tremblement de terre. Comme la plupart des habitants du quartier, son père David Weils s'était porté volontaire pour aider à la reconstruction de la ville, s'improvisant charpentier. La maison de famille, une demeure victorienne située sur Pacific Heights, et ses biens, placés à la *Bank of the West,* étaient partis en fumée. Il venait de tout perdre. David Weils n'était pas du genre à baisser les bras et la naissance miraculeuse de ce fils le galvanisait. Mais le 29 avril, la façade d'une maison qu'il s'employait à consolider s'écroula sur lui. L'agonie dura trois jours. David Weils mourut sans avoir eu le temps de bâtir la moindre charpente.

Le petit Henry avait grandi auprès de sa mère dans une indigence et un climat de deuil presque palpables jusqu'à ce qu'un bourgeois de la ville, Mr Howard Rainbow Jr, séduit par le beau regard triste de la jeune femme, la demande en mariage. Comme beaucoup d'habitants traumatisés par le tremblement de terre, la famille Rainbow quitta San Francisco pour le comté de Marin, de l'autre côté de la baie. L'enfant prit le nom de son beau-père et put manger à sa faim. Mais cela ne corrigea pas chez lui ce profond sentiment de mal-être. À l'âge de 21 ans, exactement vingt et un jour après avoir épousé la fille unique de Mr & Mrs Wild, notables de Tiburon, Henry Rainbow tourna le dos à la civilisation…

Son beau-père dirigeait alors la succursale florissante de la *Bank of Sausalito* à Tiburon. Les ouvriers travaillant sur la ligne de chemin de fer y déposaient toutes leurs économies, contribuant à l'enrichissement de l'établissement. Howard Rainbow Jr avait donné à Henry un premier emploi de caissier et nourrissait à son égard de légitimes ambitions dans le milieu de la finance. Mais un jeudi à midi, Henry Rainbow quitta la succursale de la banque avec sur son dos un étrange paquetage contenant quelques conserves, une gamelle en fer-blanc, deux couvertures, divers outils, une lampe à huile et des allumettes. Henry Rainbow marcha jusqu'à la petite ville de Mill Valley, s'engouffra dans la forêt de séquoias qui l'entoure et disparut.

Il ouvrit les yeux sur la nature et les saisons, palpa la terre, étreignit le ciel, apprit le langage des plantes et des bêtes. Chaque jour, il arpentait les bois, traçant des cercles s'élargissant depuis un étang situé au cœur de la forêt jusqu'au pied de la colline la plus escarpée. Au bord du plan d'eau, il construisit une cabane avec de la tourbe, des branchages et des feuilles de fougère. Le jeune ermite puisait l'eau dans le lit d'une rivière située à peu de distance de son repaire. Lorsque l'étang se refusait à la pêche, il mangeait des racines et des baies sauvages. Le jeune homme confectionnait ses propres meubles en taillant dans la chair des arbres, utilisant les feuilles des roseaux pour lier les pièces entre elles. Bientôt, il dut retourner à la ville pour y vendre des tabourets de sa fabrication et ainsi gagner de quoi acheter de la nourriture, du savon et du pain. On l'apercevait aussi sur les marchés du comté ; il y troquait le fruit de ses cueillettes contre des produits de première nécessité. C'est là qu'Envy Rainbow, sa jeune épouse, le croisa un dimanche. Dans ce visage couvert de poils de barbe, enfoui sous une frange de cheveux plus épais qu'une couverture de laine, elle reconnut son regard azur. Sans prononcer une parole, Envy Rainbow s'immobilisa, poussant devant elle un petit garçon de deux ans dont les yeux étaient aussi bleus que ceux de son père. Ainsi, Henry découvrit qu'il avait laissé derrière lui un fils dont il ignorait l'existence. Le grand-père de Bill décida alors que *son expérience de la beauté* était achevée. Il était prêt pour *le grand retour à la soumission de l'État*.

La cabane fut détruite par des pillards quelques mois plus tard, pendant la crise de 1929 – laquelle ruina l'établissement bancaire de Mr Howard Rainbow Jr. En 1945, Henry reconstruisit au même emplacement un bungalow tout en bois, aidé par son fils David. Il s'associa à son beau-père, exploitant forestier, et créa la première usine de fabrication de lambris. L'affaire devint prospère. Henry put ainsi acquérir, et pour une somme modique, la parcelle de terrain comprenant l'étang et les bois tout autour dans un rayon de quatre miles. Trente ans plus tard, estimant qu'il en avait assez fait, Henry Rainbow cessa toute activité et se consacra essentiellement à la lecture et à la pêche.

Aujourd'hui, le terrain vaut une fortune. Bill en est l'unique héritier. Et après lui ses filles, Joan et Louisiana. Mais ni les jumelles ni leur mère ne veulent entendre parler de ce paradis des insectes rampants et volants sans eau courante ni électricité.

— Saleté !

Une trace rouge affleure sur la paume de sa main. Bill s'est brûlé avec la poêle à frire en jetant des tranches de lard dans son assiette. Il y ajoute les champignons sautés dans l'huile d'olive, le persil et l'ail ainsi qu'une grosse tranche de pain. Lové sous un duvet d'oie rabattu de chaque côté de ses épaules, sous l'éclairage orangé d'un chandelier fabriqué avec des morceaux de bambou, il ressemble à un ogre. Bill ne voit pas pourquoi il raccorderait le bungalow au réseau électrique. Bill s'éclaire avec des lampes à gaz et des bougies. Pour l'eau, si la rivière est à sec, il suffit de remplir la citerne.

Après avoir remis du bois dans la cheminée, il a pris place sur l'un des fauteuils fabriqués jadis par son grand-père, une assiette sur les genoux. Les poils de sa barbe roussissent devant les flammes. Dans trois minutes, il aura trop chaud. Le plancher en bois patiné brunit à la lueur des bougies. Une bouteille de cabernet sauvignon Beaulieu 1994 s'aère sur une table en bois massif, maculée de taches, qui occupe le centre de la pièce. Le feu commence à ronfler et l'air tiédit à l'intérieur du bungalow. Au fil des années, Bill en a modifié l'aspect. Des objets décoratifs sont suspendus aux poutres irrémédiablement noircies par la fumée des bougies. Sous la fenêtre donnant sur le plan d'eau, une console à trois tiroirs est recouverte de zinc. Elle est garnie de pots de fleurs séchées, de vieux livres et d'un gros radiocassette à piles datant des années 80. Dessous, des caisses en bois acajou servent de rangement pour les verres et les bouteilles. Une énorme cloche en verre soufflé n'a pas d'autre utilité que celle d'attirer la poussière. À l'opposé de la porte se trouve le coin cuisine encombré d'un meuble d'office blanchi renfermant couverts, torchons et serviettes. Bill y a fixé une planche de chêne de huit centimètres d'épaisseur, utile pour la préparation des repas et la découpe de victuailles. Un hachoir et une antique balance en fonte remplie de fruits secs en assurent la décoration. Au-dessus, une échelle de meunier suspendue à l'horizontale permet d'accrocher ustensiles et paniers. Une cuisinière à gaz avec quatre feux vifs crâne sous une fenêtre aux rideaux découpés dans des draps de chanvre. Suspendues aux murs lambrissés, quatre lanternes à bougie font de craintifs points lumineux, éclairant quelques photos sépia de la forêt de Muir Woods. Des tableaux sur bois centenaire représentant des visages d'hommes et de femmes de la région remplacent les portraits de famille détruits dans l'incendie de la maison sur Pacific Heights – ils auraient eu ici leur juste place. À droite d'un vieil évier en granit, une petite porte en bois de récupération ouvre sur une chambre spartiate et une salle de bains mansardée où dialoguent une baignoire en fonte et un meuble de toilette coiffé d'une tablette en marbre. Le paradis pour un homme seul.

Demain, après avoir déjeuné d'œufs brouillés, toasts et café noir, Bill retirera les draps du lit, glissera les couvertures dans une housse et les enfermera dans la malle faisant office de table de nuit. Il ira nettoyer la fosse d'aisance installée derrière le bungalow, à l'extrémité du petit balcon qui cerne la bâtisse. Il cadenassera la remise où matériel de pêche et outils sont entreposés, barricadera les fenêtres et la porte. Il jettera un dernier regard à l'étang silencieux sous la brume, remarquera l'inclinaison marquée du ponton blanchi de givre, apercevra peut-être un brochet en chasse dessinant un « V » à la surface de l'eau. Enfin, à bord de son pick-up, Bill rejoindra la ville. L'homme a hâté son départ de quelques jours, poussé par les rigueurs de l'hiver. Sa carcasse redoute l'humidité. L'âge n'arrangeant rien à l'affaire, Bill perd parfois l'usage de son poignet droit. Trop douloureux pour tirer sur l'épuisette, pousser la brouette, charrier le bois, manier la hache et le couteau. Bientôt, il devra renoncer au bungalow. Bill s'y prépare, à chacune de ses visites. Mais ce coin, c'est chez lui. Cette terre est celle de ses racines, un lieu de culte familier. Le symbole d'une tentative avortée de rébellion : celle d'un grand-père dont Bill a aimé jusqu'à l'odeur de la peau racornie sous le soleil, Henry Rainbow, beatnik avant l'heure.

— Excusez-moi…

La femme vêtue de noir cache son visage dans une écharpe en mohair.

— C'est une rhino…

Les yeux larmoyants, elle s'explique.

— Les sinus sont pris… Très emmerdant.

Depuis son fauteuil, elle tend le bras et retire un mouchoir en papier de la boîte posée sur le guéridon à côté d'elle. Anne lève les yeux, aussitôt éblouie par la clarté du jour résultant du Velux. Depuis le début de la séance, le vacarme d'un chantier trouble la quiétude du cabinet. Il couvre également le bruit incongru que fait la psychanalyste en se mouchant. La froideur du mobilier, l'étroitesse des fauteuils et la laideur des peintures abstraites accrochées aux murs de cette pièce mansardée n'étaient jamais apparues aussi clairement à la patiente. Anne n'en laisse rien deviner. Comme toujours, elle se creuse la cervelle pour trouver quelque chose à dire. De quoi *donner à manger* à sa psychanalyste. Le mouchoir disparaît dans une poubelle en métal tressé.

— Voilà. Pardon. Je vous écoute.

Lundi, devant les caméras, en hommage à Marguerite Duras, Anne a cuisiné des *beignets de cervelle de veau crémeux safranés, gingembre et coriandre.* Mardi, sa grand-mère lui a expédié un cadeau en Colissimo. Hier, Anne a eu quarante ans. Demain, elle recevra un manteau cousu main par mamie – hideux. Après-demain, son père lui téléphonera et lui expliquera tout de go la raison pour laquelle, cette année encore, il a oublié de l'appeler le jour de son anniversaire. Anne connaît une vie tiède et en devine l'issue – abrupte, avec un gouffre au bout. Elle est pour l'incinération. Pas question de léguer son corps à qui que ce soit. Ses organes égoïstes ne réjouiront pas d'autres âmes.

— Vous me parliez d'un buffet de fromages.

Anne se redresse dans le fauteuil crapaud où elle s'assied chaque semaine. Depuis le début de la séance, un sentiment d'imposture l'envahit. Avoir l'âge de sa mère le jour de sa mort aura provoqué comme un frémissement – la tentation d'aller plus loin... Jusqu'à présent, Anne tirait un plaisir presque sadique de ses séances. Mais parler bouffe à une personne dépressive ne l'amuse plus. Le paquet de fric dépensé par Anne chez la psy lui apparaît aussi indécent que ces parachutes dorés dont bénéficient les dirigeants des grandes entreprises en faillite.

— Bien. On se revoit dans une semaine ?

Deux billets sortent du sac à main. Anne les pose sur le guéridon et se tourne vers la psychanalyste. Son nez rougi fait pitié. La tentation de venir à son secours l'effleure. Mais plutôt que de conseiller à sa psy de faire des inhalations de thym pour déboucher ses sinus, Anne se contente d'afficher un sourire. Le bruit d'un marteau-piqueur aurait, de toute façon, couvert ses mots.

Le vacarme des voitures rue de la Roquette fait écho à celui du chantier. Anne presse le pas. Devant un supermarché, alanguis sur le trottoir, trois types aux visages encrassés alignent des canettes de bière autour d'eux, dressant un rempart dérisoire contre le regard des passants. Anne pourrait, elle aussi, vider des bières à genoux sur un trottoir, effrayer les enfants d'un seul regard et insulter les femmes, hurler à tue-tête *On va tous crever ! On n'y croit plus, mec !* Mais elle a de l'éducation. Anne a su rester discrète sur sa propre déchéance. Depuis plus de vingt ans, elle porte en elle un souvenir de jeune fille, encombrante relique. Elle chemine avec l'appréhension d'aimer un autre homme que celui dont elle a reçu promesse, se borne à fréquenter le vulgaire pour se persuader qu'il n'y eut que ce garçon, et seulement ce garçon. Anne se satisfait d'individus gentils ou bruts, vendeurs de cheminées spontanés, cameramen de bonne volonté, commerciaux chez Picard, promoteurs de la luzerne ou chefs anglais en goguette – tel Simon Hollow, *King of chocolate*. Un chef pâtissier au sexe bien dressé, prêt à satisfaire une femme d'intérieur au tempérament déliquescent. Rencontré sur le plateau des fiches cuisine à l'aube du nouveau millénaire, ils avaient eu tôt fait de sympathiser, tablier contre tablier, les doigts dans l'appareil, cuisant un fabuleux gâteau. L'idylle avait amené Anne à comprendre qu'elle n'éprouvait plus aucun désir pour son époux. Après avoir perfectionné son anglais, découvert l'Espagne, le Portugal, le Canada, le Japon et mordu Londres à pleines dents,

33

Anne s'était lassée du pâtissier gourmand. Celui-ci avait une prédilection prononcée pour une certaine substance rarement utilisée en cuisine – à moins d'être confondue avec du bicarbonate – et à laquelle Anne ne prenait aucun plaisir. La cocaïne avait sur elle des effets catastrophiques : passé le quart d'heure euphorique, la perception des choses se déformait en une grimace d'épouvante. Son psychisme lui révélait d'atroces figures dont elle ignorait jusque-là l'existence, et la plongeait en enfer. Elle s'abstenait donc de côtoyer la démence, observant d'un œil singulier son partenaire renifler la béatitude et se jeter ensuite sur les placards de sa cuisine pour y choisir les ingrédients de son prochain chef-d'œuvre, un cake à la carotte, gingembre et chocolat noir.

Après Simon, d'autres hommes sont venus gratter à la porte.

Anne ne pousse jamais le verrou, elle leur attribue plutôt un dossard numéroté.

La nudité d'un homme encourage la chimie de son corps. Comme le beurre, elle s'étale, voluptueuse, sur le pain, fût-il de fabrication artisanale ou industrielle, craquant, ramolli, décongelé, fade ou trop salé. À se vautrer dans la trivialité en descendant la petite colline de son existence, Anne espère finir K.-O. Elle paye 70 euros par semaine pour se frotter à ce raisonnement obtus, grattouiller un peu là où ça blesse, confirmer la mollesse de son amour-propre et son attitude irresponsable.

Boulevard Voltaire, le sentiment de vacuité fait place à la torpeur. Anne respire mal. Elle s'est arrêtée au milieu du trottoir, un embarras sur le cœur, à deux pas d'un vendeur de crêpes des effluves mêlés de transpiration et de vanille de synthèse lui chatouillent les narines. Ses joues se contractent. Les épaules se tassent. Les muscles du dos se durcissent. Elle se cristallise comme du sucre.

Je reviendrai en France pour toi, Anne.

Daniel est là, contre son visage.
Solennel comme un bourreau en habits neufs.
Quelqu'un la bouscule, elle reprend sa marche. Anne passe devant les baies vitrées d'un *McDonald's* puis s'engouffre dans la station de métro.

Je reviendrai te chercher.

Daniel, tout en haut de la pente.
Il s'agrippe à sa bouche, colle à sa langue, tel un mensonge que l'on fait à soi-même.
Anne disparaît dans la première rame. Cachée derrière une mèche de cheveux, elle se ratatine sur un strapontin. Les passagers la remarquent à peine. Les âmes éplorées sont légion dans le métropolitain, surtout en période de crise économique. Seul, en première page des journaux dépliés, le visage serein du président des États-Unis fraîchement élu semble appeler l'espoir.

Dans un an, deux ans maxi. Je te le promets.

Ses canines s'offrent encore son âme en friandise.
Daniel est toujours incrusté, bien au chaud, dans son cerveau.

Décembre 1984, Anne avait seize ans.

Le deuil qu'elle n'a jamais fait.

Comment effacer tant d'années de culte spontané ? Anne connaît la réponse. Elle a déblayé le terrain au cours des séances de thérapie. Anne sait où ranger Daniel. Avec les boulettes de poisson cachées au creux des joues que papa obligeait à recracher dans l'assiette puis à avaler. Elle pourrait aussi bien le noyer, le ranger avec sa peur de plonger dans la piscine devant les autres élèves et de sentir la culotte de maillot de bain à l'élastique trop lâche glisser le long des jambes jusqu'aux pieds. À l'aide d'une perforatrice, elle pourrait creuser deux trous dans son dos, le glisser dans le classeur de *la vie passée*, après *les maîtresses de papa* et avant *la mort de maman*. Mais pourquoi se débarrasser d'un souvenir dont on est pleinement investi ? Pourquoi décrocher sa seule ligne de vie ? La simple pensée de Daniel la protégeait des tracas de l'existence. Comme la petite fiancée d'un soldat parti à la guerre, riche de son serment, elle écoutait le silence, y devinait le murmure d'un retour glorieux.

Je reviendrai pour toi, Anne.

Mais quelque chose a changé, soudain.

Anne a beau chercher, elle ne trouve plus sa nourriture. Pas le moindre réconfort n'émane de ce souvenir étiolé. Seulement un haut-le-cœur et la peur du vide.

Anne a quarante ans, Anne va bientôt mourir.

Et ce qui la bouleverse, ce qui semble monter en elle comme un bouillon a la couleur d'une euphorie.

Santa Rosa pose les mains sur ses hanches pour mieux toiser le client comprimé sur la banquette du *diner's*. Sa casquette est suspendue à un crochet fiché dans le mur derrière lui et son pick-up garé devant la baie vitrée. Bill est entré un peu avant l'averse. De son siège, il peut surveiller la porte d'entrée, le parking et Brighton Avenue. Sous le porche aux larges moulures plusieurs citrouilles disposées sur des bottes de paille souhaitent la bienvenue aux surfeurs venus défier les vagues à Bolinas. Vestiges de la fête de Halloween, des potirons en terre cuite remplis d'épis de blé décorent les tables en Formica. De fausses toiles d'araignée et des guirlandes en papier crépon s'accrochent encore aux luminaires. Du blues folk seventies sort des haut-parleurs dissimulés dans le faux plafond. Le *diner's* est une des rares maisons victoriennes à avoir résisté au tremblement de terre de 1906. Les photos en noir et blanc sur les murs sont là pour en témoigner.

— Vous voulez savoir si on a encore de la tarte ?

Un sourire ouvre la joue droite de Santa Rosa, rehaussant quelques rides poudrées. La serveuse accompagne la réponse d'un clin d'œil : bien sûr qu'il reste de la tarte aux pommes et aux amandes pour Bill. Il y a toujours un beau morceau de tarte pour celui qui s'arrête au *Old Aloes Coffee*. Avant de rejoindre Sausalito, Bill fait un détour par la route de Stinson Beach pour vérifier que le mari de Santa Rosa sale toujours autant la purée, émoustillé par les formes de son épouse. C'est un Indien de la région de Napa Valley. Son *sourdough bread* et sa soupe crémeuse aux fruits de mer sont splendeurs.

— Elle sort du four. Sacré veinard !

La serveuse griffonne quelques mots sur un carnet. La blouse vert pomme à col ovale et à manches courtes recouvre les énormes fesses de Santa Rosa, formant un pli saillant à la taille. Ses jambes nues sont fichées dans des tennis compensées. Réunis en chignon derrière la tête, les cheveux roux blanchissent aux racines, dessinant des serpentins jusqu'au ruban qui maintient la coiffure. Santa Rosa porte sa ville d'origine en sautoir, gravée en lettres d'or sur une médaille posée à la naissance des seins. Elle est du coin car ailleurs, « c'est toujours trop loin et sûrement pire ».

Bill regarde s'éloigner la femme du patron tandis que dehors, des grêlons frappent la baie vitrée. Souvent, sur le chemin du retour, le temps se gâte. Un bon prétexte pour faire une halte ici. Bill trouve toujours meilleure mine à Santa Rosa au retour de son pèlerinage au bungalow qu'à l'aller. Comme si la perspective de lui servir un dernier repas donnait à la serveuse l'amertume d'un café trop réchauffé. C'est idiot, comment saurait-elle ? Bill n'est qu'un type du coin en mal de dépaysement, un sexagénaire barbu oxydé par un divorce.

— Tenez. Régalez-vous !

L'assiette glisse jusqu'à Bill. La tarte est tiède, les amandes grillées juste ce qu'il faut, le parfum du fruit et du sucre caramélisé se mêle à celui du café. Un pot de crème fraîche est poussé contre l'assiette. Santa Rosa remplit la tasse du client d'un geste mécanique.

— Dites… Vous seriez pas flic, vous ?

Bill retire sa veste. Il n'est pas du genre à faire la conversation. Mais Santa Rosa fait partie de son maigre univers, alors il peut bien lui prêter attention. Il se sent presque chez lui sur cette banquette au velours patiné. Avec le temps, elle s'est autant déglinguée que son squelette. Et puis un Indien qui écoute du Ry Cooder dans sa boutique tout en flattant le cul de sa femme chaque fois qu'elle passe derrière le comptoir, c'est émouvant comme un premier flirt. Santa Rosa recule d'un pas en tenant sa cafetière à hauteur d'épaule. On pourrait croire qu'elle contemple un tableau.

— Y a que les flics pour s'asseoir à cette table.

Bill hausse les épaules avec un sourire.

— C'est la moins confortable, poursuit-elle. Elle est en plein courant d'air. Sûr que vous êtes flic !

La cuillère de Bill plonge dans la tarte. La serveuse sort un chiffon de la poche de sa blouse et nettoie une goutte de café tombée à côté de la tasse de Bill. Elle glousse, puis ajoute d'une voix forte, à l'attention de son mari :

— J'ai l'œil. Hein, Tommy ! Ma sœur, elle dit que je devrais écrire des thrillers pour des producteurs à Hollywood.

La tarte est un délice. Un pâtissier pareil, on devrait le béatifier. Ça glisse au fond de la gorge comme sur un toboggan. Un bref instant, le visage de Bill s'est éclairé. Il articule :

— Du moment que Tom ne lâche pas son tablier.

Santa Rosa pousse un bref soupir et dodeline de la tête tout en rejoignant la cuisine.

— C'est pas avec un Indien pareil que je verrai du pays.

Dans moins d'une heure, Bill sera de retour chez lui. L'idée n'est pas encore tout à fait désagréable. Il sait qu'il n'aura pas le temps de s'embourber le cerveau avec du jus d'idée noire. D'abord, il s'empressera d'ouvrir les fenêtres pour aérer le house-boat et chasser l'humidité. Ensuite, il lui faudra remettre le chauffage, vider son sac de voyage, bourrer la machine de vêtements imprégnés de l'odeur du feu de bois, faire un premier tri du courrier accumulé en huit semaines dans sa boîte aux lettres. Puis un copieux arrosage des plantes réunies à l'avant du house-boat, une collation pour le dîner et hop ! Au lit. Bill s'endormira sans avoir pris de douche ni réglé son radio-réveil, ni même préparé une liste des courses – ce qui est assez rare pour être souligné –, ignorant que depuis trois jours, le peuple américain a élu un président noir.

— Z'avez fini ? Alors, on y retourne ?

Santa Rosa a l'œil. C'est vrai. Depuis le comptoir, elle a remarqué l'assiette aussi vide que son restaurant. Plus de tarte. En huit cuillerées seulement. Bill pourrait en avaler au moins quatre autres parts. Il se contentera de deux, en guise de consolation. La gourmandise le sauvera, inlassablement.

Demain, ce sera moins facile.

Bill devra retourner à la civilisation, tel un acteur fatigué de jouer encore les cow-boys dans des films que plus personne ne regarde. Au lever, face au miroir de la salle de bains, il constatera que les poches sous ses yeux sont gonflées de miel et la peau comme parsemée de farine. Il comptera bien plus de poils blancs que de gris sur son torse. Il palpera son abdomen arrogant et tendu. Jadis imposant par sa carrure, il ne discernera sous sa barbe que l'incarnation d'une gloire déchue. Il cherchera le visage de ce gamin dont on pinçait à loisir les joues rebondies et tendres, l'éclat d'un regard bleu aujourd'hui éteint par l'alcool, tâtera un organe moite et satiné jadis fort apprécié des dames. Et le dos rond, à contrecœur, il ouvrira un petit pot de crème antirides.

L'enregistrement des prochaines fiches cuisine est à 11 heures. Au programme : préparation de bouchées au foie gras et aux huîtres, côtes de veaux épaisses, salsifis et lumaconi au jus et à la truffe, sapin de chocolat aux griottes. Les mains et les avant-bras sont filmés en gros plan. La maquilleuse corrigera la couleur de la peau avec du fond de teint. Un vernis légèrement rosé recouvre déjà les ongles de l'animatrice – la chaîne rembourse les séances de manucure. On verra bien ses hanches prises dans la robe grenat et le ventre rond difficile à cacher sous le velours Lycra. Tenue spéciale réveillon choisie la semaine dernière en séance d'essayage. Anne voudrait obliger les stylistes stagiaires de la chaîne à porter les vêtements qu'elles lui destinent. Elles comprendraient pourquoi elle ne leur offre jamais de café au distributeur.

Vers 6 heures, très emmerdée par un courriel de la chaîne parvenu la veille, Anne frottait les joints du carrelage de la douche à l'aide d'une brosse à dents. À 8 heures, elle téléphonait à Judith Coucy pour lui dire qu'elle n'avait aucune expérience en matière de littérature culinaire. La directrice de la chaîne qui était à Orly Sud avec des bagages Longchamp avait trouvé sa remarque surprenante.

— On ne te demande pas de faire du Chateaubriand ! avait-elle plaisanté.

Anne a rendez-vous début janvier avec le directeur de collection d'une maison d'édition spécialisée dans le domaine culinaire. Dans cinq mois, l'éditeur compte bien trouver sur son bureau *L'Art de faire les bons choix dans le domaine alimentaire,* par Anne Darney. Mais l'animatrice n'a aucune envie d'écrire un livre. Encore moins de faire semblant de l'avoir écrit. Cette dernière remarque a beaucoup amusé Judith :

— Avec des principes pareils, tu vas flinguer ta carrière, ma chérie. Pense à ton public. On s'appelle à mon retour de congés ?

Lundi, 10 heures. Anne rejoint le studio de télévision en longeant une rue arborée. Des cris d'enfants lui parviennent depuis l'aire de jeux située devant l'église du quartier. Sourire à l'hôtesse d'accueil parfaitement maquillée, coup d'œil au téléviseur vissé dans un coin de la pièce : le chef vedette de la chaîne s'est invité dans la cuisine d'un people. Tous deux sont en tee-shirt blanc et semblent se bagarrer avec un four à pain. Portes vitrées, deuxième étage. Dans l'escalier, des agrandissements de photographies représentant les animateurs de la chaîne sont suspendus aux murs. Chacun pose avec la même cuillère en bois géante et grotesque. Au passage, Anne redresse deux cadres.

La rédactrice en chef attend Anne en fumant une cigarette. Carine Levroux porte une robe sans manches en lainage crème qui n'appartient à aucune saison.

C'est une femme affairée et divorcée, imparfaitement épilée, les cheveux désordonnés, et cette peau claire fabriquée au bureau. Le sourire aimable s'efface avec un premier coup de téléphone auquel elle répond après avoir demandé à l'animatrice si elle désire boire quelque chose et toussé trois fois à cause de sa cigarette. La conversation dure. Anne se tient droite, jambes croisées, les cheveux repoussés derrière les épaules. Elle boirait volontiers un café. Elle s'éclipse, descend un étage et se dirige vers le distributeur de boissons. Plusieurs personnes la saluent. Certaines l'appellent par son prénom. Anne remonte au bureau avec un café sucré – une distraction de sa part, elle n'a pas sélectionné la bonne touche. Anne a horreur du sucre dans le café. Carine Levroux est toujours au téléphone, occupée à tousser. Enfin, elle raccroche, pour décrocher aussitôt.

— Allô ? Denis ? Tu peux monter s'il te plaît ? Oui, Anne est arrivée.

Carine Levroux s'intéresse au week-end de l'animatrice. Anne lui dit avoir commencé à réunir de la documentation pour le guide alimentaire mais n'être pas encore sûre des orientations à prendre pour les têtes de chapitre.

— Ah ! Mais oui, au fait, bravo ! Quel courage !

Carine Levroux tousse.

— Je ne sais pas comment tu fais. L'idée d'écrire pour être lu, moi, ça me paralyse.

Nouveau coup de fil. Carine s'excuse. L'assistant les rejoint, un dossier sous le bras. Plutôt longiligne, rasé de près, peau mate et yeux noirs, il embrasse Anne, sort de la poche de sa veste une boule neigeuse et la tend à l'animatrice.

— Tiens ! Pour ta grand-mère.

Il neige sur le Mont-Saint-Michel. Anne remercie Denis. Carine Levroux, toujours au téléphone. Denis résume à Anne son week-end en amoureux avec Romuald rencontré sur le plateau d'une émission *prime time* sur Canal Plus.

— On s'est pris la tête. Romuald panique à cause de la faillite des banques américaines. Il veut fermer son livret A. C'était merdique.

Puis il fait un point rapide sur les produits à présenter et aborde l'argumentaire de la première fiche cuisine. Il a préparé un lancement sur la définition du mot choisi pour la fiche numéro 1 :

Croustillant *: Se dit pour les aliments qui craquent sous la dent mais aussi pour les choses légères ou rigolotes de la vie.*

Le téléphone portable de Denis se met à vibrer. Carine Levroux tousse. Denis quitte la pièce pour répondre à son chéri, en levant les yeux au ciel. Imbuvable, le café refroidit dans le gobelet. Machinalement, Anne aligne trois stylos-feutres et deux piles de dossiers sur le bord de la plaque en verre dépoli du bureau.

Cernée de panneaux en hêtre vernis, la cuisine du nouveau décor semble sortie d'un stand d'exposition du magasin de meubles suédois sponsor de l'émission. À l'arrière-plan, des livres de recettes, des bocaux de légumes marinés et de gâteaux secs remplissent les étagères. Sur la gauche, un évier en Inox papote avec l'égouttoir à vaisselle. Au-dessus, on a disposé des faitouts rouge vif aux formes originales. Au premier plan, ustensiles et ingrédients incontournables sont déjà préparés sur un plan de travail en bois blond lequel ravit les deux tiers du plateau. Tout en rappelant à Denis qu'il faut insister sur le choix des lumaconi utilisés pour la deuxième fiche, Carine Levroux ouvre un bocal et picore quelques bretzels. Denis puise déjà dans un paquet de fraises Haribo emprunté au décor du plateau 6, là où se tourne une émission spéciale goûters d'anniversaire. Les employés de *Télé gourmande* ne prennent pas le temps de déjeuner et grignotent les décors des émissions en toute impunité. Anne apparaît. On a besoin d'elle pour le réglage des lumières. Docile, elle se met en place derrière son plan de travail, peu à l'aise avec les hauts talons assortis à sa tenue. Autour d'elle l'équipe technique s'affaire. On glisse sous sa robe rouge le fil d'un micro. Comme à son habitude, Anne paraît détendue et plaisante avec le preneur de son. Debout derrière les caméras, Denis et Carine Levroux lui adressent un geste amical. Les ingrédients ainsi que le matériel nécessaire à la première fiche sont en place. Une habilleuse stagiaire rapporte en toute hâte le tablier oublié au maquillage. On est prêt à tourner. Générique. Les regards sont rivés sur Anne. La voilà qui noue dans son dos le petit tablier, formant deux boucles parfaitement rondes et d'égale longueur.

Son tour de magie hebdomadaire.

Dans dix secondes, elle adressera à la caméra son beau sourire.

Personne ne sait que ce sera le dernier.

Adossés à la vitrine encore vide de la boutique, côte à côte, derbies noires contre baskets blanches, Bill Rainbow et Joey Panforte contemplent le ciel d'un bleu insolent où raidissent les branches des arbres. Un soleil hivernal tiédit délicieusement leurs figures et les deux hommes ferment les yeux pour mieux recevoir l'aumône, indifférents au vent glacé qui traverse leurs pulls en laine et alpaga. Celui de Joey est couleur rouille. Celui de Bill marron glacé.

Le déchargement du matériel lourd a rudement sollicité les muscles des bras et du dos. Guitares folks, basses, les instruments sont encore sous leurs housses, prêts à être déballés. Bill est venu donner un coup de main à Joey. Dans quelques heures, la boutique sera débarrassée des cartons de livraison et les instruments exposés dans la vitrine. Ils n'auront plus qu'à déboucher des bières pour arroser ça. La nouvelle lubie de Joey. Acquérir un commerce en pleine période de récession. Racheter à Tiburon *Schoenberg Guitars, le meilleur de la guitare acoustique* et en faire *Panforte music, l'avant-scène de la guitare électrique*. Située sur Main Street – une enfilade de petits commerces chic bordée d'arbres et qui serpente à flanc de colline –, la boutique vivait sur ses acquis, soit une clientèle bourgeoise post-hippie qui considère la guitare sèche comme le symbole d'un esprit libertaire et impose à sa progéniture d'en avoir toujours une à portée de main. Depuis treize ans, Schoenberg a donc répondu à la demande. Puis la source a commencé à se tarir. L'ancien propriétaire s'en sortait en pratiquant des prix indécents et en donnant des cours à domicile. La nouvelle génération n'a guère plus d'affinités avec une guitare sèche qu'avec une encyclopédie reliée. Il lui faut du neuf. Alors Joey a racheté la boutique à prix d'or. Et il est sûr de son coup – Joey Panforte ne connaît pas le doute. Il s'est mis dans la tête que la jeunesse d'aujourd'hui veut du *big sound*, de la gratte qui déménage les neurones, du matériel lourd et qui pèse quand on le frotte contre le bassin. Bill est d'accord. Bill est toujours d'accord avec Joey. Après tout, c'est pas son pognon. Depuis que sa femme est morte d'une rupture d'anévrisme, Joey Panforte a hérité d'une copieuse assurance-vie qu'il a aussitôt placée. Ça l'a mis à l'abri des aléas de l'existence. Il en a profité pour cesser illico son boulot de flic et ouvrir d'improbables magasins qu'il revend moins de deux ans plus tard sans grand bénéfice mais sans perte. Et cela en fait un homme heureux. S'il n'y avait eu Bill pour lui tenir compagnie pendant ces années de planques et de filatures, à surveiller des camés affalés sur des bancs dans des squares, à rattraper des gamines fugueuses et à se demander, impuissant, qui serait la prochaine victime de Richard Ramirez, *the night stalker*, il aurait quitté la police bien avant sa promotion.

Joey est plus jeune que Bill et bien moins imposant.

Trapu, les jambes courtes, le visage carré et le crâne rond, un profil d'aigle accentue son regard de fouine. Sur le front lisse se reflètent toutes les lampes, du plus insignifiant plafonnier de voiture au plus puissant réverbère. Avec les années, le ventre a pris du volume, les épaules se sont affaissées et des lentilles de contact ont remplacé la paire de lunettes qui a longtemps entretenu le mythe que Joey était l'intellectuel du District. Il n'en est rien. Bill s'en est aperçu très vite. Dès que Joey a posé son cul dans sa voiture. Son nouveau coéquipier était plutôt un adepte de la lenteur : on lui posait une question lundi, et avec un peu de chance, on avait la réponse mardi. Bill s'était même demandé, à l'époque, si le mauvais sort ne s'acharnait pas sur lui ; son ancien coéquipier, Martin Falter, venait de se tirer une balle dans le cœur après avoir rompu avec une prostituée de l'âge de son fils et la femme de Bill l'avait flanqué à la porte. Mais au bout du compte, Joey Panforte s'était révélé un fameux appui.

Joey avait une passion pour les musiques de films. Il en faisait venir spécialement d'Allemagne et du Japon et connaissait par cœur toutes les filmographies des compositeurs, du plus célèbre au plus occulte. Elles étaient le nerf de ses conversations. Joey possédait l'incroyable faculté de pouvoir bosser sur un dossier tout en analysant la partition du film *Papillon* composée par Jerry Goldsmith. Il répondait aux appels de la CB, rédigeait des comptes rendus, menottait un dealer sur Eddy Street ou coursait un voleur de voiture dans Chinatown sans perdre le fil de sa pensée, sifflant le thème de *Cheyenne* d'Ennio Morricone. Et c'était exactement ce qu'il fallait à Bill. Un coéquipier réglé sur automatique. Avec Joey Panforte, nul besoin de chercher un sujet de conversation. Aucun effort à fournir. Il suffisait d'avoir l'air d'écouter ce qu'il disait et l'on était peinard jusqu'à la fin du service. Pendant ce temps, Bill ne se consacrait plus aux représentations morbides de sa propre existence. Il ne songeait pas à l'échec de son couple avec la nonchalance d'un ivrogne. Il ne se demandait plus pourquoi sa femme rompait avec lui après neuf années de vie commune, pourquoi elle se refusait à lui pardonner des actes *a priori* sans importance et qui n'étaient pas tournés contre elle mais relevaient de l'égarement. Comment une femme à laquelle il avait tout donné pouvait lui parler de *frustration conjugale*, lui reprocher son égoïsme, son immaturité et son incapacité à se remettre en question ? La voix de Joey embrumait délicieusement le cerveau de Bill. En lui narrant mille anecdotes comme celle de la rencontre entre le compositeur John Williams et le producteur George Lukas devant une salade Caesar à la cantine des Studios Universal ou bien celle d'Henri Mancini et de Blake Edwards chez un coiffeur, il avait permis à Bill de garder la tête froide et de ne pas faire tout de suite sa grosse connerie.

— J'ai une petite faim, moi... Pas toi, Bill ?

— J'dirais pas non à une collation.

Mais ce qui avait définitivement scellé leur amitié, c'était la bouffe. Et plus particulièrement les pâtisseries. Joey était né dans les gâteaux. Ses parents originaires de Sienne tenaient une pâtisserie sur North Beach : *Il panettone*. Le gamin avait grandi au milieu des *zeppole* et autres spécialités aux fruits, au miel, aux noix, aux amandes et à la *ricotta*. Lorsque leurs conversations ne tournaient pas autour de l'histoire de la musique de films dont, avec le temps, Bill commençait à assimiler quelques bases, il était question de saveurs, de goûts et de textures de tout ce qui pouvait être mangé sans fourchette, c'est-à-dire soit au bureau, soit dans la voiture. Ensemble, ils avaient rondement établi un guide des meilleurs restaurants et *diner's* de la City, se débrouillant toujours pour finir leur service à l'une des adresses y figurant. Le guide avait ensuite fait le tour du département de police de San Francisco, moyennant le versement d'une somme modique aux deux inspecteurs culinaires. Et si Joey avait choisi d'installer sa boutique d'instruments de musique à Tiburon, Main Street, c'est parce qu'à moins de cent mètres se trouvait un restaurant historique donnant sur la mer : le *Sam's Anchor Café*. Nappes cirées à carreaux blancs et bleus, bière glacée et poissons frits, on y déjeune sur un ponton ensoleillé fréquenté par quelques mouettes tout en contemplant la baie de San Francisco, nappée d'une brume légère. C'est là qu'en 1976, Bill avait demandé la main de Maura Pricey.

— On va remplir la bête ?

Les années ont passé, Bill Rainbow et Joey Panforte sont toujours collés l'un à l'autre, comparant l'envergure de leurs bides et leurs taux de cholestérol. Joey fouille ses poches.

— Qui c'est qu'a les clés de la boutique ? C'est toi, Bill ?

— Moi ? Pourquoi je les aurais, tes clés ?

— Je ne te les ai pas données quand le type est arrivé pour livrer ?

— Bah ! Non, Joey. T'as bien regardé dans tes poches ?

— J'sais encore fouiller dans mes poches !

— Mais t'es quand même un peu vieux et de plus en plus con.

Après avoir déniché les clés sous un carton d'emballage et fermé boutique, les deux hommes ont traversé la rue d'un même pas, devisant sur ce qui constituait de leur point de vue les meilleurs moments de la vie. Ils s'accordèrent aussitôt sur ce point : remplir leurs panses et caresser leur amitié dans le sens de la poêle était sans doute aussi doux que le premier baiser d'une femme, fût-elle en tablier.

Anne a souhaité être examinée par une personne de même sexe. Les hommes en blouse blanche ne lui inspirent plus confiance depuis qu'ils ont perdu sa maman. On lui a indiqué une antichambre minuscule où elle retire ses vêtements. La moquette exhale cette odeur aigre de vieilles chaussures de sport. Une fois déshabillée, Anne ouvre la porte qui donne sur un cabinet austère. Son regard balaye toute la pièce : une pendule, deux cadres – l'un représentant un bol de riz bleu aux motifs de poissons chinois et l'autre deux roses rouges (ce deuxième cadre penche sur la gauche) –, une table d'examen, un meuble médical comportant quatre tiroirs, un bureau en chêne, un fauteuil et deux chaises dont l'assise est recouverte de Skaï gris. Une femme d'une cinquantaine d'années portant une blouse boutonnée sur une robe chemisier lui indique le siège face au bureau. Seulement vêtue d'une culotte et d'un soutien-gorge, Anne prend place sur la chaise, glisse les mains entre ses cuisses et fixe la lampe articulée en Inox posée sur un sous-main imitation cuir. Elle a très envie de remettre le stylo-bille posé en travers du sous-main dans le pot à crayons et de se lever pour redresser le cadre sur le mur. La femme sourit.

— On va monter sur la balance, s'il vous plaît.

Anne a pris deux kilos depuis la dernière visite médicale. Elle s'allonge sur une table d'examen rikiki.

— Vous fumez ?

Anne ne fume pas. Ça lui plaît à la dame. Tension normale. Le médecin ne prend pas la peine de palper le ventre. Elle trouve la santé de la patiente tout à fait convenable en général, et son métier de présentatrice culinaire particulièrement intéressant.

— En gros, vous nous faites saliver, lâche-t-elle. Tenez !

Anne saisit la feuille qu'on lui tend. Son certificat d'aptitude à faire de la télévision – valable un an. Elle le replie bord à bord. Une visite qui la rebute un peu plus chaque année et qu'elle repousse au moins trois fois au-delà de la date de convocation. Elle a refermé la porte du cabinet où elle se rhabille en vitesse tout en comptant les secondes. Elle quittera le centre médical sans que personne lui demande pourquoi, certains soirs, elle boit à se rendre malade, pourquoi le fond de sa gorge porte les stigmates de vomissements forcés, pourquoi elle souffre depuis quelque temps de maux d'estomac et à quelle période remonte son premier trouble obsessionnel du comportement.

La nuit est tombée. En pénétrant dans l'immeuble, Anne a croisé la concierge. Elle tenait un gros sac-poubelle contre son cœur. Une blouse bleue amidonnée descendait sur ses genoux.

Dans le couloir d'entrée de l'appartement flotte un parfum de montagne – le désodorisant de la caisse du chat. Les doigts de l'animatrice rencontrent l'interrupteur. Le courrier tombe sur la table haute qui sépare la cuisine du salon. Le chat dort au milieu du canapé. Personne n'a ressenti le besoin de parler au répondeur. Les clés de l'appartement cognent dans une coupelle en bronze prévue à cet effet. La coupelle est posée sur une console en bois acajou, contre une rangée de livres de poésie classés par ordre alphabétique. Le sac à main d'Anne glisse le long de sa jambe gauche, tombe sur le tapis couleur myrtille, au milieu du salon. Le porte-documents trône sur le canapé, à côté du chat. Il contient les dossiers des trois prochaines émissions – tournage prévu le vendredi 2 janvier. On y trouve un article de presse relatif à la fabrication de quenelles dans la région lyonnaise, un historique sur le sel de Guérande et une fiche technique concernant la fabrication d'une brioche au saucisson.

Dans la rue, les néons des boutiques dispensent une teinte tilleul, rhabillent l'appartement de ces lueurs. Anne est assise sur le canapé, dans la pénombre, attentive au vacarme d'un camion de déménagement qui roule trop vite dans la rue. Les restes d'un dîner acheté chez un traiteur asiatique sont déjà dans la poubelle de la cuisine. Manger chinois fait gonfler l'estomac de l'animatrice. Elle a retiré ses chaussures à talons et son jean. Une bouteille d'Évian roule sur ses cuisses. La lune semble l'observer depuis la fenêtre. Anne vient près d'elle écouter Paris, deviner pourquoi les passants rient parfois si fort en bas de l'immeuble.

Elle a encore fini la soirée dans ce bar de la rue de Lappe.

Anne voulait fêter sa décision.

Et puis quelqu'un lui a offert un verre. D'habitude, Anne préfère ne pas savoir ce qu'il y a dans la tête du type. Elle ne trouve d'intérêt qu'au volume apparent de son sexe sous le pantalon. Mais ce soir, elle a écouté attentivement son discours comme l'on se force à boire un médicament. Elle a ainsi remarqué que son interlocuteur utilisait des phrases toutes faites ponctuées de l'adjectif *énorme*. Elle a appris qu'il habitait Torcy, qu'il était toujours célibataire à trente-huit ans, fondu de messages SMS et grand amateur de *chat* sur Internet. Pas une fois elle n'a regardé autre chose que le terrifiant sweat-shirt bordeaux qu'il portait. Lorsque l'homme lui a demandé s'ils pouvaient se revoir, elle a simplement souri. Ensuite, elle a réglé ses consommations et elle est partie. Le sevrage a commencé.

La queue du chat s'enroule autour de ses mollets. Des poils blancs collent à sa peau. Anne prend l'animal dans ses bras, le câline, enfouit son menton dans la fourrure. Le chat se roule sur elle, ouvre à peine les yeux, son museau cogne les lèvres de sa maîtresse, débordant de plaisir.

Hier, vers 19 heures, Anne a sonné chez ses voisins de palier, monsieur et madame Gauze. Occasionnellement, elle garde la petite Roselyne lorsque ses parents veulent s'offrir une soirée en tête à tête. Roselyne représente l'essentiel de ses relations extra professionnelles depuis qu'Anne a renoncé à prendre des nouvelles de ceux qui oubliaient de lui en demander et retiré de son répertoire leurs numéros. Les soirées qu'elle organisait trois fois par an à son appartement étaient pourtant réputées pour la qualité des mets servis. Mais les lendemains de fête donnent au célibat une carnation monstrueuse et mettent à mal l'ordre établi avec le voisinage. C'était il y a deux ans. Les numéros de téléphone enregistrés sur son portable sont à présent au nombre de vingt-trois. Ils ont un rapport avec son travail ou concernent le corps médical. Y sont également mémorisés les numéros d'appel abrégés des sociétés de taxis, celui de son assureur, le numéro de téléphone fixe de sa grand-mère et du portable de son père. Anne ne s'intéresse pas assez aux fluctuations de la Bourse, à la qualité d'un cuir, à cette pendulette Empire en bronze doré représentant Diane chasseresse que son père est si fier d'avoir dénichée dans une salle des ventes de Saint-Nazaire au mois d'octobre dernier. Elle ne s'intéresse pas non plus au tatouage situé sur l'épaule gauche du nouvel assistant réalisateur de l'émission (il aurait fallu pour cela qu'il prenne le temps de retirer son tee-shirt avant de la prendre contre la porte du local technique), au profil charismatique du dernier romancier nobélisé, et encore moins au sort des anciens ministres en général (bien que l'un d'eux ait tenté d'en faire sa maîtresse attitrée). Elle n'est d'aucune famille, d'aucune association humanitaire, d'aucun groupe anti-OGM, et elle ne dîne plus chez Castel.

Monsieur et madame Gauze ont dit d'accord pour nourrir le chat et ont finalement accepté deux billets de 20 euros, précisant qu'ils serviraient à acheter un cadeau pour le Noël de Roselyne.

Anne n'a plus qu'à préparer sa valise.

Jusqu'à 4 heures du matin, elle va travailler à l'alignement des flacons dans le *vanity* par ordre de grandeur, au pliage des pulls et des tee-shirts, mettant sous plastique lingerie, chaussures, bijoux et médicaments.

Dans le secrétaire, la réservation de son voyage.

Sa décision.

Depuis sa liaison avec Simon Hollow, il y a cinq ans, Anne n'avait plus jugé utile de prendre le moindre congé.

Bill s'est installé à la poupe du house-boat. Construite sur une plate-forme en bois, sa maison mauve flotte à une dizaine de mètres de la berge, en retrait des autres habitations aux formes et aux couleurs pittoresques. Aménagé de bric et de broc, meublé d'antiquités, d'objets recyclés, le house-boat est le résultat d'un compromis. Habiter San Francisco a toujours posé problème à Bill ; sans doute l'idée de vivre sur son lieu de travail ou de travailler sur son lieu de vie. C'est d'ailleurs ce qu'il essaya longtemps d'expliquer à Maura sans parvenir à convaincre sa femme de déménager. Franchir le Golden Gate Bridge le soir après avoir quitté son coéquipier l'a cependant préservé du pire ; les bars à putes sont rares à Sausalito. Si Bill finissait ivre mort, c'était sur le canapé du salon ou sur le vieux rocking-chair installé sur le patio à la proue de la maison flottante, pas dans un caniveau ni en cellule de dégrisement. Au fond, Bill aurait préféré habiter le bungalow de Mill Valley. Mais il n'aurait aucune chance de revoir un jour ses filles s'il s'y installait. Elles avaient déjà une image assez peu flatteuse de lui, pas nécessaire d'en rajouter. Aussi avait-il acquis en 1985 la maison mauve à un prix raisonnable auprès de Tom Crystal, un médecin du service des urgences du San Francisco General Hospital avec lequel Joey et lui étaient devenus copains à force de lui livrer des clients amochés – une interpellation, c'est rarement douceur et doigté. Amateur de sensations fortes, Tom avait eu la colonne vertébrale brisée par la planche de son surf, un jour de grand vent à Muir Wood Beach. Tom avait cédé sa maison flottante à Bill et fait construire sur Presidio Heights une villa de plain-pied plus adaptée à son fauteuil roulant.

Pour apercevoir Bill dans le rocking-chair, il faut traverser le parking privé des résidents de Yellow Ferry Harbor et repousser les feuillages des bambous qui envahissent la rive, ou bien se risquer sur le ponton privé perpendiculaire à la baie. C'est donc à l'abri des regards et dans la fraîcheur d'une matinée de décembre dominée par l'éclat du soleil, une tasse de thé à la main et un dossier sur les genoux, que l'homme établit le menu du réveillon. Quels plats dégustera-t-il cette année ? L'embarras du choix. Bill est au comble du tracas. Personne pour l'aider à trancher. On ne réveillonne plus avec Bill Rainbow depuis des lustres.

Son ancien coéquipier Joey Panforte a bien essayé.

Une fois.

À cette époque, Bill était en instance de divorce. Maura allait bientôt changer les serrures des portes de leur domicile et un collègue surveillerait le coin nuit et jour. En dépit d'une mesure de justice obligeant Bill à se tenir à distance de sa femme, elle le trouvait régulièrement dans leur salle à manger, au milieu de la nuit, ivre et agressif. Bill avait l'orgueil plus gros que le poing, le cœur buté d'un fils unique, l'esprit amer du gamin ayant mûri sans tuteur. Ça ne lui plaisait pas d'avoir été mis à la porte de chez lui et de devoir camper chez Buzz, chef mécano raccommodeur des voitures de flics. Buzz lui avait aménagé un lit de camp près des pompes à essence, dans un local de la station-service du département de police, sur Soma. C'est à quelque temps de là que Bill allait faire sa grosse connerie. Celle qui l'obligerait à quitter bientôt la Vice Crimes Division pour le poste de police le plus calme de la baie : celui de Marin County.

Joey Panforte n'était pas du style à regarder les poissons agoniser sur le bord de la rive, un hameçon fiché en travers de la gueule. Aussi, pour son premier Noël de futur divorcé, avait-il invité Bill à réveillonner à l'italienne, dans son foyer. Joey habitait une ancienne église orthodoxe située en haut d'une colline sur Potrero. Bâtie dans les années 30, un restaurateur français ayant fait fortune à San Francisco l'avait transformée en habitation. Après avoir interpellé le restaurateur au volant de sa Porsche en compagnie d'une fille mineure et en possession de substances interdites, Joey, qui appréciait le quartier, avait proposé un arrangement : il fermait les yeux sur tout ça et le type lui laissait sa maison à un bon prix. Le deal fut accepté : le restaurateur qui était marié aurait perdu bien plus en frais d'avocat.

Lorsque Bill avait débarqué dans le salon en enfilade, la belle-famille et les cousins venus de Sienne devisaient devant une cheminée en fonte design. L'aspect monacal de la décoration contrastait avec l'abondance de guirlandes aux couleurs de l'Italie et l'énorme sapin croulant sous l'ornementation au milieu du living. Au début, tout s'était bien passé. Bill ne

61

bronchait pas, il avait apporté des fleurs pour la *prima dona* Panforte et des chocolats pour les enfants. Il avait eu droit à la visite du mausolée de Joey – une pièce dévolue à la musique de films dont les murs sont tapissés de pochettes de 33 Tours plastifiées et où trônent sur des tiroirs coulissants les 21 966 CD classés par compositeurs. Le chianti le rendait presque joyeux.

Noël s'était gâté vers minuit. Alors que les enfants déballaient leurs cadeaux au pied du sapin en poussant des cris aigus, Bill Rainbow avait eu comme une mélancolie. Sous le prétexte d'une cigarette, le divorcé s'était réfugié sur le patio en compagnie d'une bouteille de bourbon. Marchant de long en large tel un cheval fiévreux, il répétait entre chaque goulée : *Bordel, c'est Noël, bon Dieu, je veux voir mes filles, c'est mes filles, merde, j'ai le droit de voir mes enfants, putain !* Une fois la bouteille vidée de son contenu, Bill était résolu à *lui régler son compte à la connasse.* Cinq Italiens en pleine force de l'âge avaient été nécessaires pour l'empêcher de prendre le volant, le ramener à l'intérieur de la maison et l'enfermer dans les toilettes du garage, au sous-sol. Pour plus de sûreté, Joey avait menotté son coéquipier à la tuyauterie. Partiellement dégrisé, vers 6 heures du matin, Bill fut autorisé à rentrer chez Buzz, escorté par deux collègues du Vice appelés en renfort.

Bill Rainbow s'était rarement senti aussi minable. Dans sa colère, l'inspecteur avait disjoint l'évacuation de la cuvette des toilettes, souillé son beau costume du dimanche et flingué ses chaussures.

Depuis, Bill n'a jamais voulu retenter le coup. Noël est pour lui un jour pénible. Celui des enfants heureux et de la célébration de la famille. Ce dont il s'est définitivement privé. Et il est trop tard pour que cela change. Rien ne peut effacer l'empreinte d'une main qui s'abat avec violence.

Le Noël suivant fut pire encore. Bill, décidé à ne pas réveillonner, s'était mis d'astreinte. Hormis un accrochage sans gravité sur Embarcadero et des jeunes faisant les andouilles sur le Golden Gate Bridge, aucun appel ce soir-là. À San Francisco, le vice régresse devant la hotte du Père Noël. Ça l'avait tellement déprimé de rouler sans son collègue, un mini-sapin en plastique et sa guirlande clignotante posés sur le tableau de bord que Bill avait foncé se saouler dans un bar sur Castro. Coma éthylique. Il avait terminé au Mission Emergency Hospital dans le service de Tom Crystal à côté de deux gamins très éméchés ramassés sur Haight Ashbury.

Bill touchait le fond.

Aussi, l'année suivante, il tentait une nouvelle expérience : le restaurant. Bill avait choisi une bonne table, sur Belden Place, au *Café Bastille*. Un désastre. La cuisine, l'accueil du patron Olivier – devenu depuis un ami – et l'ambiance cordiale qui régnait dans cet établissement aux murs décorés de plaques émaillées typiques des vieux bistros parisiens contrastaient avec la tristesse de l'homme seul. Les éclats de rire le frappaient au cœur. Le bonheur d'autrui augmentait sa tension, sa propension à boire faisait gonfler ses pieds sertis d'une paire de bottines neuves. Bill s'était habillé pour célébrer la cuisine française. Il ignorait alors que les mets raffinés se fêtent sobrement, chaussé d'espadrilles.

L'ultime tentative fut de loin la plus douloureuse. Bill s'était mis en tête de réveillonner au chevet de sa mère à l'occasion de sa visite mensuelle. Bill avait juste négligé un détail : on ne change pas les habitudes d'une vieille femme sénile et malade, hospitalisée depuis plus de treize ans dans le même établissement. Lorsqu'il était apparu, les bras chargés de boîtes hermétiques renfermant les mets d'un dîner qu'il avait cuisiné, une guirlande de Noël autour du cou et un bonnet de Père Noël aux diodes clignotantes sur le crâne, l'exclamation de joie juvénile dont sa mère le gratifiait lors de ses apparitions s'était transformée en cris d'épouvante. Les infirmières avaient été obligées d'administrer à Mrs Allison Rainbow un calmant, la plongeant dans un état de léthargie. Les boîtes hermétiques avaient fini sur le bureau des aides-soignantes – lesquelles s'étaient, paraît-il, régalées. Misérable et confus, Bill avait quitté la chambre de sa maman après avoir embrassé ce front blanc saupoudré de taches couleur miel, remonté la couverture sous le menton et essuyé une perle de bave au coin des lèvres, barrage dérisoire vers lequel convergent les rides du visage. Il n'avait rien changé au chaos de la longue chevelure de nacre, disposée en corolle sur l'oreiller et qui, sous les reflets des lueurs changeantes du téléviseur, semblait flotter, comme la toison argentée de la dame de l'étang.

Une brise légère apporte le cri d'une mouette. L'homme étend les jambes et vide sa tasse de thé sous l'œil d'un rapace, juché sur un poteau à moitié immergé, planté à une vingtaine de mètres de la berge. Le goût est surprenant. C'est un mélange de plantes à effet drainant. Thé vert, reine-des-prés, frêne, tilleul, pissenlit et chicorée, aromatisé au citron vert et à l'orange. Le genre de truc que boivent les nanas. Si les hommes savaient combien c'est important de pisser, ils arrêteraient de se moquer de leurs femmes toujours pressées de vider leur vessie.

Les doigts de Bill font pivoter les pages plastifiées. Les recettes réunies dans son dossier proviennent de différents ouvrages et magazines de cuisine. Certaines ont été recopiées à la main, cérémonieusement, devant un programme culinaire télévisé hebdomadaire – son favori. Diffusé chaque dimanche sur TV5 Monde. D'autres ont été picorées sur Internet – Bill aime particulièrement le site d'un chef français qui fait aussi de la télévision et dont il télécharge les émissions. Simplicité, originalité et tradition.

Foie gras poêlé aux lentilles, Cappuccino de cèpes aux noix de Saint-Jacques, Huîtres gratinées aux champignons et à la truffe, Langouste aux mangues, Filet de chevreuil en croûte et sel, Vacherin minute aux macarons...

Voilà ce qui plaît à celui qui n'attend plus personne.

Assis à sa gauche, l'homme déplie le *New York Times*. La quarantaine, alliance, bracelet-montre en cuir, sous-pull chocolat, gilet noir, cheveux gris coupés court. Dans la salle d'embarquement, Anne l'a vu acheter revues et journaux étrangers. Leurs regards se croisent à l'instant où il tourne sa page, son coude rencontrant celui d'Anne. L'homme sourit aimablement derrière une paire de lunettes aux verres rectangulaires puis retourne à la lecture de son journal.

Cet homme pourrait être Daniel.

Tous les hommes mariés ayant la quarantaine pourraient être Daniel.

Un Daniel aspire à la tranquillité, en toute impunité.

Il peut bien lire son journal, peinard.

Un Daniel n'a rien à craindre d'une femme candide et tiède.

Anne jette un coup d'œil à sa montre : Dix heures. Dehors, le givre recouvre le tarmac. Un soleil hivernal peine à se lever. La grand-mère d'Anne est sans doute devant la porte de l'appartement, rue Ledru-Rollin. Elle en aura eu assez d'attendre son unique petite-fille sur le quai, gare de l'Est, et aura pris l'autobus. Ce week-end, il était prévu qu'elles aillent au marché Saint-Pierre pour y choisir l'étoffe d'une jupe trapèze. La grand-mère d'Anne a pour habitude de coudre un vêtement à sa petite-fille chaque hiver en prévision de l'été. Chaque séance d'essayage est un supplice.

— Ne 'ouche pas, Anne.

Les épingles à tête plate griffent la peau d'Anne. Entre les lèvres de sa grand-mère, les épingles sont menaçantes. Anne aimerait qu'elle cesse de mettre les épingles dans sa bouche ou bien qu'elle s'achète carrément une marmite pour y faire bouillir les enfants.

— Ch'iens-toi droite, ch'il te plaît.

Anne n'a jamais le droit de bouger. Ni celui de respirer. Elle doit se tenir les bras bien décollés du corps comme une danseuse en tutu. La doublure est toujours trop courte dans le dos. La couturière a beau tirer sur le tissu, ça rebique, inéluctablement.

— Bon… cha ne va pas.

Anne ne supporte plus ces essayages.

Anne ne supporte plus l'idée d'endurer le plaisir des autres. Donner satisfaction à ses dépens revient à tenir une ampoule brûlante pour éclairer le chemin d'autrui.

Inquiète, la grand-mère aura frappé plusieurs fois contre la porte de l'appartement sans obtenir de réponse. Puis elle aura sonné à la loge de la concierge. Sur les instructions d'Anne, cette dernière, sans plus d'explications, lui aura remis la boule neigeuse du Mont-Saint-Michel offerte par Denis et le gâteau que l'animatrice a confectionné à son intention dans la nuit. Un gâteau de Savoie fourré aux myrtilles. La grand-mère d'Anne raffole de la confiture de myrtilles. Mais elle n'en mange plus parce que cela fait des taches sur son appareil dentaire.

Anne reconnaît qu'elle traite assez mal la seule personne qui se soucie encore d'elle depuis des années. Est-ce parce que depuis la mort de sa mère, cette vieille dame joue à la poupée avec sa petite-fille en lui cousant une garde-robe inspirée de patrons *Femme actuelle* hors du temps ? Est-ce parce qu'elle vit seule à Nancy dans une maison étroite dépourvue de jardin, sombre et saturée d'objets ayant appartenu à sa fille décédée et que cela a pour Anne quelque chose de morbide ? Ou est-ce parce que la nuit où sa maman est morte, la vieille dame sillonnait la route des vins d'Alsace à bord d'un autocar, en excursion gastronomique pour le week-end, laissant sa petite-fille seule avec une personne lourdement handicapée ?

Les hôtesses distribuent des écouteurs et des couvertures bleues. Anne étire ses jambes. Son ventre gargouille. Avant l'embarquement, elle a bu un thé au lait et avalé la moitié d'un croissant qu'elle est allée vomir dans les toilettes. Elle n'a pas eu à glisser un doigt dans sa bouche. La nausée est venue seule, provoquée par une tension nerveuse inaccoutumée. Anne n'a pas pris l'avion depuis longtemps. Il y a bien eu quelques déplacements à Strasbourg, Nice, Ajaccio et Marseille à l'occasion d'émissions tournées en extérieur. Mais rien de comparable avec un trajet aussi long. Ce n'est pas tant le vol qui la trouble mais la destination. Partir à l'autre bout du monde à la recherche de son amour de jeunesse avec pour seule piste un nom et une adresse apprise par cœur il y a vingt ans est la plus importante aventure qu'Anne ait jamais tentée.

Portes verrouillées. Toboggans armés. L'avion quitte le terminal. Une douce musique titille les haut-parleurs. Anne a choisi un vol sans escale. Douze heures. L'homme replie son journal, pousse des bouchons auditifs rose fluo à l'intérieur de ses oreilles et perd aussitôt toute distinction. Anne appuie sa nuque contre le dossier du siège et ferme les yeux.

Elle ne dormira pas.

Le visage tourné vers le hublot, elle voit Paris se voiler de nuages avant de fondre comme du sucre en poudre dans une casserole d'eau.

L'avion est maintenant stabilisé et les hôtesses vont et viennent sans raison apparente, affairées, portant gobelets, nacelles pour bébé, couvertures sous film plastique. L'homme qui voyage à côté d'Anne a délogé l'écran tactile de son accoudoir et joue aux échecs, tapotant l'image de l'index. Il bâille sans retenue et se déchausse. Anne préfère rabattre sur ses yeux le masque bleu fourni par Air France, abaisser légèrement le dossier de son siège, glisser un gilet roulé en boudin sous sa nuque et tenter la fatigue, au cas où, laisser le ronflement des moteurs de l'avion remplir son esprit.

Non. Cet homme en chaussettes ne pourrait être Daniel.

Elle a des aigreurs d'estomac.

Vivement le plateau-repas.

Manger apaise la brûlure, rassure le corps et l'esprit.

— Poulet ou poisson ?

Alors que l'animatrice s'enfonce dans un profond sommeil, un steward se penche vers elle et insiste.

— Chicken or fish ?
— Poisson.

Le plateau est copieux. Sur un napperon bleu-gris en papier, chaque plat est emballé sous vide. Anne sait aussi combien on peut apprécier différemment la nourriture en fonction de l'environnement. Prisonnière de ce fauteuil sans possibilité de se lever à moins de déranger son voisin, barricadée derrière la tablette articulée sur laquelle le plateau est posé, elle est convalescente, oisillon attendant la becquée. Mieux vaut manger et manger lentement, pour ne pas avoir à contempler ramequins vides et pots de yaourt entamés jusqu'à ce que les hôtesses se décident à débarrasser les plateaux ; le temps glisse moins vite que la nourriture dans le gosier.

Tarte Tatin arlésienne aux poivrons,
tomates et aubergines (trop relevée)
Gratin de poisson et légumes (fade)
Portion de camembert (pasteurisé)
Yaourt (pas bio et sucré à l'excès)
Crumble à l'abricot (passable)
Café (transparent)

Anne est euphorique. La bouteille miniature de vin du Pays d'Oc cabernet 2006 qu'elle a choisie pour accompagner son festin a du tempérament. L'alcool et l'altitude viennent de remplir leur office : donner de l'ivresse au pèlerinage. Le moment est venu de figer sa joie. Anne retire un appareil photo numérique du sac à main, et sous le regard curieux de son voisin, saisit l'éclat rouge vif de la tasse de café, le bleu pacifique de la bouteille d'eau minérale, la nudité du quignon de pain, la candeur du pot de yaourt. Anne aime photographier la nourriture morte. Sa mère aussi prenait des photos. Les dernières sont floues. Sa main tremblait trop à cause de la maladie. De rage, elle a brisé son appareil. Anne se souvient. Elle en avait ramassé les morceaux délicatement, les serrant dans ses mains comme des reliques, à genoux sur la moquette du couloir. Depuis son lit de douleur, au premier étage d'une maison aux volets lilas, les gémissements d'une mère s'égrenaient alors.

— *Journalist ?*

Le timbre de la voix du voyageur est acide. Celle de Daniel était douce, granuleuse, comme le murmure de l'eau d'un ruisseau affleurant la surface des cailloux. La tête penchée sur son sac à main, Anne escamote l'appareil sans répondre à l'homme déchaussé. Il n'y aura pas d'autres questions.

Bill a croisé les jambes sur le canapé en cuir noir. Une main glissée sous l'aisselle, tête basse, il perd ses moyens. La nuit est tombée si vite, il n'a pas eu le temps de mettre un pull ni branché la guirlande lumineuse qui égaie la maison flottante. Il n'a pu réchauffer l'atmosphère d'un bon disque ni refermer la porte-fenêtre du salon qui donne sur le ponton.

— Papa…

Le combiné téléphonique adhère à sa joue droite. Devant lui, sur la table basse en manguier, un pot de cire réparatrice et un flacon de rénovateur pour bois rappellent à Bill qu'il est bien le fils du menuisier, dressé à cirer.

— Papa, s'il te plaît…

Bill entend à peine la respiration de Louisiana. Il est pieds nus dans ses sabots. Un courant d'air glacé lui chatouille les chevilles. Ce n'est rien à côté de ce qu'il endure par ailleurs. Sa gorge est en feu. La tentation de l'alcool lui rappelle combien il est idiot d'espérer changer les choses. On ne se rapproche pas d'un être cher qui s'est éloigné pour ne pas sombrer dans le gouffre de notre propre déclin.

— S'il te plaît… J'ai du travail.

Tout à l'heure, Bill a bredouillé des mots qu'il ne voulait surtout pas dire à sa fille. Ses yeux brillent dans le crépuscule. Il sait qu'il est trop tard pour revenir en arrière, mais il ignore comment reprendre le fil de la conversation. Un paquet de bonbons à la réglisse est posé sur la table. D'une main tremblante, avec l'espoir d'éteindre l'envie d'alcool, Bill jette une dragée dans sa bouche et la croque, frénétique.

— On va bientôt dîner et les enfants m'attendent pour faire leurs devoirs.

Les enfants. Louisiana lui tend une perche. Bill rejoint la conversation.

— Ils vont bien ?

— Oui, ils vont bien.

L'homme éclate en sanglots.

Comme la dernière fois.

Comme toutes les fois.

Bill appelle généralement sa fille un peu avant Noël, tourmenté par une date anniversaire, comme pour tenter d'exorciser la honte qui le submerge encore vingt ans après. Ni Louisiana ni Joan, sa sœur jumelle, ne l'ont oublié.

— Papa, je vais raccrocher. Reprends-toi.

Bill n'a jamais vu ses petits-enfants, excepté en photo. Bill n'a pas vu ses filles devenir femmes ni assisté à leurs mariages. Bill a tout bousillé comme un crétin. Dans un instant, il va demander pardon à Louisiana, lui dire qu'il ne sait pas ce qui lui a pris ce jour-là, et sa fille soupirera avec une telle intensité qu'il ravalera sa salive, conscient qu'il torture encore le seul de ses enfants ayant eu le courage de renouer contact avec lui.

— Papa, on en a déjà discuté. C'est pas la peine.

Bill voudrait encore être pardonné. Bill voudrait serrer sa fille dans ses bras comme si rien n'était brisé.

— À chaque fois que tu m'appelles, tu es dans un tel état, je mets une semaine à m'en remettre.

Bill sourit à travers ses larmes. Il renifle entre ses doigts. Louisiana. Tendre Louisiana. Plus câline et plus vive que Joan, toujours à sauter partout, à converser avec son papa, à fourrer ses petits doigts dans ses oreilles, son nez ou sa bouche comme pour y chercher des trésors de baisers. Comme il s'est amusé d'elle. Croyant se montrer tendre et complice, déjà, il lui en faisait baver, la taquinant à propos de ses lunettes vert pomme, de sa phobie des araignées ou de son eczéma. Louisiana semblait s'en accommoder, comme des vêtements paternels imprégnés d'odeurs de tabac et d'alcool, jouant le jeu de ce père dont les tardives apparitions le soir à la maison étaient trop rares pour ne pas être fêtées. Avec le recul, Bill se demande comment il a pu négliger à ce point femme et enfants au profit d'un boulot auquel il ne se destinait même pas. Pourquoi il préférait des petits culs de putes à celui de Maura, une femme splendide dont on avait ouvert le ventre pour mettre au monde deux bébés nés de leurs étreintes. De quel encouragement l'alcool avait-il bénéficié pour creuser son sillon de haine au sein du couple ? Comment Maura et les jumelles avaient-elles supporté si longtemps la violence qui commandait à Bill ? L'homme avait étouffé leur amour jusqu'à l'asphyxie.

— Tu voulais me demander quelque chose tout à l'heure…

Bill attrape une deuxième dragée à la réglisse. Sa

tête penche sur le côté. Oui. Papa voudrait un conseil de sa fille. Au sujet d'un cadeau de Noël.

— Je n'ai besoin de rien, Papa. Je te remercie. Et les enfants sont déjà assez gâtés comme ça.

C'eût été délicat d'insister. Ils se sont souhaité de bonnes fêtes, Louisiana a raccroché, Bill s'est levé, a jeté le téléphone sans fil sur le canapé, marché jusqu'à la baie vitrée, ouvert la porte coulissante, juré en regardant la mer, passé une main rugueuse sur sa figure et marché jusqu'au réfrigérateur de la cuisine pour y prendre une bière.

Une chemise noire pend maintenant sur son pantalon de jogging. Il a lâché un pull-over sur ses épaules et se tient debout contre la porte-fenêtre du salon. Un doigt sur l'interrupteur, au rythme d'un vieux 33 Tours de bossa nova enregistré par Quincy Jones en 1962 avec Phil Woods au saxophone alto et Lalo Schifrin au piano, Bill fait clignoter la guirlande lumineuse du ponton dont les reflets fabriquent d'éphémères ronds dans l'océan Pacifique.

Le conseil pour un cadeau de Noël, ce n'était pas pour Louisiana.

Ce n'était pas non plus pour les enfants.

Ça le concernait lui.

Hormis Joey et ses boîtes de pâtisseries italiennes, personne n'offre plus de cadeau à Bill depuis longtemps. Alors, parce qu'il a lu ça dans le bouquin *When things fall appart* de Pema Chödrön, acheté au *Tibet Shop* sur Castro (et sur les conseils de Louisiana), il se gâte tout seul, une fois l'an, pour se prouver qu'il connaît de l'affection à son égard. Ainsi, il s'est offert un lutrin en fer forgé (déniché à *Cellar 360*, 900, North

Point), une cloche chinoise en bronze de chez *Gumps* qu'il a fixée à l'avant du ponton du house-boat (datant de la dynastie de Shang, -1765 – -1122 avant J.-C.) et dix chemises Armani (cinq noires et cinq blanches) acquises chez *Jeremy's* à South Park.

Bill a jeté la canette vide dans la poubelle. Armé d'un chiffon doux, il attaque la table basse et ses deux plateaux de 90 x 90 cm, caressant d'un geste assuré la surface du bois. Un parfum de miel se répand dans la pièce. Lorsqu'il en aura fini avec la table, il chouchoutera le meuble bas grillagé où sont rangés vieux bouquins et 33 Tours. Dessus, trône la chaîne stéréo avec son tourne-disque.

Cette année, Bill ne sait pas trop ce qui lui ferait plaisir. Voir ses petits-enfants puis mourir dans son sommeil serait un formidable cadeau. Mais quelque chose lui dit qu'il n'aura pas cette chance. Quand il quittera un jour cette terre, ce sera avec violence, comme son père, retrouvé dans la baignoire, une vilaine plaie derrière la tête.

Anne, petite fille, assise sur un tapis, dans le salon. Elle s'occupe avec des jouets Fisher Price. *Ses parents passent d'une pièce à l'autre, préoccupés par leur couple nourri de rancunes, leurs histoires de cul. Ils n'ont pas encore acquis la librairie rue de la Source à Nancy. Son père joue à contrecœur le professeur à l'école des Beaux-Arts et sa mère anime un atelier photo dans une MJC du Haut-du-Lièvre.*

Anne, plus grande. Son père a une aventure avec une étudiante. Il quitte le domicile conjugal. Anne vole des pots de colle dans le bureau de la directrice de son école primaire. Elle les cache sous son lit dans des boîtes, les classe par couleur de bouchon – de la plus vive à la plus sombre. Il y a vingt et un pots. Elle vole aussi des gommes et des feutres.

Son père, un an plus tard. Apprenant la maladie de sa femme, il réapparaît. Comme un petit chat, Anne vient contre son ombre lui redonner sa place, le réconforter. Avec la crainte que ce père-là ne s'évanouisse encore, elle lui pardonne, met un mouchoir sur ses plaies.

Anne, seize ans à peine, Bussang, l'hiver.

La voiture est vidée de son contenu, les sacs de voyage portés dans les chambres. Les fenêtres de la maison louée pour une semaine n'ont pas de volets. Depuis son lit, Anne voit le sommet de la montagne blanchir un peu plus chaque jour. Ses parents dorment dans la pièce adjacente. La maladie de sa mère progresse ; elle doit s'appuyer sur une canne pour marcher. L'objet ne convient pas à son jeune âge. En dépit de son handicap, la mère d'Anne s'obstine cependant à prendre des photos avec son Leica. Photographier un objet ou un paysage lui demande beaucoup d'efforts. Parfois, elle est saisie de spasmes musculaires si violents qu'elle doit cesser toute activité.

Bussang est un petit village vosgien dont le charme est rompu par son habitat. Des chalets surgissent partout, sans scrupule. Les immeubles gris sont comme des rangées de dents qui croquent les flancs de la montagne. Mais la forêt qui l'encercle semble indifférente au bétonnage. Le matin, Anne se hâte : elle caresse les chats du voisinage, les perd dans le jardin, enfile ses après-skis puis grimpe dans la voiture. La main droite du père se cramponne au levier de vitesses. Il conduit sa fille à la station de ski quelques kilomètres plus haut, dans la montagne, oubliant de lui faire la conversation. Plus tard, un disque de plastique sous les fesses, tirée en avant par une perche, Anne s'en fiche, elle est heureuse. Elle a un amoureux dans son lycée – Éric, fils de transporteurs –, une paire de skis toute neuve et un papa dans la voiture. Personne ne vient croquer son cœur. La pincer fort. La casser en deux. Les docteurs sont des andouilles. Sa mère est une farceuse. Elle lui joue un tour avec sa fichue maladie. Les joues rougies par le froid, elle entend le froissement de sa combinaison, le frottement des skis contre la neige verglacée, le ressac de sa respiration. Rien ne peut lui arriver. Rien qui ne puisse freiner cet élan. Anne serre les cuisses autour de la perche. Tirée vers le haut, elle accède au sommet. Une fois en bas des pistes, elle pourra contempler son parcours, embrasser d'un regard les entailles que ses skis ont creusées dans la neige.

C'est en haut qu'elle va rencontrer Daniel. Au pied des sapins. En écartant les jambes pour laisser s'échapper la perche du tire-fesses et l'entendre cogner le pylône avec fracas.

Daniel. Un mètre soixante-quinze environ. Brun, mince, une peau laiteuse, allure sportive, et des mouvements composés, presque féminins. Daniel porte une écharpe mauve en coton sur un pull en laine blanc, une paire de gants épais, un jean et un bonnet. Celui d'Anne est rayé.

Il doit être 16 heures lorsque la jeune fille cogne ses chaussures de ski sur le plancher du restaurant situé en bas des pistes. Une combinaison de ski noire court sur son corps filiforme, compresse ses seins menus. Elle revient sans doute des toilettes et se dirige vers la table où l'attendent Daniel et son frère aîné. Daniel regarde Anne marcher vers lui, gracieuse, émouvante. Anne vient si près de Daniel que sa combinaison frôle son bras. Il la voit très grande à cause des chaussures de ski, écarquille ses yeux noisette truffés de pépites d'or. « Tu bois quoi ? » Anne commande un chocolat. Il lui brûle la langue. Cela n'a pas d'importance. Anne écoute la voix de Daniel, cet accent américain curieux, ce français bohème. « Tu connais America ? No, pas le grupe, les États-Unis, d'où on vient, San Francisco, you'd love

79

it *!* » *Le chocolat est froid, Daniel et son frère rivalisent encore, questionnent la jeune fille à tout va.* « *C'est quoi, le* grupe *que tu préfères ? Quelle marque de cigarettes tu fumes ? Kent, c'est bon. Et tu veux faire quoi après le bac ? Nous, on est en* vaconces *ici à cause de notre tante qui habite Strasbourg, notre père est français, elle te va bien, la* combineuson *de ski...* »

Dehors, adossés à un mur du restaurant, Daniel et Anne se tiennent accroupis. Menton contre genoux, ils observent la neige poivre et sel, piquée d'épines de sapin. Ils parlent à voix basse, sourient. Leurs blousons sont restés à l'intérieur du restaurant, avec le frère aîné, lequel a battu en retraite. Ils devraient être frigorifiés, mais non.

Quelque chose vient d'arriver.

Daniel brûle de tenir cette fille dans ses bras. Et dans leurs regards étourdis, plus rien ne semble avoir d'importance. Ils portent en eux la bêtise du monde, leur jeunesse tire la langue au ciel ridé de nuages, l'écharpe mauve pend autour du cou de Daniel, métronome du condamné, imbibée de sang.

Anne se réveille en sursaut. Panique lorsqu'elle ouvre les yeux et se découvre cernée de brumes obscures. Elle retire aussitôt le masque Air France de son visage.

Comme un éblouissement.

Durée de vol restante	08 : 14
Heure d'atterrissage	12 : 47
Heure locale à destination	04 : 33
Distance restante	6 957 km

L'avion est au-dessus de Reykjavik.

De grandes étendues neigeuses se prélassent sous le ventre de l'avion. La réverbération du soleil sur la neige est trop vive, Anne abaisse le volet qui occulte le hublot. Son abdomen est douloureux. Elle doit se rendre de toute urgence aux toilettes. Mais comment enjamber le voisin, écroulé sur son siège, une couverture remontée jusqu'au cou ? Ses genoux appuient contre le dossier du siège devant lui et ses jambes largement écartées sont un rempart infranchissable. Anne va devoir le réveiller, presser légèrement sur son épaule droite, puis renouveler l'opération avec plus de vigueur, jusqu'à ce qu'il ouvre un œil, cligne des paupières et, lentement, se redresse avant de ramener à lui ses jambes, ouvre un chemin.

Anne marche pieds nus jusqu'aux toilettes, ankylosée par cinq heures de vol. Sa vessie est brûlante et gonflée. Elle a beaucoup de peine à uriner.

Toute une vie à se retenir.

Il faut bien un jour en payer les conséquences.

Vu de l'extérieur, la bâtisse ne présente aucun intérêt. Construite dans les années 70 sur Potrero, ceinturée par un muret de béton surmonté d'un grillage, elle pourrait se confondre avec le siège d'une entreprise d'import-export tenue par une famille taïwanaise. Des stores à lamelles occultent les fenêtres, certains sont tordus. Bill a garé son pick-up sur le parking, devant l'entrée principale. Le bâtiment qui fut pendant une quinzaine d'années sa deuxième maison est toujours aussi austère. D'un pas un peu gauche, dans la fraîcheur hivernale de cette fin de matinée, Bill vient frapper contre une porte en fer aux charnières renforcées. Le cliquetis de la serrure fait remonter quelques émotions et la poitrine de l'ancien flic se soulève en découvrant le visage de Penelope dans l'encadrement de la porte. Aussitôt, un sourire rehausse la paire de lunettes grenat amarrée aux pommettes de la secrétaire.

— Merde ! C'est pas vrai ! Je rêve ?

Des traits creusés par l'alcool, la voix détraquée par les cigarettes, un cœur fendu par la séparation des Beatles en 1970 et définitivement brisé par la mort de son mari – un leader hippie – survenue la même année, Penelope cache des trésors d'affection sous une frange de cheveux secs.

— Qu'est-ce que tu viens nous emmerder encore, toi ? T'en as pas marre de cette taule ?

Bill serre Penelope contre son torse puis la flatte à propos de sa chemise en jean Harley Davidson.

— Ça fait vingt ans que je la porte, connard ! ricane-t-elle à son oreille. Je te fais un café ?

Bill suit le déhanchement aléatoire de la secrétaire jusqu'à son bureau, au fond du couloir. Le balatum détérioré fait des cloques. Néons blafards, plaques d'Isorel clouées sur la moquette défraîchie collée aux murs, cloisons surmontées de parois vitrées poussiéreuses, l'ancien flic retrouve ses marques, troublé comme un ancien élève rendant visite à son école maternelle. Il éprouve presque du plaisir à renifler l'odeur du papier cuit par la photocopieuse mêlée à celle de vieux mastic chauffé par le soleil qui frappe les fenêtres. Penelope saisit un paquet de café posé sur une armoire en fer. Sa paire de Nike couine sur le sol.

— T'es venu voir le p'tit ?

— Il est là ?

L'ex-fleuron du *Flower Power* indique du menton le couloir.

— Tu sais où le trouver, chéri. Il a pas encore déménagé. Je te prépare ton caoua.

Le p'tit est bien là, dans sa chemise à carreaux, assis à la place que jadis occupait son paternel, Martin Falter, dans l'ancien bureau de Bill. Un tee-shirt vert dépasse du col de chemise, un stylo est accroché à une poche. Matthew porte la tenue réglementaire des inspecteurs du Vice. Les mains posées sur ses larges cuisses, le fils de Martin accueille l'ancien coéquipier de son père avec affection. Les deux hommes s'embrassent, tapotant amicalement leurs épaules respectives.

— Salut, fils. Ça gaze ?

Matthew s'assied avant de s'étirer en bâillant.

— Plutôt calme. Bientôt Noël. Les truands font les courses. Mais tu sais comment ça se passe : y en a toujours un pour péter les plombs le soir du réveillon.

Il rajuste la paire de lunettes de soleil fichée sur son crâne parsemé de cheveux roux.

— Le problème de cette ville, c'est les *homeless*. Y en a beaucoup trop. Toutes ces guirlandes qui clignotent, ça les rend nerveux.

— Y en a pas plus qu'à New York, Mat'.

— Sauf qu'à San Francisco on est dix fois moins d'habitants. C'est pas des flics qu'il faut à la City, mais des assistantes sociales... Prends un siège, Bill. Dave est en congé aujourd'hui.

Bill fait pivoter le fauteuil du collègue et s'assied. Il reçoit aussitôt une autre bouffée de nostalgie. C'était là où il mettait les fesses. Il les aura patinés, ces accoudoirs...

La pièce est étroite. Les deux bureaux installés face à face sont couverts de dossiers cartonnés jaunâtres. Une paire de ciseaux orange, un tampon, un tube de crème pour les mains, une boîte d'aspirine et un cadre photo, le petit bric-à-brac de Matthew a quelque chose de touchant. Un fax et un talkie sont posés sur un meuble de rangement noir à roulettes surmonté d'une pile de classeurs saturés. Derrière Matthew, à côté d'un calendrier, un tableau en liège est suspendu. Y sont épinglés un plan de San Francisco, des encarts publicitaires de campagnes préventives contre l'alcoolisme chez les jeunes, des listings et des photos d'adolescents afro-américains ou hispaniques. Bill lève les yeux au plafond, grimace. Des plaques de polystyrène expansé, déformées par une infiltration d'eau, se désagrègent. Elles se gonflent dangereusement au-dessus du drapeau américain cloué au mur.

— Ils n'ont toujours pas arrangé ça ?

Matthew sourit. Rien n'a changé ici depuis que Bill a demandé sa mutation. Des lustres que le plafond se meurt doucement.

— Tu veux un café ?

— Merci. Penelope s'en occupe.

Le regard de Bill est attiré par les cadres en bois accrochés près du drapeau : les citations de Martin Falter, reçues du San Francisco Police Department. À côté, la peinture garde les empreintes plus claires de trois emplacements vides. Matthew a suivi le regard de Bill. Il baisse la tête. Depuis sa dernière visite les citations de l'ex-inspecteur Rainbow ont été retirées.

— Je me suis permis de…

— C'est bien, gamin. La déco avait besoin d'un petit rafraîchissement.

— Penelope les a gardées, tu sais, elles sont quelque part dans son bordel.

— Qu'elles y restent.

— Tu ne veux pas les récupérer ?

— Qu'est-ce que je pourrais bien en faire ?

Après avoir bu le café apporté par la secrétaire et refusé le moindre biscuit fût-il *organic* quitte à se faire traiter d'emmerdeur, Bill en vient au sujet qui le préoccupe.

— Vous avez quelque chose de prévu pour le réveillon ?

Bill connaît la réponse : ils réveillonnent en famille. S'il a posé la question, c'est pour emmerder Matthew. Il sait le petit embarrassé de devoir répondre à celui qui fut pour lui à la mort de son père un soutien capital (et financier) qu'il n'a pas sa place autour de la table avec les siens. Alors Bill en rajoute un peu, joue les martyrs. Il soupire, tourne son mug de café entre ses paumes, évoque le bon temps, lorsque Martin et lui étaient de service et fêtaient Noël en grande pompe au *Nob Hill Café*.

— Tu te souviens quand on se retrouvait tous à dîner chez *Venticello* sur Washington Avenue ? Ça remonte à un bail... Après l'assassinat de Moscone, fin 78. Tu avais déjà la bougeotte ! Tu te levais pour aller voir passer les *cable cars* dans la rue. Il y avait ta mère, tirée à quatre épingles. Et Maura... Elle était enceinte des jumelles à l'époque. C'était toujours elle qui commandait le vin, même si elle n'en buvait pas. Elle choisissait ce vin pétillant un peu sucré, tu sais ? Ce rouge italien...

Bill sait très bien de quel vin il s'agit.

— Désolé Bill, soupire Matthew, le vin, c'est pas mon fort. Je vais pas pouvoir te parler très longtemps, tu sais, parce que même si en ce moment on n'est pas débordés de travail, j'ai un tas de dossiers en retard.

— La gamine disparue Geary Boulevard y a deux ans, je la vois plus sur le panneau, s'étonne Bill, lorgnant les avis de disparitions punaisés devant lui.

— Ah ! Lindsey Babcock ? On l'a retrouvée.

— C'était quoi ? Une fugue ?

— Elle vendait des tours Eiffel lumineuses aux touristes de Las Vegas.

— Las Vegas, hein ? Des tours Eiffel lumineuses… Y avait pas un mac là-dessus ?

— Je crois pas, c'est Dave qui a vu ça avec les gars de Vegas… Faudrait repasser pour lui demander.

Matthew est mûr. Il a hâte que Bill déguerpisse. L'ex-flic n'a plus qu'à le cueillir. Il faut l'expérience du Vice pour négocier un passage aussi délicat de la conversation. Ensuite, ce ne sera plus qu'une question de timing. Obtenir le numéro de portable de sa femme, la marque de son appareil, le lieu où elle se l'est procuré, filer sur place vérifier qu'il y en a bien en stock.

— C'est ça, Mat'. Je reviendrai plus tard.

Bill demeure pensif, les mains croisées sur son ventre.

— Il paraît qu'ils ont prévu une tempête ce week-end, ajoute-t-il. On devrait avoir de la pluie cet après-midi.

Matthew hoche la tête.

— Je crois que les enfants préféreraient de la neige.

— Pour sûr.

— De la neige à Noël, c'est l'idéal.

Matthew a quitté son siège pour donner l'accolade à Bill. À son tour, Bill s'est levé pour serrer contre lui le fils de Martin, faisant craquer son genou gauche.

— Embrasse bien Cherry pour moi.

Matthew a déjà ouvert la porte du bureau. Le moment est venu pour Bill de poser sa question. Celle qui l'obsède depuis cette nuit : après avoir astiqué tout ce qui ressemblait à un meuble en bois dans son house-boat, il a vu à la télévision un programme de télé-achat proposant un appareil qui pourrait bien être son prochain cadeau de Noël.

Parce que, aujourd'hui, dans sa vie, Bill n'a plus que d'affligeantes préoccupations, du genre qui fait monter un peu de rouge aux joues d'un flic hors service mais amateur de bonne cuisine.

— Dis-moi, ta femme, son four à pain, elle en est contente ?

Émane du ciel une grande clarté.

Une voix céleste répète en anglais les mêmes consignes de sécurité.

Aurait-on ouvert pour Anne une faille entre deux chagrins ?

Docile, Anne se laisse conduire par le tramway automatique à travers l'aéroport, le visage alourdi d'une paire de lunettes noires. Réfugiée dans son long manteau de laine, s'il n'y avait cette douleur au ventre, ce voile sur ses yeux et la fatigue du vol sans escale, elle trouverait ce voyage en tramway plaisant et délicat. Jolie glissade au pays de Walt Disney et de la crise immobilière des *subprimes*.

Dans le taxi qui la conduit *down town*, Anne grimace à la moindre secousse, la vessie compressée dans son jean. Le chemin lui paraît long jusqu'à San Francisco. Des panneaux publicitaires aux dimensions extravagantes surgissent sur l'autoroute.

Welcome to San Francisco !

Jadis fier bastion du LSD, aujourd'hui eldorado de la population gay et lesbienne – et des immigrants clandestins capables de prouver leur lieu de résidence. Devant elle, bientôt, passera un premier *cable car* dans son jus authentique, et la belle ne se lassera plus d'admirer le Golden Gate Bridge enjambant l'océan sous son nappage de brume lavande.

Le vent souffle si fort qu'il sèche les perles de pluie tombées sur les vitres, les éclate en pleine vitesse, fournissant de minuscules miroirs au soleil. Plusieurs rafales font tanguer le taxi. Des nuages charbonneux défient le jour, ajoutant des reflets argentés au pare-brise. Troublée, Anne bat des paupières, rapetisse derrière le col de son manteau, fillette au pays des géants.

La ville s'offre soudain, enfilade de larges artères flanquées de rues étroites et pentues, maisons victoriennes aux couleurs pastel et ossatures en bois, pignons à moulures et ornementations aux motifs fleuris. Impressionnant quartier d'affaires, hérissé de buildings dont le plus moderne, taillé en pointe, déchire l'horizon. Apocalyptique.

— Transamerica Pyramid !

Surprenant quartier chinois précédé d'un portique vermillon des plus cérémonieux.

— Dragon's Gate !

Insolite reproduction de la cathédrale Notre-Dame sur les hauteurs du quartier de Nob Hill.

— Grace Cathedral ! You see, miss ?

Anne hoche la tête. Le chauffeur joue les guides touristiques. Son accent asiatique ne facilite pas la compréhension de son américain. Mais ses phrases sont courtes, jamais plus de cinq ou six mots. De l'époque où elle fréquentait son chef pâtissier londonien, Anne a conservé une assez bonne maîtrise de la langue. Elle devine cependant qu'il lui faudra quelques jours avant de comprendre parfaitement ce qu'on lui dit.

Divergence trop marquée entre ombre et lumière, Anne doit renoncer au panorama et se contenter de fixer le plafond ou l'appuie-tête du siège devant elle. Il lui tarde d'être dans une chambre, d'ouvrir sa valise et d'y trouver de quoi soigner un début d'infection urinaire. Calmer la migraine est aussi prioritaire.

Un froid humide la saisit lorsqu'elle descend du taxi. Une bourrasque de vent rabat des mèches de cheveux sur ses lunettes. Bouffi dans un caban noir, le chauffeur asiatique lui abandonne sa *business card* comme s'il lui confiait un talisman ; elle peut l'appeler à n'importe quelle heure du jour ou de la nuit. Avec son teint pâle et ses pommettes fouettées par le vent, Anne inspire sans doute une certaine sollicitude.

— *Anytime, miss !*

La carte disparaît dans une poche. La voyageuse hâte le pas, tirant sa valise vers la réception de l'hôtel. Situé sur Eddy Street, elle l'a choisi sur Internet parmi une liste d'établissements chic estampillés *Joie de Vivre Hotels*. Les photos étaient avenantes, l'établissement crédité de bons commentaires. Annoncé comme *l'hôtel préféré des artistes musiciens et de Keanu Reeves, Joan Jett, Vincent Gallo et Little Richard,* lieu supposé où les uns et les autres auraient fréquenté leurs maîtresses, agrémenté d'un bar *lounge* et restaurant ouvert trois soirs par semaine, le *Phoenix Hotel* aurait en réalité bien besoin d'une rénovation. Le motel qu'elle découvre semble tiré d'un film des années 60 et méconnaître les bases du confort moderne. Après avoir visité et recalé trois chambres jugées ténébreuses, trop humides ou simplement insalubres, Anne a jeté sa valise sur le lit de la chambre 12, au rez-de-chaussée, avec vue théorique sur la piscine – d'énormes plantes grasses et palmiers ont poussé devant la baie vitrée, la condamnant à la pénombre. Anne s'est acquittée d'un surplus de 5 dollars par jour – ce qui met le prix de la chambre à 144 dollars. Elle ne sait pourquoi elle a choisi celle-ci dont le confort équivaut aux autres. Peut-être son orientation ouest ? Un sentiment de déjà-vu ? Pour l'instant, il devient vital d'essayer de vider cette vessie.

Niché dans la cloison qui sépare la salle de bains de la chambre, le radiateur fait un boucan abominable et souffle un air tiède. Anne doute qu'il puisse réchauffer une pièce dont la température est inférieure à seize degrés. En prenant sa douche, parce qu'elle a négligé de disposer le rideau à l'intérieur de la baignoire, Anne inonde le sol de la salle de bains au carrelage glacé. De l'eau dégorge sur la moquette de la chambre.

Le vent se déchaîne contre la baie vitrée. Tirer le double rideau. Enfiler un jogging, une paire de chaussettes. Se glisser dans le lit *King Size*, une couverture relevée jusqu'aux oreilles. Malgré le feu dans son ventre et les pulsations accélérées de son pouls, Anne sombre dans le sommeil, fracassée par le décalage horaire, oublieuse de sa décision : effacer la figure d'un fantôme. Si elle parvient à retrouver Daniel dans cette ville, il ferait mieux d'avoir une bonne excuse pour ne pas avoir tenu sa promesse. S'il n'est certes pas responsable du désastre de sa vie sentimentale, il a cependant une grande part de responsabilité. On ne fabrique pas des perles d'or aux cils d'une fille sans un jour avoir à assumer pareil prodige.

Vers 20 heures, Anne est réveillée par une musique sourde. Le son provient du bar-restaurant dont la terrasse abritée donne sur la piscine. Debout contre la baie vitrée, Anne écarte le double rideau tout en palpant son abdomen. La pluie a cessé, une nuit sans lune efface les coursives du motel et les guirlandes orangées accrochées aux palmiers tanguent mollement. Sur la terrasse, de courageux clients boivent des cocktails, affalés sur des canapés, le front chauffé par des radiateurs à gaz en forme de lampadaires. Anne a le ventre vide ; elle n'a rien mangé depuis l'avion. Elle devrait avaler quelque chose et surtout boire en grande quantité pour éradiquer l'infection. Mais elle n'en a pas la force et retombe sur le lit, vaincue par la fatigue.

21 h 30. Une musique électronique aux puissantes vibrations la tire du sommeil une deuxième fois. La bouche sèche, elle troque son jogging contre un jean et un pull en mohair. Poudrer les joues. Enfiler son manteau. Quitter la chambre chaussée de ses bottines. Toujours paraître, donner de soi la meilleure image…

Fenêtres coulissantes en aluminium, revêtement de sol plastifié imitation granit, le *Bambuddha Lounge* est aussi moche qu'une salle de MJC. Mais l'éclairage intimiste à la bougie et la musique hypnotique que délivrent quatre haut-parleurs vissés au plafond en Placoplatre améliorent l'ordinaire. Un feu dans une cheminée en fonte donne un brin de chaleur au bar. Baignés d'une lumière bleutée, des jets d'eau décoratifs font un bruit assourdissant en retombant sur une paroi transparente derrière le comptoir. Anne s'est installée sur la banquette au fond de la salle, un dictionnaire bilingue dans le sac à main – utile pour traduire les ingrédients des plats figurant sur la carte. En dépit du manteau qu'elle garde sur les épaules, elle est frigorifiée. La température de la salle ne doit pas dépasser dix-huit degrés. Son état fébrile la pousse à commander quelque chose de chaud au serveur en plus d'une Margarita *ready made* médiocre que ce dernier vient de lui apporter gentiment avec la carte. Les plats proposés sont d'inspiration thaï. Les intonations nasillardes de clients assis au bar et leurs exclamations joviales lui confirment qu'elle a franchi un paquet de kilomètres depuis la veille. Elle est aussi la seule femme non accompagnée à dîner.

Terrain favorable à la mélancolie pour une personne qui exige tant d'elle-même, jusqu'à l'épuisement.

Anne se demande comment elle a pu en arriver là, frissonnante sur la banquette d'un obscur restaurant *lounge*, la vessie en peine et l'esprit marécageux. Il lui semble que le but de ce voyage méritait au moins un appartement confortable dans un hôtel chic et regrette d'avoir succombé au charme des sirènes d'Internet. Qu'est-ce qui lui a pris de sélectionner ce motel ? Comment pouvait-elle savoir ? Quelle terrible faute aurait-elle à expier pour s'infliger pareille épreuve ?

Quelque chose ne tourne toujours pas rond dans sa tête, à moins que ce soit le monde qui vacille autour d'elle... De ce moment d'égarement, Anne fabriquerait-elle sa propre imposture ?

— Madame, *your camomille.*

La tasse est brûlante. Anne ne sent plus sa langue. Le cocktail avalé d'un trait délivre une sensation d'ivresse secourable. La cliente se redresse lorsque le serveur revient vers elle, tenant sur un bras une large assiette. Tofu, champignon, ail, piment, citronnelle, le plat saturé de noix de cajou, vite refroidi, achève la mise à mort de ses papilles. Anne a les paupières qui flanchent. Une fièvre monte de son ventre, désinvolte. Tout part à vau-l'eau.

Les vibrations d'un téléphone portable lui parviennent soudain de la poche de son manteau comme un rappel à l'ordre. Elle extirpe l'objet de la poche avec une certaine langueur.

Existerait-elle soudain pour quelqu'un ?

Son père ?

Le téléphone vient se loger au creux de la main, puis retourne dans la poche sans égards.

Anne a reçu deux SMS.

Deux messages SFR lui précisant les modalités de fonctionnement de sa messagerie depuis les États-Unis.

Bill voudrait un emballage cadeau. Au fond de lui, c'est vraiment ce qu'il voudrait. Déballer un paquet qu'il n'a pas fait lui-même. Dénouer un ruban qui n'aurait pas été fixé par ses soins. Retirer délicatement les morceaux de Scotch, écarter le papier d'emballage et l'entendre craquer.

Et il va l'avoir.

Ce matin, Bill s'est levé fort tôt pour se présenter au magasin dès l'ouverture. Au sous-sol, rayon électroménager, peu de clients ; l'affluence fait peine à voir à quelques jours de Noël. L'employée de chez *Macy's* a laqué ses ongles de la même couleur que la maison de Bill – un lilas aux reflets irisés. C'est une adorable demoiselle asiatique tirée à quatre épingles, une étudiante, sans doute, travaillant ici pour financer ses études. La jeune fille procède par gestes mesurés, calibre la longueur de bolduc, découpe le papier rouge en laissant glisser la feuille entre les deux parties tranchantes d'une paire de ciseaux, puis, colle de minuscules morceaux de Scotch transparent aux extrémités repliées du papier. Bill est charmé par l'agilité de ces doigts dont la délicatesse contraste avec la surenchère de maquillage sur le visage : des paupières fardées de paillettes et alourdies de longs cils que l'on croirait passés au cirage scintillent sous les spots. Les lèvres sont roses comme le cul d'une bouteille de sirop à la fraise et la peau satinée telle une pêche saupoudrée de sucre roux. Les dents, d'un blanc presque bleu, sont rondes et éclatantes sous le renflement des lèvres. Cette fille est tentante comme une décoration de Noël. Bill rajuste sa casquette en cuir élimé.

— Vous êtes très douée.

— Merci.

— Un paquet pareil, ce serait criminel de le défaire.

La jeune femme sourit, un pli se forme aux coins de la bouche et les yeux s'étirent en amande. À cette façon qu'elle a de se tenir exagérément cambrée en appui sur une jambe, Bill devine qu'elle n'est pas du genre à bouder la bagatelle.

— Vous avez quelque chose de prévu pour le réveillon ? ose-t-il.

Le visage de la vendeuse reprend aussitôt un aspect lisse et cette expression de mépris caractéristique des employées de chez *Macy's*. Il lui conseillerait bien une autre façon de gagner son argent de poche mais il a déjà assez déconné avec le personnel. La petite pourrait faire signe au type de la sécurité et Bill ne voudrait pas se retrouver face à d'anciens collègues avec une plainte pour harcèlement aux fesses. Il serait frit sur les deux faces en moins d'une minute. D'autant qu'il n'a pas l'intention de festoyer avec qui que ce soit.

Partager un amuse-bouche, à la rigueur…

— C'est original comme cadeau, un four à pain… C'est pour votre femme ?

Bill s'étonne que la fille le relance. Aussi regarde-t-il à droite et à gauche avant de répondre.

— Non. C'est pour moi.

Qui sait ? La vendeuse a peut-être le béguin pour des types dans son genre, un peu mûrs, seuls, mais encore verts.

— J'en ai offert un à mon père l'année dernière, reprend-elle. Seulement, mes parents ne s'en servent jamais. Mon père n'a pas droit au pain, il est trop gros, le pauvre...

Elle a prononcé la dernière phrase avec un regard de connivence avant d'ajouter :

— ... Il a du cholestérol.

L'homme a quitté le magasin passablement vexé, rajustant sa casquette. Bill est tombé sur plus fort que lui. Une petite perverse aux doigts de fée. Ça lui apprendra à faire le malin. Son cadeau sous le bras, il a marché d'un pas rapide jusqu'au parking, les pans de son duffle-coat battant contre ses flancs. Après avoir catapulté le four à pain à côté de lui dans le pick-up, il a pris la direction de Van Ness Avenue, sans décrisper la mâchoire. Il a rejoint la côte sur Marina Boulevard et longé le Presidio, puis, il s'est engagé sur le Golden Gate Bridge. Le véhicule frappé par les rafales du vent et le pare-brise fouetté par la pluie, il s'est alors enfin autorisé à lâcher un juron, manquant de faire une embardée.

Qu'est-ce qu'il lui a pris d'acheter un putain de four à pain ?

La gamine de *Macy's* a raison.

Il est gros. Il est vieux.

Et il est seul.

On ne fait pas du pain tout seul.

Le pain, on le partage.

Et pas avec les mouettes ou les poissons.

Comment avait-il pu se laisser prendre au jeu de l'amour-propre et croire qu'il suffisait de s'offrir un cadeau une fois l'an pour supporter l'existence et le poids des années ? Qu'est-ce qui ne va pas dans sa caboche ? Bill abat ses poings sur le volant.

— Putains de conneries de bouddhistes !

Il cherche une échappatoire, d'autres coupables à blâmer. Il sait bien qu'il a tout faux, qu'il n'est pas fichu d'aligner correctement ses chakras. Soudain, un rai de soleil traverse la brume. Surgit alors un arc-en-ciel, pile au milieu du pont. Cela ne dure que l'espace d'un instant ; aussi fugitif que la pensée de Bill – se foutre à l'eau avec le pick-up et le four.

Le conducteur lâche encore un juron et ouvre la boîte à gants. À l'intérieur, une flasque de bourbon. Montant des haut-parleurs de l'autoradio, la voix sucrée d'une chanteuse brésilienne accompagne la première lampée.

À 8 heures, Anne est réveillée par une migraine qui la contraint à demeurer trente minutes allongée sur le lit dans l'obscurité – le temps que le Paracétamol agisse. À 9 heures, l'épreuve du petit déjeuner a tôt fait de la revigorer. Au *Phoenix Hotel*, on mange dehors, sous l'auvent de la réception, par tous les temps. Précision non mentionnée sur le site.

Emmitouflée dans son manteau, Anne contemple le buffet en plein vent : quatre bouteilles Thermos (eau chaude, café, café sans caféine, lait), étalage de toasts et de pâtisseries protégés sous un présentoir en plastique transparent, choix de sachets de thé et de tisanes *organic*, broc de jus de fruit glacé, bouteille de lait de soja froid, gobelets, serviettes en papier, couverts. Réfugiée sous un chauffage au gaz, elle tartine de beurre une tranche de pain complet à la cannelle. Toasté, le sucre de l'épice caramélise la mie. Anne trouve enfin du goût à l'Amérique. Cela vaut bien une photo panoramique du buffet. Elle grignote une deuxième tranche puis avale presque un litre de *breakfast tea* allongé de lait. Elle ignore encore que ce repas sera le seul pour les prochaines vingt-quatre heures.

À 11 heures, le chauffeur asiatique l'attend sur le parking à l'horaire convenu au téléphone. Protégée du vent par son manteau, un borsalino en velours noir enfoncé sur les cheveux, Anne pénètre dans le taxi, maquillée sans excès, ayant pris soin cependant de colorer les joues et les lèvres et de noircir la pointe des cils. Assommée par les analgésiques, groggy de cette première nuit, Anne ne sait pas à quoi elle ressemble, ni quel est vraiment son âge. Mais le chauffeur de taxi, lui, a l'œil.

— Vous êtes très jolie avec chapeau, miss.

— Merci.

— *Direction, please* ?

L'adresse est dans sa tête.

Depuis si longtemps.

Haight-Ashbury, 730 Cole Street.

Et vérification faite sur Internet avant son départ de Paris, il y a toujours une famille Harlig qui habite là.

Durant le trajet, Anne est prise de nausées. Elle appréhende ces retrouvailles dont l'imminence la bouleverse. Elle tente de se raisonner, se prépare au pire, déroulant une ribambelle d'hypothèses comme autant de scénarios désastreux et familiers. Des plus évidents (Daniel est heureux, Daniel est père de famille) aux plus inattendus (Daniel a fait son *coming out,* Daniel est parti vivre en Amazonie), les trois plus plausibles ont été retenus :

1) Daniel n'habite plus San Francisco
2) Ses parents ne sont plus en contact avec lui
3) Anne ne va trouver personne lorsqu'elle se présentera à l'adresse donnée

Daniel lui avait parlé d'un hôtel de style victorien à façade rouge, situé tout près de leur maison, et que tenaient ses parents. À deux pas de Cole Street, le *Red Victorian Hotel* se dresse sur Haight Street. Ce dernier apparaît dans la plupart des guides touristiques, présenté comme un lieu *New Age* proposant une cuisine diététique. Si les parents de Daniel ne sont plus les propriétaires de l'hôtel, il ne sera pas difficile à Anne de trouver la trace des anciens patrons. Elle demandera s'ils possèdent une résidence secondaire dans la région ou bien s'ils sont toujours en activité à San Francisco.

Le recul des années ne fait qu'ajouter au vertige de la situation. Les angoisses d'Anne n'ont rien à faire de la vraisemblance ou de la logique d'une hypothèse. Elles s'accrochent, soulèvent son cœur, ravivent la migraine et les aigreurs d'estomac. Le déboulonnage impératif de la statue d'un jeune homme qui régna sur elle en despote ne se fera pas sans peine.

Anne sait qu'elle a trop tardé.

Peu importe. Elle a maintenant l'âge d'être foudroyée.

— 730, Cole Street.

Le taxi a stoppé à l'angle de la rue. Hésitant entre pluie et soleil, le ciel est d'un gris éclatant. Le pavillon où a grandi Daniel baigne dans une lumière crue. C'est une maison dite *de Stick*[1], le style le plus répandu dans San Francisco. Comprimée entre deux autres bâtisses

1. Baptisée ainsi par le créateur de mobilier londonien Charles Eastlake, mettant en évidence les lignes verticales et la structure en bois.

aux structures identiques, sa peinture bleu pâle lui donne une apparence sereine. Anne se l'était imaginée ainsi, modeste et jolie, sauf pour la couleur. Dans son esprit, Daniel habitait une maison mauve, comme l'écharpe qu'il portait à son cou.

— Vous descendez là, miss ?

Le chauffeur se renseigne. Anne acquiesce. Il est temps de confronter la réalité au miroir opaque du souvenir. Anne sort du taxi, son appareil photo en main. Prendre quelques clichés de la rue et de la maison lui donne encore l'illusion de maîtriser les choses, mais il n'en est rien. Lorsqu'elle monte les marches sous le porche, c'est avec la sensation étrange de s'enfoncer dans le sol, comme en disgrâce.

Son cœur bat le chaos.

Elle sonne.

Le coup de fil du Sheriff Office de Marin County a vite fait dévier Bill Rainbow de son chemin. À la sortie du Golden Gate Bridge, le pick-up a pris la direction de Mill Valley. Une urgence l'attend à quelques miles de là. De celles qui requièrent un spécialiste – de l'avis du shérif Michael T. Little. Son expertise à Bill, déjà lorsqu'il était sergent débutant, c'est la négociation. Le blabla pour amadouer le filou, apprivoiser la bête, soulager le désespéré. Cette capacité d'empathie propre aux pasteurs et aux esthéticiennes, il a ça dans le sang depuis toujours. Si Bill reprend volontiers du service, ce n'est ni par nostalgie ni par désœuvrement mais par automatisme.

Sans jamais avoir eu conscience de la dangerosité des situations pour lesquelles il fut appelé à intervenir, Bill aura contribué au sauvetage de pas mal de vies, à la conservation de vaisselle, mobilier, baies vitrées et bouteilles d'alcool de nombreux foyers, restaurants, salons de massages et boîtes de nuit. L'ex-flic aura aussi évité certains assauts musclés, obtenant la reddition du camp ennemi avant même l'arrivée de la cavalerie. Lorsqu'il ne buvait pas, l'inspecteur Rainbow était le flic le plus calme de San Francisco. Son premier coéquipier, Martin Falter, se plaisait à raconter qui si on lui avait ouvert le crâne à chaque fois qu'il quittait leur voiture pour aller négocier le bout de gras avec un fou furieux retranché dans un squat, on aurait vu à la place de sa cervelle un lac avec des canards qui nagent dessus, ou bien une appétissante tarte aux myrtilles cuisant dans un four. Pour Joey, c'était plutôt une musique de film qu'on aurait entendue résonner dans la tête de Bill : *Out of Africa* de John Barry ou *Mary Poppins*. Mais une dose d'alcool suffisait à transformer l'inspecteur Rainbow en machine à distribuer des baffes. Et il avait peu dessaoulé pendant ses deux dernières années de service au Vice. De quoi détruire un mythe.

Le pick-up débouche sur Almonte Boulevard en direction de Miller Avenue, puis tourne à droite sur Camino Alto. À environ cent mètres avant le parking d'un *Safeway*, Bill constate que des dizaines de véhicules sont garées de part et d'autre de la route ; le van d'une chaîne de télévision locale de San Francisco en fait partie. Deux voitures de police sont postées à l'entrée du parking, empêchant tout véhicule d'entrer et bloquant également l'accès au *Starbuck Coffee* situé sur la droite. Les trois autres accès sont gardés par des policiers. Les clients tentant de franchir à pied le terre-plein gazonné bordant le parking sont aussitôt rappelés à l'ordre. Apercevant le pick-up, le shérif adjoint Paul Rideway agite un bras dans sa direction. Bill manœuvre et vient se garer sur le bas-côté pour ne pas gêner la circulation. Sa casquette vissée sur le crâne, il salue rapidement les officiers Josha Hall et Timothy Mitchell. Ses deux anciens collègues rouquins sont rasés de près, serrés dans leurs uniformes d'hiver, et ont chaussé chacun une paire de Ray-Ban.

— Salut Josh, salut Tim. Ça boume ?

Bill fait le point avec le shérif adjoint. Paul Rideway est assez emmerdé. Jetant un œil sur le parking, Bill comprend aussitôt la nature de ses soucis. La surface goudronnée est constellée de totems de cailloux de trente à quarante centimètres de haut, érigés suivant le quadrillage des emplacements de stationnement et les flèches peintes sur le sol, rendant inaccessible le magasin. Depuis l'ouverture à 8 heures, une centaine de clients irréductibles ont abandonné leurs voitures le long de la route et franchi les obstacles de pierres pour tenter de s'engouffrer dans le magasin avant d'être refoulés par le personnel de sécurité. Mais plutôt que de se rabattre sur l'hypermarché le plus proche, ils sont restés pour assister au singulier spectacle qui se déroule sous leurs yeux, usant de téléphones mobiles pour prendre des photos et filmer. En quelques heures, la circulation sur Camino Alto et Miller Avenue est devenue impossible. Tout ça à cause d'un type – vraisemblablement celui qui a empilé les cailloux. Le gars s'est enchaîné aux deux cents caddies du *Safeway* et les a tirés jusqu'à l'entrée principale du magasin, à moins de dix mètres des portes, dessinant un cercle au milieu duquel, juché sur un tas de cartons, il se tient assis en tailleur, serrant un bidon d'essence contre sa poitrine.

— On s'est dit qu'il valait mieux qu'on t'appelle, marmonne le shérif adjoint, tirant sur le col de son blouson pour mieux se gratter le cou.

— On pense que le gars est arrivé pendant la nuit, précise l'officier Mitchell, personne n'a rien vu ni entendu.

— Il a un briquet à gaz et des allumettes plein les poches, renchérit le shérif adjoint. On a tout de suite délimité un périmètre de sécurité.

Bill hoche encore la tête.

— On se demande comment il a fait pour poser tous ses cailloux en une nuit, ajoute l'officier Hall.

— OK. Je reviens.

Bill se dirige vers son pick-up puis réapparaît, un cadeau sous le bras. L'expérience de Bill tient à peu de chose : la sienne. Un type capable d'empiler des cailloux toute une nuit sur le parking d'un supermarché en plein hiver est sans doute aussi déterminé que lui à mourir et visiblement moins lâche – ou mieux organisé. Et s'il ne peut distinguer les traits de son visage depuis l'entrée du parking parce qu'il n'a plus les yeux de ses vingt ans, Bill a une petite idée de l'identité de celui qui attend que le soleil soit à son zénith et que le vent souffle en direction du *Safeway* pour s'immoler par le feu. Il franchit le barrage des voitures de police sans donner plus d'explication au shérif adjoint et aux officiers. Bras croisés, ces derniers l'observent enjamber les totems de pierres en direction du candidat au suicide.

— Nom de Dieu, qu'est-ce qu'il fout avec son paquet cadeau ? murmure l'officier Hall.

— Bah, tu vois pas ? s'amuse l'officier Mitchell. Il joue au Père Noël.

— Bonjour madame... je peux vous aider ?

C'est une voix féminine, un peu voilée. Anne se retourne et découvre sur le trottoir une femme d'une soixantaine d'années. Vêtue d'un long gilet, d'une robe à fleurs et d'une paire de bottes en cuir bleu électrique, elle porte un cabas en vinyle trop lourd et dévisage Anne, la tête inclinée sur le côté.

— ... Vous cherchez quelqu'un ?

Un frisson parcourt Anne depuis la racine des cheveux. La forme du visage. Les yeux noisette. La bouche. La mère de Daniel est là, sur le trottoir. Anne est paralysée, seulement capable de bredouiller sa question avec un accent lamentable.

— Vous êtes Mrs Harlig ?

La femme au cabas se rapproche du porche.

— Oui, c'est moi.

Anne laisse échapper un soupir.

— Je n'étais pas certaine de vous trouver... Que ce soit encore la bonne adresse... Je m'appelle Anne Darney, je suis française... J'arrive de Paris.

La mère de Daniel dévisage Anne.

— On se connaît ?

Anne retire son chapeau.

— Je suis à la recherche de votre fils. Nous ne nous sommes pas vus depuis des années. On s'est connus en France.

La mère de Daniel plisse les paupières.

— Oh ! Vous parlez de Philip ? Il vit à Berckeley.

Dans l'émotion, Anne a oublié que Daniel avait un frère. Elle se reprend, rajustant son sac à main sur l'épaule.

— Non, je suis une amie de Daniel.

Un sourire s'est figé sur le visage de Mrs Harlig. Elle porte une main à son front comme l'on fait pour savoir si l'on est fiévreux.

— C'est une plaisanterie ?

La femme a repris son cabas et gravit les marches qui la séparent de la porte d'entrée. Anne est désarçonnée. Elle se souvient alors de sa deuxième hypothèse.

— Vous n'êtes peut-être plus en contact avec lui ? reprend-elle doucement.

Mrs Harlig pivote. Le regard qu'elle lui jette est glacial. Un trousseau de clés sort de son sac. Anne sent sa gorge se nouer ; ses joues s'empourprent.

— Est-ce que vous avez une idée de l'endroit où je pourrais le trouver ?

La mère de Daniel ouvre la porte et se réfugie à l'intérieur de la maison. Anne sent que la situation lui échappe.

— Je suis désolée d'insister, bafouille-t-elle, mais il faut absolument que je le voie.

La porte va se refermer. La voix d'Anne blanchit.

— ... J'avais seize ans quand je l'ai rencontré. C'était en France, en Lorraine. Daniel était en vacances chez votre belle-sœur avec Philip, en Alsace. Nous avons été des amis très proches...

Mrs Harling apparaît dans l'encadrement de la porte.

— Fichez-moi la paix, murmure-t-elle.

La porte claque. De l'intérieur, une voix étouffée parvient encore à Anne.

— *You'll find my son in Coma !*

Après avoir descendu le porche tel un condamné dont on aurait confirmé la peine, Anne rejoint le taxi. Le chauffeur l'attend, un journal déplié contre le volant. Elle se tasse sur la banquette arrière, le chapeau sur les genoux, visage crispé, indifférente à la pluie qui recommence à tambouriner sur la carrosserie.

— Mauvaise nouvelle, miss ?

Le chauffeur paraît presque aussi déçu que sa cliente. Anne répond qu'elle l'ignore encore, faisant passer l'appareil photo de la poche du manteau au sac à main.

— Vous connaissez une rue à San Francisco qui porterait le nom de Coma ?

Le chauffeur réfléchit.

— Connais pas Coma. Pas à San Francisco. On va où ?

Anne soupire. Retrouver Daniel va lui prendre beaucoup plus de temps qu'elle n'a de jours de congé.

— On retourne à l'hôtel.

Parvenu à l'angle de Haight et Divisadero Street, le chauffeur tapote nerveusement son menton du bout des doigts.

— Coma... Coma...

Puis, il se tourne vers sa cliente.

— Colma... C'est peut-être Colma vous cherchez !

— Colma ? C'est une rue de San Francisco ?

— Non, Colma, c'est une ville, dans banlieue de la City.

— Vous pouvez m'y conduire ?

— Oui. C'est direction de l'aéroport.

Anne reprend espoir. Reste à trouver l'adresse exacte de Daniel. Peut-être en cherchant dans un annuaire… Mais pourquoi Mrs Harlig a-t-elle été aussi sèche avec elle ? Qu'est-ce qui a bien pu détériorer à ce point sa relation avec Daniel ? Dans son souvenir, il avait déjà des problèmes relationnels avec ses parents. Le garçon venait de redoubler sa dernière année au lycée français de San Francisco. Orienté vers une filière scientifique, il se désintéressait de ses études. Il avait peut-être mis ses projets à exécution et monté un garage ; il rêvait à l'époque de retaper des voitures de collection…

— Vous connaissez quelqu'un à Colma, miss ?

— Peut-être.

Le chauffeur se met à glousser.

— Plus de morts que de vivants à Colma !

L'homme étend le bras droit, l'index pointé sur le pare-brise.

— *Just look !*

L'explication de la remarque, Anne ne tarde pas à la connaître : à travers les gouttes de pluie balayées par les essuie-glaces, des centaines de croix blanches surgissent au flanc de la colline bordant l'autoroute.

— Des dizaines et des dizaines comme ça : cimetière juif, cimetière chrétien, musulman… Cimetière pour nous, Chinois. Y a aussi cimetière pour les *puppets*.

You'll find my son in Colma

Colma, ville cimetière de San Francisco.
Mrs Harlig avait donné à Anne l'adresse exacte.
Derrière l'une de ces croix se trouvait Daniel.

Le candidat au suicide est une vieille relation de Bill. Ça remonte à un sacré bail. Ils avaient fait connaissance sur l'affaire du gamin qu'on avait retrouvé le crâne fracassé, sur la route de Stinson Beach. Donovan Western empilait déjà ses cailloux dans le secteur. Avec sa barbe d'ermite souillée et ses yeux creux, son poncho rapiécé et ses pieds maigres, il avait forcément fait l'objet de soupçons aux premiers jours de l'enquête. D'autant que l'animal n'avait rien trouvé de mieux que d'affirmer connaître l'assassin : « Une mouette qui voulait se noyer ». Bill avait rapidement mis hors de cause le pauvre fou, s'attachant bientôt à lui comme à un frère de peine.

Donovan Western était un néo-hippie du genre mystique. Né à New York dans les années 50, il avait étudié à Harvard et fondé son propre cabinet d'avocats en 1971, se faisant un devoir d'engager des confrères noirs et des femmes – sa version de l'*affirmative action*. Sept ans plus tard, après avoir vu la photographie de la fameuse ligne droite tracée dans le désert du Nevada en 1968 par Walter de Maria, puis l'exposition de ses sculptures sur bois dans une galerie sur Great Jones

Street à New York, il quittait son cabinet en costume mais pieds nus avec 2 100 dollars en poche et rejoignait la Californie en auto-stop, évitant les agglomérations, dormant dans les forêts et les déserts sous une tente igloo. Sa recherche spirituelle en relation intime avec la nature venait de commencer. Son désir de retourner aux valeurs primitives se traduisait par l'édification de jardins sculptures faits d'herbe et de granit dans l'esprit de *The Grass Mound* de H. Bayer, un des pionniers du *Land Art*[1] qu'il abandonnait derrière lui à chacune de ses étapes mais dont il faisait des croquis dans un carnet à dessin. Il arriva à San Francisco le 21 janvier 1974, pratiqua un temps la mendicité sur Haight-Ashbury avant de rencontrer l'un de ces hommes qui travaillent à leur propre effacement en accumulant des cailloux, un ancien taulard qui empilait des pierres plates aux abords des fleuves et des forêts. Donovan Western décida alors de se consacrer à sa mission. Désormais, il dresserait des totems de pierres comme un appel à l'Homme, une prière à la nature. Il s'installa à Stinson Beach, un peu à l'écart du centre-ville, dans une baraque de pêcheur située non loin de la plage. Tel un caillou, immobile et monolithique, Donovan Western se refusait depuis lors aux caprices des courants de la vie moderne et célébrait à chaque heure du jour la beauté de cette forme de résistance à laquelle il s'était consacré. Un type qui, quelque part, rappelait à Bill son grand-père, un brave homme auprès duquel l'adolescent orphelin de père trouva une forme de réconfort chaque dimanche que Dieu fit jusqu'à sa mort. C'est avec Henry Rainbow

1. Œuvre édifiée en 1955 dans le Colorado.

que Bill allait au bungalow compter les nids d'oiseaux, guetter les chasses des brochets, fouiller délicatement l'eau trouble avec un bâton pour y discerner le dos écailleux d'une carpe, soulever les feuilles rousses au pied des arbres pour y dénicher des champignons et veiller la dame de l'étang dont les soirs de pleine lune, son grand-père lui montrait le visage transparent à travers les roseaux. Des choses sans importance mais qu'il continue à faire chaque été jusqu'à l'arrivée de l'hiver, avec un plaisir ostentatoire.

— Salut, Donovan, ça gaze ?

La pluie s'est mise à tomber. Bill a franchi le quadrillage de pierres et, sans lâcher son four à pain, se glisse entre la tête et la queue du dragon fabriqué en chariots de métal. Donovan Western a les paupières closes ; ses joues sont sales, la pluie dessine des larmes sur sa figure. D'une voix gutturale, l'ermite annonce à Bill que la lutte des ménages de la classe moyenne ne les mènera à rien à cause de l'inflation, du yo-yo du prix de l'essence et des difficultés de secteurs symboliques comme le transport aérien ou l'automobile.

— Ils sont destinés à sombrer et les hyper riches à triompher. Les familles monoparentales vont crever de leur surendettement, la réalité de l'ascenseur social est aujourd'hui un mythe, la discrimination positive crève de ses carences, yeap ! Et si l'avenir est aux jeunes Latinos – car tu sais qu'ils ont une réelle puissance de vote et, à terme, influenceront largement l'identité, la culture et le comportement politique du pays –, le nivellement et l'égalité forcenée ne seront jamais l'apanage des États-Unis. C'est la fin du rêve américain, Bill, les citoyens ne se battent plus à armes égales.

— C'est vrai, Donovan. Mais j'suis pas venu pour

115

regarder le journal télévisé, moi. Je suis venu pour te demander conseil.

Donovan a ouvert les yeux ; ses paupières battent lourdement. Il frissonne sous son vieux poncho. Son regard croise celui du flic à la retraite.

— Je t'écoute, mon pote.

Bill rajuste sa casquette perlée de gouttelettes.

— Voilà… Comment dire… Depuis quelque temps, j'ai plus très envie de continuer ce que j'ai commencé, soupire-t-il.

L'ermite hausse les épaules.

— Tu n'as jamais rien commencé, Bill. Tu n'as fait que suivre les ordres donnés.

— Bah, j'ai bien commencé à boire, un jour.

Donovan sourit à son ami. Il fouille dans une de ses poches, en sort une petite boîte et la tend à Bill.

— Bill, tu peux partir avec moi. Prends ces allumettes. Ensemble, nous serons cette œuvre éphémère soumise au principe d'entropie et nous ferons corps avec le minéral. Comme je te dis.

Bill a déposé son cadeau sous un caddy afin de le protéger de la pluie et vient prendre place à côté de Donovan, sur le monticule de cartons.

— Ça me dit trop rien ton truc, non, grimace-t-il. Je te remercie, Donovan. C'est pas ça, mon problème… Enfin pas dans l'immédiat.

— Si tu communiais avec la Terre et la considérais comme surface d'inscription, tu n'aurais pas de problème.

— Je sais, Donovan. Je suis un foutu matérialiste…

Les deux hommes sont interrompus par les cris de corbeaux descendant du ciel à pic sur le parking. À cent mètres, parmi une foule de badauds, trois journalistes filment caméra à l'épaule. Les collègues de Bill demeurent impassibles, l'observant avec des paires de jumelles. Les deux volatiles ont posé leurs pattes en équilibre sur des totems de cailloux. De leur œil noir, ils fixent les types assis sur un tas de cartons d'emballage recyclables au milieu du cercle de chariots. Donovan grimace.

— *Two crows, for the two of us...*

Il semble contrarié. Levant la tête et tirant sur les muscles de son cou, il pousse de petits cris aigus pour faire déguerpir les corbeaux, sans succès.

— Qu'est-ce qui te gêne, Donovan ?

— J'aime pas ces oiseaux-là. C'est des voleurs d'âme.

L'ermite s'est redressé. Sa silhouette osseuse lui donne des airs de rapace. Une écharpe noire de crasse se balance contre son poncho au gré de ses mouvements. Il porte des baskets blanches toutes neuves et tient toujours le bidon d'essence contre lui. Il siffle entre ses dents gâtées. Rien à faire. Les corbeaux fouillent tranquillement le duvet de leur ventre, l'eau de pluie glissant sur les plumes.

— Pourquoi tu ne leur lances pas un de tes cailloux, Donovan ?

— Parce que je ne suis pas un jardinier anglais. C'est quoi ça ? demande-t-il soudain, apercevant le cadeau de Bill sous le caddy.

Bill baisse la tête, presque honteux.

— C'est ça, mon problème. Je me suis encore fait un cadeau.

Les pommettes de l'ermite remontent vers les tempes. Il se met à glousser crescendo, réveille quelques scories dans ses poumons. Victime d'une quinte de toux, les yeux injectés de sang, il se libère du bidon d'essence pour frapper son torse et articule entre deux crachats :

— Putain de merde Bill Rainbow ! Qu'est-ce que t'as foutu de ton énergie innée ?

Maintenant que le bidon est posé sur le sol, Bill a la situation en main. Il sort un paquet de mouchoirs et l'offre à Donovan, passant un bras autour de son cou.

— Et toi, Donovan Western, sourit-il en lui tapant amicalement l'épaule, qu'est-ce que tu fiches avec ton troisième œil ?

Il ne faut pas longtemps aux officiers Hall et Mitchell pour rappliquer, mettant en joue le misérable ermite sous une pluie battante.

Après avoir salué ses anciens collègues, pris de brèves nouvelles de leurs familles respectives et assuré à Donovan qu'il serait bien traité par les deux rouquins, Bill s'en est retourné dans son pick-up, emportant sous son bras le four à pain serti dans son emballage rouge détrempé.

L'appareil a finalement servi à quelque chose.

Bill aura épargné quelques dépenses aux assurances du *Safeway* et accessoirement, sauvé une vie.

Et tout ça sans même avoir jeter un œil sur le mode d'emploi.

The Holy Cross Catholic Cemetery est situé 1500, Old Mission Road. C'est le dernier sur la route, après le cimetière des animaux domestiques. Il est le plus ancien et le plus vaste de Colma. Des gens ont été inhumés là depuis 1887, tous appartenant à la communauté catholique. Beaucoup de politiciens notables, banquiers, religieux sont enterrés à Holy Cross. Edmund G. Brown (1905-1996), gouverneur de l'État de Californie, Pietro Carlo Rossi (1855-1911), fondateur de la communauté suisse italienne, James D. Phelan (1861-1930), maire de San Francisco, Michael Henry de Young (1849-1925), fondateur du *San Francisco Chronicle*, Joseph P. Dimaggio (1914-1999), joueur de base-ball ayant rejoint The San Francisco Seals de 1933 à 1935 – plus connu pour avoir été marié à Marilyn Monroe –, Georges R. Moscone (1929-1978), maire de San Francisco, assassiné à l'hôtel de ville le 27 novembre 1978… Une promenade à travers le cimetière fait rejaillir quelques grands moments de l'histoire de la ville. Mais Anne n'a pas songé à s'arrêter, plan en main, devant chaque tombe pour méditer sur la grandeur de l'homme. Suivant les indications du gardien, elle descend à pied sur le chemin qui la sépare de la section « L », située après le deuxième rond-point, à droite du mausolée. À moins de trois mètres du chemin goudronné, une pierre de marbre gris noircit sous la pluie. Gravés en lettres blanches dans un marbre terni par les années, un prénom et une date sont un ultime affront à celle qui vient ici chercher plus qu'une réponse, une libération :

Daniel, 1986

Anne s'est affaissée sur les genoux, maculant son manteau de terre détrempée. Le borsalino a roulé dans l'herbe et son front touché la pierre froide, une plainte sourde jaillissant de sa gorge. Ses doigts ont cherché sur le sol la trace invisible d'un corps à étreindre. Mais rien n'existe sinon la pluie tapotant le chapeau de velours noir, et cette sensation d'anéantissement brutal dans son esprit.

Si le chauffeur de taxi n'était venu la rechercher un quart d'heure plus tard alors qu'il pleuvait à verse, Anne serait encore là, écoutant les rumeurs du vent dans le cimetière, cherchant l'écho d'une voix, photographiant encore et encore la pierre tombale.

— Pas bon rester comme ça... Vous allez être malade.

Une couverture est passée du coffre vers la banquette arrière, la voiture a repris Old Mission Road, faisant couiner ses essuie-glaces tandis qu'une radio californienne diffusait de vieux titres de David Sanborn.

Mr Lee, le chauffeur du taxi, a convaincu sa cliente de s'arrêter un peu plus loin sur la route dans un établissement de restauration rapide asiatique pour y prendre quelque chose de chaud. Mais Anne est incapable d'avaler la moindre soupe de nouilles. Mr Lee tente de remonter le moral à la jeune femme, insistant sur ce que doit être la douleur de perdre un enfant – peine qui jusqu'à présent lui a été épargnée. Pour preuve, il extirpe un portefeuille tiède d'une poche de son pantalon en tergal, puis exhibe les photographies de ses enfants – une fille et un garçon, tous deux étudiants à Berkeley. Ainsi dépliés au centre d'une table en pin verni exhalant une odeur d'huile de sésame, encadrés de cheveux noirs contrastant avec la clarté de leur peau, les visages épanouis ont quelque chose d'inconvenant.

— Pour mon anniversaire, s'émerveille Mr Lee, j'ai reçu magnifique cadeau de la part à eux : un four à pain. Acheté avec leurs économies d'étudiants.

Mr Lee en a presque les larmes aux yeux. Il secoue la tête.

— Mais je peux pas manger le pain. Parce que je suis malade. J'ai du cholestérol, ajoute-t-il, honteux.

La voix de Paul Anka sort des haut-parleurs dissimulés derrière le faux plafond du fast-food. Anne ébauche un sourire. Mr Lee se dit que sa cliente retrouve le moral et se tortille de satisfaction sur la banquette en Skaï beige. Mais Anne ne fait qu'exprimer la fulgurance d'un sentiment. Les cheveux dégoulinants de pluie, devant un bol de nouilles baignées de jus de viande et de légumes, accompagnée d'un chauffeur asiatique au régime sec, elle se découvre grotesque. Hier, l'espoir de retrouver Daniel ouvrait la perspective d'en finir avec le passé. Cette ville cimetière repliait un voile noir sur sa conscience et se plaisait à l'humilier, à chaque seconde.

— Vous finissez pas votre soupe ?

La nuit est tombée vers 18 heures. Le vent murmure sous la porte de la chambre 12. Anne est allongée sur le lit en jogging, une paire de chaussettes épaisses aux pieds, le menton enfoui dans une écharpe. À côté d'elle, une bouteille de champagne français payée 39 dollars à la droguerie du coin. Soulever la tête de l'oreiller. Remplir de liquide mousseux le verre à dents. Avaler son contenu. Anne ajoute une perle au collier de grimaces qu'elle fabrique sans y penser et reprend sa position initiale, dos appuyé contre deux coussins. Ses yeux sont ouverts sur l'écran du téléviseur suspendu au mur face au lit. Une série américaine d'anticipation dont le propos lui échappe est interrompue toutes les neuf minutes par des publicités. Hamburger au chili, assurance-vie, pizza triple fromage, société de crédits, nourriture pour chien, 4 x 4 de luxe, bandes-annonces de films SF à venir sur la chaîne, les mêmes images se succèdent avec frénésie.

Toutes les neuf minutes, Anne fait un cliché du hamburger au chili et de la pizza triple fromage. Toutes les neuf minutes, elle trouve un sens mécanique à sa vie.

Anne n'avait qu'une idée en tête : retrouver Daniel. C'est maintenant chose faite.

Daniel Harlig, fils de Margaret et de Jean-Pierre Harlig.

Daniel n'a jamais quitté San Francisco.

Ou si peu.

La bouteille de champagne vient directement se poser contre les lèvres. Remplir la bouche de bulles acides. En scarifier l'estomac.

Sur l'écran de télévision, une publicité comparative de *burritos* entre *McDonald's* et *Kentucky Fried Chicken*.

Daniel est mort.

Daniel est mort depuis vingt-deux ans.

Anne a vécu plus de la moitié de sa vie avec un cadavre dans la tête. Aussi, ce soir, elle fête l'ère d'une nouvelle solitude.

Désormais, celle-ci est absolue.

L'entrée

Des bourrasques affolent les fils électriques au-dessus de Jones Street, bercent sans ménagement les feux de signalisation aux intersections des rues. Sous l'éclairage des néons, des gouttes de pluie scintillent à la surface des vitrines, ajoutent un peu de lustre à la nuit. D'un bleu sombre et opaque, garni de nuages pourpres, le ciel menace encore la ville. Bill Rainbow a remonté le col de sa veste. Il marche la tête penchée pour se protéger du vent, sa casquette en cuir enfoncée jusqu'aux oreilles. L'homme s'engouffre bientôt à l'intérieur d'un bâtiment vétuste. Gardé par une porte rouillée, le *China Health Spa* ressemble à un motel bon marché. Il fait partie de la vingtaine de salons de massages de Tenderloin. Dans ce quartier où les revenus sont faibles, de jeunes immigrées vietnamiennes, cambodgiennes et chinoises débarquées à San Francisco y trouvent encore facilement un emploi de masseuse – tradition héritée des années 70, époque où les réfugiés, fuyant leurs pays dévastés par la guerre, ont envahi le secteur.

Suspendue au plafond du hall d'entrée, en bas d'un escalier, une caméra vidéo contrôle l'accès au salon.

Bill a signalé sa présence d'un signe de la main, la porte décorée de motifs orientaux en résine jaune d'or s'ouvre sur une pâle lueur. S'y découpe la silhouette d'un cerbère asiatique de taille moyenne mais costaud. Costume noir, lunettes cerclées de métal, l'homme jauge le visiteur. Bill retire sa casquette.

— Salut, Larry. Ça *groove* ?

L'Asiatique s'écarte sans un mot.

D'un côté du couloir tapissé de moquette grenat s'ouvre un salon spacieux : la pièce est dépourvue de fenêtres, trois miroirs sont accrochés aux murs. Dessous, une rangée de canapés fleuris de roses s'orne de quelques jeunes filles alanguies. De l'autre côté du couloir, six chambres privées aux portes entrebâillées arborant chacune le nom d'une fleur dégagent une forte odeur d'encens à laquelle se mêlent des fragrances de menthe poivrée et d'huiles essentielles. Bill connaît bien ce parfum. Il imprègne déjà sa chair, fait monter la sève.

— Inspecteur Bill ?

C'est une Taïwanaise d'une cinquantaine d'années dans une robe bleu nuit cousue de fil doré. La robe est bon marché, le maquillage forcé, le visage défait par la fatigue, mais les bras grands ouverts pour accueillir un vieux client.

— Salut, m'dame.

— Quel plaisir de te voir.

— Dis-moi, tu n'es pas censée fermer à minuit ?

La Taïwanaise porte sa montre-bracelet à l'oreille et fait mine de ne rien entendre.

— Elle a dû s'arrêter tout comme la tienne, inspecteur.

Bill se fend de la même remarque à chacune de ses

visites. Si depuis la fin des années 90 la prostitution et le trafic de drogue ont régressé dans le quartier, les salons sont encore très surveillés par la police de la City. La Vice Crimes Division de la SFPD inspecte régulièrement et de façon inopinée certains établissements. Cependant, depuis que le Comité de surveillance de San Francisco a adopté une mesure qui interdit la création de nouveaux salons de massages dans le quartier et prescrit des restrictions, le *China Health Spa* passe outre et reste ouvert jusqu'à 2 heures du matin ; Madame Lin a rendu quelques petits services au Vice, ce qui lui permet de jouir encore d'une relative liberté quant à l'amplitude horaire de son spa.

Tandis qu'elle aide Bill à retirer sa veste, deux jeunes filles presque identiques apparaissent dans l'encadrement d'une porte. Regards furtifs, gloussements, les masseuses sont vêtues de blouses dépourvues d'emmanchure. Aux aisselles, le tissu marque leur peau lisse et poudrée d'un trait rouge.

— Comment vont les affaires ? s'intéresse Bill.

Madame Lin dispose la lourde veste sur son bras en soupirant.

— Le commerce marche mal ces temps-ci, mais on attend un groupe de touristes hongkongais pour Noël. Il a fallu baisser le prix à cause du *Paris Massages & Sauna*. Ils sont à 60 dollars pour un massage de 30 minutes avec sauna illimité.

— Déloyal.

— En plus de la clientèle locale, on a pas mal de Chinois qui viennent pour les affaires. Ils discutent les prix, sont exigeants sur les extras et après ils font des histoires… C'était pas comme ça avant.

— L'ère de la mondialisation.

Madame Lin pivote et vient pousser la porte d'une des chambres, lançant par-dessus son épaule :

— Pas bon pour le business. Tu as de quoi payer ?

Bill palpe le portefeuille glissé dans la poche arrière de son pantalon.

— Tu veux quoi ? J'ai des très jolies filles ce soir pour toi, inspecteur.

À dix mètres, Bill avise une demoiselle et sa blouse rikiki étendue sur l'un des canapés du salon. Le visage est dissimulé derrière des cheveux de jais mais on peut voir à la peau des coudes et des genoux qu'elle est très jeune. Elle fredonne le refrain d'une chanson pop cantonaise qui passe à la télévision fixée au mur. La voix est enfantine et juste, légèrement enrouée. Depuis que Bill est entré, la fille repeint ses ongles de pied en violet, le cou lesté d'une écharpe en lamé qui chatouille le sol carrelé au gré des mouvements de ses épaules. Elle procède méticuleusement, concentrée sur son ouvrage, souffle sur ses ongles sans jamais relever la tête, indifférente à ce qui se passe autour d'elle. Bill fait un pas vers la chambre où Madame Lin l'attend. Le bruit de l'eau dans une baignoire lui rappelle le clapotis familier de l'océan contre son house-boat.

— *Made in Hong Kong* ? demande-t-il, indiquant du menton la jeune fille sur le canapé.

Le regard de Madame Lin suit celui de Bill.

— *Made in Berkeley*. Elle fait des études dans la musique. Elle joue aussi du… comment on dit déjà ?

Madame Lin mime les mouvements d'un archet imaginaire à hauteur de son ventre.

— Tu sais, comme un violon mais plus gros.

— Du violoncelle.

Elle lève les yeux au ciel en agitant les mains.

— Très cher ça, comme étude. Mais pour toi c'est gratuit. Bain relaxant 30 minutes et 15 minutes massage ?

Madame Lin ne s'est toujours pas faite à l'idée que Bill Rainbow a quitté ses fonctions. Elle persiste à lui donner de l'*inspecteur* en souvenir d'une lointaine époque où il venait ici s'encanailler avec son coéquipier Martin Falter. Les deux pères de famille débarquaient là en fin de service, passablement éméchés, et tâtaient de la belle jeunesse avant de retourner auprès de leurs légitimes. Martin avait commis l'erreur de s'enticher d'une Taïwanaise de dix-neuf ans. Quand la gamine aux doigts de fée lui avait annoncé que Martin allait être papa, le coéquipier de Bill avait compris que sa misérable existence arrivait à son terme. Il s'était tiré une balle dans le cœur chez Madame Lin, maculant de sang les murs moquettés de la *Chambre du Lotus* sous les yeux épouvantés de la fille qui pensait avoir trouvé là le moyen de devenir citoyenne américaine. Sans l'intervention de Bill et la complicité du médecin légiste de l'époque, l'établissement aurait aussitôt été fermé. Bill avait aidé à déplacer le corps de Martin à bord de leur véhicule de service jusqu'à son domicile. Seulement une heure après le drame, on l'avait officiellement trouvé mort dans son garage. Il était impératif que ni Mrs Falter ni son fils Matthew n'apprennent la vérité sur les causes et les circonstances réelles de son suicide. Cet exploit avait valu à Bill un abonnement éternel et gracieux au *China Health Spa*.

Madame Lin va quérir la jeune fille toujours penchée sur ses ongles, l'écharpe en lamé touchant le sol. Lorsque la masseuse lève le visage sur Bill, celui-ci blêmit.

Son instinct de flic aura toujours le dessus.

Il avait bien remarqué que la vendeuse de chez *Macy's* était fort habile de ses doigts.

— Voici Zhu. Notre musicienne.

Zhu sourit de toutes ses dents. L'éclat juvénile de ses yeux est un appel au jeu. Elle aussi a reconnu le client au four à pain. Zhu sautille sur la pointe des pieds comme un jeune chiot quittant son panier et se plante devant Bill Rainbow, nouant l'écharpe autour de sa tête :

— Tu veux un emballage cadeau ?

L'hôtel est chaleureux comme une maison de campagne, égayé de murs lambrissés et de rideaux à carreaux rouges et blancs. On y trouve des pieds de lampe fabriqués à partir de bouteilles.

Chaque année, à Noël, les parents de Daniel programment un voyage en France, conciliant réunion de famille et pratique de leur sport favori – le ski. Bussang a l'avantage d'être une station vosgienne peu fréquentée et d'offrir des pistes de qualité, cernées par la forêt. Après avoir dégusté la traditionnelle bûche glacée à Strasbourg en compagnie de tante Christine, la sœur de Mr Harlig – elle tient un pressing dans le centre-ville –, c'est à l'Auberge des Deux Épis que s'installe la famille Harlig pour quelques jours avec ses deux fils. Mais en cet hiver 1984, les parents ne sont pas du voyage. Seuls les fistons ont pris l'avion.

Daniel a une petite amie à San Francisco.

Anne a son amoureux au lycée.

Pourtant ils ressentent une forte attirance l'un pour l'autre. Daniel propose qu'ils goûtent aussi à ce fruit-là. Anne est d'accord. Elle n'a de comptes à rendre à personne. Elle peut décider de ce jeu idiot qui consiste à imiter papa et commettre l'adultère. Puis, elle oubliera illico cette aventure au dernier jour des vacances. Entre Daniel et Anne, à cet instant, il n'est pas question de sentiments mais de badinage.

Chambre 21. Ils sont seuls, un peu avant dîner. Vêtue de boiseries et de moquette bouclée, la pièce est bienveillante. Anne s'allonge sur le lit. Daniel s'approche d'elle. Ils plaisantent. Daniel éteint la lumière. La pénombre envahit l'espace. Anne perçoit une lueur derrière les rideaux. Elle ne sait plus si la chambre donne sur la place du village ou derrière l'hôtel, mais elle se souvient de ce silence où les battements de son cœur disent son anxiété.

Daniel est contre elle. Il glisse un bras sous la nuque de la jeune fille et bascule par-dessus elle. Ses reins pèsent contre ses cuisses. Son visage frôle celui d'Anne. Elle ferme les yeux, entrouvre les lèvres. La bouche de Daniel prend celle de la jeune fille, sa langue cherche sa langue et Anne plonge dans l'absurdité. Jamais on ne l'avait embrassé ainsi, avec autant d'impatience et de désir.

Plus tard, ils sont allongés l'un contre l'autre, simplement enlacés. Seuls des caresses et des baisers ont été échangés. Pourtant, Anne et Daniel sont bouleversés comme après l'amour.

Il est assis au bord du lit, fixant du regard ses pieds posés sur la moquette tel un coupable hésitant à passer aux aveux. Au milieu des couvertures, les genoux ramenés vers le menton, Anne observe Daniel. Le jeune homme soupire, rit nerveusement, se lève, hésitant, confus. Anne le voit tourner en rond, le front bas, et ne sait que dire mais tout en elle l'appelle sans bruit, sa peau réclame sa peau, son corps espère l'étreinte.

Alors Daniel revient à elle, vaincu. Il se penche sur le lit, la fait glisser vers lui pour la serrer fort. Anne referme ses cuisses autour des hanches du garçon. Daniel se redresse la tenant dans ses bras et la porte ainsi contre lui partout dans la chambre. Il sourit, désarçonné mais ravi. Anne embrasse son visage. Parfois, il cesse la promenade, appuie le dos de la jeune fille contre le mur. Et leurs caresses reprennent. Anne a seize ans, Daniel, dix-neuf. Son corps a trouvé l'autre corps, sa peau caressé l'autre peau. Les pull-overs freinent l'étreinte. Anne n'a jamais fait l'amour, mais il lui semble que la pénétration doit procurer un étourdissement similaire à celui qu'elle ressent lorsque Daniel glisse sa langue dans sa bouche. Et sa sensualité, entière, de se révéler, de les transcender l'un comme l'autre, ravagés par les délices de leurs impatiences retenues, cloués au sol, bientôt K.-O.

Daniel hoche la tête d'une façon particulière. Il la garde souvent un peu baissée, les yeux fixés sur Anne, un sourire par-dessous. Le sourire de Daniel a cette forme victorieuse que dessinent les ailes dépliées d'un oiseau dans le ciel.

Anne se souvient de toutes ses dents. Bien que les contours de son visage se soient effacés au fil du temps, demeurent ces courbes qu'elle ne se lassait pas de toucher : celle du menton, les demi-cercles tracés depuis le nez jusqu'à la bouche, les vaguelettes sur le front, l'arrondi des sourcils noirs.

Anne n'est jamais retournée dans cette chambre d'hôtel.

C'est là qu'ils auraient dû comprendre leur désastre.

On ne peut pas se trouver ainsi.

Pas à seize ans.

Aucune mention n'est gravée dans la pierre. Pas même « À notre regretté fils » ni « À notre frère tant aimé ».

Cette pierre est un tombeau.

Celui d'une famille tout entière emportée par le chagrin, désintégrée.

L'image du bloc de marbre est emprisonnée dans l'appareil photo numérique depuis vingt-quatre heures. La longue nuit d'Anne a commencé la veille, après sa visite au drugstore du coin pour y acheter la bouteille de mousseux. Le type lui a fait un prix – l'étiquette était couverte de poussière graisseuse. La bouteille devait attendre depuis des lustres que quelqu'un ait un événement à fêter.

13 heures. Anne est allongée sur la moquette près du lit, morne piédestal. Elle a vu l'aube se lever à travers ses paupières. Enroulée dans une couverture, encore vêtue de son jogging, les cheveux en désordre, elle se souvient avoir glissé du lit l'esprit tourmenté par un cauchemar dans lequel Daniel se moque d'elle et la repousse sans ménagement. Elle se souvient de ce bruit mat qui l'a tirée du sommeil. Rituel des mauvais jours, une douleur située au niveau du lobe frontal droit s'est ensuite manifestée, l'obligeant à demeurer allongée sous peine d'être foudroyée par une nausée au premier mouvement.

Elle sait qu'on a encore frappé à la porte il y a un quart d'heure. La femme de ménage attend qu'elle sorte pour faire la chambre.

Trouver la force de se lever.

S'accroupir dans la baignoire, le visage martelé par le jet de la douche.

La migraine s'atténue, les images de sa propre mise en abyme se couvrent de buée.

Anne sait que le plus dur reste à faire. Un chemin de croix s'est brusquement ouvert. Placer les doigts sur ses plaies. Faire le deuil de Daniel, ce souvenir que la mort interrompt, recueillir le récit de son trépas, et comprendre pourquoi le visage de Mrs Harlig porte les stigmates d'une infinie douleur.

Remettre tout en ordre.

Ranger les produits de beauté sur la tablette. Défroisser les serviettes de bain puis les plier bord à bord. Recommencer trois fois. Peigner les cheveux avant de les sécher et de les lisser mèche par mèche. Rincer longuement la baignoire. S'habiller de couleurs sombres debout à côté du lit. Mettre les vêtements sales dans le sac prévu à cet effet – pliés si possible. Placer le reste du linge dans la penderie, y ranger la valise à côté de la table à repasser. Dissimuler la boîte contenant quelques bijoux sans grande valeur dans un tiroir de la table de nuit avec la pochette de médicaments. Revenir dans la salle de bains, saisir le flacon de parfum carré, vaporiser le pull noir à col roulé. Être belle et lisse de tout ce malheur.

Dehors, le vent poursuit inlassablement son ouvrage, balaye les cumulus, clarifiant l'horizon. Anne a quitté la chambre, protégée du froid par un blouson zippé et une écharpe. Les verres sombres de ses lunettes font barrage à toute tentative de communication extérieure. Elle remonte Eddy Street à la recherche d'un endroit où boire quelque chose de chaud, avaler un cachet de Doliprane et une gélule de Débridat. Penser à prendre une bouteille d'eau minérale pour la chambre. Devant elle, sur le trottoir, deux *homeless* gesticulent sous les rayons du soleil. Leurs visages brunis par la crasse sont comme desséchés. Habillé de plusieurs couches de vêtements superposés, celui qui serre un gobelet *Burger King* contre lui ressemble au bibendum *Michelin*. L'autre, résolument droit dans son fauteuil roulant, porte une veste en laine à carreaux sur un pull troué. Ils sentent l'alcool et parlent fort, dominant le vacarme de la circulation. Parvenue à leur hauteur, Anne saisit quelques bribes de la conversation ; une histoire d'aide sociale suspendue. Le type au fauteuil veut se foutre en l'air.

— *No hope, man, no hope !*

Il ouvre les bras par à-coups et les écarte de son corps tel un oiseau englué dans le mazout cherche à s'envoler. Il serre les poings à l'intérieur de gants en acrylique rouge et frappe son front, accablant Dieu. Anne baisse le regard : plonge les mains dans ses poches, chavirée par l'odeur acide et capiteuse de ces hommes qui dorment dans une maison en carton, troublée par cette clarté, ce frémissement qu'ils dégagent et dont ils ignorent la puissance. Elle finit par les dépasser, cousine de leur certitude : quelqu'un là-haut aura oublié de les mettre sur la *guest list*.

Le 18 juin, Allison Rainbow a fêté ses quatre-vingts étés. Assis sur le bord du lit, créant par son poids et sa stature un affaissement du matelas, Bill arrange dans un vase un bouquet de fleurs sauvages acheté au *Whole Foods Market* sur Franklin Street. Une fois par mois, il rend visite à sa mère à l'hospice du Laguna Honda Hospital, avec la même volonté : celle de se persuader que la vieille femme est encore capable de faire une différence entre son fils et l'appareil que l'on apporte dans sa chambre pour la verticaliser. Trente années de visites réglementaires à une patiente en chemise de nuit condamnée à plus ou moins court terme selon les médecins, ça finit par rendre mystique.

Allison Rainbow a fréquenté pendant sept ans différents hôpitaux psychiatriques de la région. Elle a pratiqué neuf années de maisons de repos singulièrement onéreuses justifiant leurs tarifs par la présence d'un terrain de tennis ou d'une piscine dans l'enceinte de l'établissement, l'ajout d'un piano mi-queue dans le *lobby* ou l'équipement dernier cri des cuisines aménagées dans les studios de leurs pensionnaires, et elle s'apprête maintenant à entamer sa quinzième année en maison de retraite médicalisée. Dénoués, ses cheveux atteignent les coudes, ils ont pris la teinte de ses dents jaunies et sa peau translucide laisse apparaître le relief des veines. Voilà quarante ans, le mutisme dans lequel elle était plongée depuis la mort de son mari avait laissé place à une psychose, déclenchée par l'accident de voiture qui coûta la vie à ses parents. Allison Rainbow commença de soupçonner ses proches voisins – et plus particulièrement Mr et Mrs Studs – d'être à l'origine de tous ses drames. Sa paranoïa allait s'incruster dans les tréfonds de son âme, brisant le seul lien affectif qu'elle s'autorisait encore : celui avec son fils.

— Tu sais, dans quatre jours, c'est Noël, maman. Il va y avoir une petite fête au réfectoire, comme les autres années. Avec un repas spécial, un Christmas cake et du jus de pomme.

Allison Rainbow sourit ; son regard passe des yeux de son fils à l'écran de télévision accroché au mur derrière lui et sur lequel une aide-soignante a eu l'idée saugrenue de poser un bonhomme de neige en plastique. Parfois, la vieille femme hoche la tête, émet un ricanement docile comme si elle jouait à cache-cache derrière les rideaux de la chambre. Ce sourire en demi-teinte, Bill le connaît bien. Il était l'ornement de son visage chaque dimanche quand, vêtue de sa robe d'intérieur au motif de violettes, elle découpait des recettes de cuisine dans *Woman's Day*. Ce sourire accompagnait sa lecture de livres, lorsqu'elle s'asseyait sur la pelouse du jardin, sa jupe à plis retombant en corolle depuis sa taille, une cigarette à la main. Il s'est toujours affiché sur sa figure, même dans les périodes dramatiques de leur vie. Sans doute pour apaiser les terreurs nocturnes de son fils, Allison conservait-elle ce trait de félicité.

— Tiens, maman… Regarde ce que je t'ai apporté. Je l'ai trouvé en faisant du ménage dans mes affaires, il y a quelques jours.

Bill saisit un sachet en papier recyclé à l'enseigne de l'hypermarché bio où il fait ses emplettes. Il en sort une boîte en carton.

— On s'en servait pour égayer la voiture quand on était de service avec Joey. Ça remonte à une paire d'années.

— Joey ?

— Oui, Joey, tu sais, mon ancien coéquipier. Celui qui t'apporte les gâteaux italiens dont tu raffoles.

— Des gâteaux ? Ah ! oui.

— Ça mettait un peu d'ambiance. Regarde, m'man…

Bill s'apprête à vider la boîte de son contenu lorsqu'il suspend son geste. Il se souvient du dernier cadeau offert à sa mère, en juin. Une robe de chambre rose pâle emballée dans du papier de soie. Une andouille d'aide-soignante avait déchiré le papier au lieu de retirer les petits morceaux de Scotch. On avait frôlé la scène d'hystérie.

— Maman, tu me promets de ne pas hurler, de ne pas t'arracher les cheveux ni d'essayer de me mordre quand je vais sortir l'objet qui se trouve dans cette boîte, même si le carton fait du bruit ?

Mrs Rainbow cligne des paupières, interrogeant son fils du regard.

— C'est Joey ?

Bill soupire.

— OK. Bon, alors, attention, m'man, j'ouvre.

D'un geste délicat, Bill extirpe un petit sapin de

Noël en plastique truffé de diodes multicolores. La vieille femme sursaute. La main de Bill est sur son front.

— Regarde, il est pour toi.

— C'est Joey ?

— Attention, à présent, je fais clignoter les lumières. Attention, m'man…

Bill actionne l'interrupteur situé sous le sapin. La vieille femme pousse un cri admiratif. Le cadeau de son fils lui plaît. La tête décollée de l'oreiller, cou tendu, elle approche puis recule ses mains de l'objet sans oser le toucher, comme si elle craignait de se brûler.

— Tu veux bien que je décore ta chambre pour Noël ?

Elle acquiesce. Bill fait rapidement le tour de la chambre et installe le sapin sur le buffet à gauche du téléviseur – un des rares meubles de famille ayant survécu aux différents déménagements d'un établissement médical à un autre.

— Ici, qu'est-ce que tu en penses ?

— Ici, ici, oui, oh ! Ici, c'est ici !

Le regard de Mrs Rainbow brille. Elle s'est redressée dans le lit et observe le sapin clignoter, répétant les mêmes mots. Bill repousse de la pointe du pied l'emballage du cadeau sous le sommier surélevé. Il a repris place au bord du lit, dos voûté, se pince le nez.

Il se demande combien de temps les piles du gadget vont tenir.

Combien de minutes ou d'heures vivra l'émerveillement dérisoire.

Jusqu'à quand il trouvera en lui le courage de venir ici assister à la dévastation d'un corps et d'un cerveau, à la mise en scène avec assistance médicale d'une éternelle agonie.

Bill fouille dans une poche de sa veste, en sort une dragée à la réglisse qu'il jette dans sa bouche. Il cherche une pensée réconfortante.

L'enseigne lumineuse du *China Health Spa* s'impose, et aussitôt lui apparaît le visage dénué d'expression de Zhu tenant son sexe entre les doigts manucurés de sa main droite, l'autre malaxant ses testicules. Zhu, chantonnant de sa voix cassée les paroles d'une chanson pop cantonaise, Zhu perdue dans ses pensées. À cet instant, Bill ressent presque la sensation de jouissance qui l'avait dévasté lorsque la jeune fille avait accéléré le va-et-vient méticuleux de sa paume enduite d'huile de massage. Il se souvient aussi de cette claque reçue sur l'abdomen – une façon peu convenable de lui signifier la fin de la séance –, et ce même sentiment de mortification de l'envahir. Inlassablement, Bill suit un couloir sombre, celui qui distribue les mauvaises pièces.

Bill gratte sa nuque, chassant l'air de ses poumons.

— Bon… M'man, je vais te laisser, il faut que je rentre. Tu n'as besoin de rien ?

— J'ai faim. J'ai faim.

Il saisit la boîte de gâteaux posée sur la table de nuit : *Kara's cupcakes*, 900, North Point, le meilleur de la crème au beurre parfumée.

— Celui-ci est au chocolat et celui-là au citron.

Les deux gâteaux sont engloutis avec des gémissements de plaisir. Des miettes tombent sur le drap et la chemise de nuit. Bill essuie la bouche de sa mère, ramasse les miettes. Les yeux transparents d'Allison Rainbow sont rivés aux loupiotes du sapin.

— C'était bon ?

— Oui, Joey. C'était bon, oui. C'était bien bon.

— Tu t'es régalée.

— Ah ça oui. J'ai soif !

Bill remplit le verre d'eau posé sur la table de nuit, le glisse entre les doigts de sa mère et l'aide à porter le verre à sa bouche. Il vérifie ensuite que l'interrupteur permettant d'appeler l'infirmière est à portée de main et le fil bien relié à la prise. Il dépose une boîte de caramels fourrés *Ghirardelli* à côté du sapin sur le buffet – elle sera promptement vidée par les aides-soignantes. Enfin, Bill se penche sur sa mère pour l'embrasser. Rituel immuable depuis trente ans, Allison Rainbow s'accroche alors à lui, enfonçant ses ongles dans sa veste, lui chuchotant la même phrase au creux de l'oreille :

— Je n'ai pas tué ton papa, Billy.

2511 Channing Way, Telegraph Avenue, Berkeley. Anne quitte le parking où Mr Lee a garé son taxi et déjà déplié le journal sur le volant.

— Pas problème. Je peux attendre, miss.

Mr Lee a insisté pour la conduire à cette adresse, revoyant son tarif à la baisse. Mr Lee a le teint gris d'un diabétique et de l'empathie pour sa cliente. Il a appelé l'hôtel vers 14 heures pour prendre de ses nouvelles, inquiet comme s'il s'agissait de sa propre fille.

— Vous êtes venue chercher le bonheur à San Francisco et vous avez trouvé malheur. Je voudrais pas qu'il vous arrive souci. Je vous ramène à l'avion ?

Avant de rentrer à Paris, Anne a du destin à relever le défi. Avec l'aide du réceptionniste, elle a cherché sur Internet les coordonnées de Philip Harlig à Berkeley. Ils en ont trouvé un demeurant 1625, Ashby Avenue. Anne a aussitôt composé le numéro de téléphone correspondant. Une femme lui a répondu, puis rapidement Philip a pris l'appel. Une fois passée la réaction de surprise, il lui a donné rendez-vous dans l'heure à sa cantine, la terrasse d'un restaurant thaï près de chez lui.

L'entrée du *Berkeley Thai House* se fait par un escalier de briques rouges. La terrasse ensoleillée est constituée de patios et décorée de plantes en pots disposées sur des tables de jardin. Un client est attablé à côté d'une statue représentant une divinité occupée à souffler dans une flûte. Vêtu d'une chemisette kaki et d'un jean en toile claire, les cheveux coupés court, Philip a maintenant le visage d'un homme dans la quarantaine. Ses joues portent les cicatrices d'une acné dont il souffrait à l'époque de leur rencontre – mais il arborait alors de superbes cheveux châtains aux reflets roux. L'homme s'est levé et la dévisage, visiblement troublé.

— Bonjour, Anne.

Elle retire ses lunettes. Le frère de Daniel caresse du regard celle qu'il trouvait déjà si jolie à seize ans. Daniel n'avait pas été le seul à être séduit par la fille du libraire de la rue de la Source à Nancy. Anne avait fait des ravages dans la famille Harlig. La femme en bottines qui se tient devant Philip est plus attirante encore : ses cheveux ont éclairci, prenant des éclats noisette. Jadis courts et coupés à la garçonne, ils sont mi-longs, dégradés sur le devant. Une frange met en valeur les yeux bleu-gris en forme d'amande. Le corps d'adolescente filiforme s'est arrondi, gagnant en sensualité, les petits seins se sont épanouis.

— Assied-toi, je t'en prie.

Confort spartiate. Anne est adossée à un panneau de bois contre lequel un banc recouvert de coussins plats fait office de banquette. À sa droite, une statue d'un mètre de haut représentant une jeune femme servant le thé lui fait de l'ombre. Cependant la clarté du jour l'oblige à remettre ses lunettes. Un autre patio est occupé par quatre clients dissimulés derrière un claustra en bambous tricoté de guirlandes de Noël. Anne a commandé un *Ice tea* thaï et un bol de riz sauté auquel elle n'a pas touché. On a servi à Philip un *spicy roast duck* (du canard rôti sauté avec des champignons, des oignons et du chili), accompagné d'un demi-litre de bière *Singha*. Le frère de Daniel mange pour deux.

— Je déjeune tard, en général, précise-t-il.

Bosse six jours sur sept. Avec sa compagne, Robin, il a créé une boîte de production audiovisuelle spécialisée dans les effets spéciaux voilà cinq ans. Leur maison est aussi leur bureau. Sur son portable, Philip affiche la photo de Robin, puis la montre à Anne, ainsi que celles de ses deux enfants nés d'un premier mariage.

— Maya, treize ans et Tom, dix-huit.

Les affaires marchaient plutôt bien jusqu'à fin octobre ; la crise se ressent aussi dans son secteur.

— Et toi ? Qu'est-ce que tu fais dans la vie ?

Anne retire son pull tout en déroulant son CV d'animatrice télé. Un débardeur taupe à bretelles dévoile ses épaules. La peau paraît plus blanche sous la lumière crue. Philip semble apprécier l'escamotage du pull et avale une pleine portion de canard rôti.

— Génial ton job ! J'adore la bouffe. Tu es mariée ?

Apprenant qu'Anne n'a ni fiancé, ni mari, ni enfant, Philip avale une autre portion de canard rôti.

— C'est bien, tu es une femme totalement libre.

Anne saisit les baguettes posées sur sa serviette et touille le riz sauté, précisant que l'expression de femme *vacante* serait plus appropriée. Philippe croise les bras et sourit.

— C'est fou quand on y pense... Se retrouver

comme ça, plus de vingt ans après ce fameux séjour de ski.

Anne cesse de compter les grains de riz tièdes dans son bol. Par le deuil, enfin, les voilà reliés. Philip n'a pas non plus oublié Bussang.

— C'est la première année où nos parents se sont résolus à nous lâcher un peu. On a fait le voyage tous les deux.

Le grand frère gratte le sommet de son crâne.

— On t'avait tout de suite repérée sur les pistes avec Dany. Une nana toute seule aussi mignonne, ça ne passe pas inaperçu.

L'homme se livre, presque jovial. Il ne réalise pas encore ce qu'il s'apprête à faire : changer un rayon de soleil en ténèbres, ternir bientôt le plus précieux, le plus intime souvenir de son interlocutrice.

— Au départ, c'était juste un jeu : on s'était lancé comme défi de coucher avec toi. Celui qui emportait le gros lot devait payer à l'autre ce qu'il voulait pendant un mois. On faisait souvent des paris à la con, avec Dany. Des trucs de frangins, quoi. Fallait toujours qu'on essaye de prouver à l'autre qu'on était le meilleur...

Philip avale une rasade de bière glacée. La buée sur le verre rend son contenu opaque.

— ... Mais il faut bien admettre que côté filles, Dany avait une longueur d'avance sur moi avec sa jolie petite gueule. Et il ne se gênait pas pour en profiter. À sa place, j'aurais fait la même chose, ajouta-t-il, pragmatique.

On a servi à Anne un deuxième thé glacé orange au goût d'amande et de jasmin. Machinalement, de la pointe de ses baguettes, elle avale son plat froid par menues bouchées. Le jeu, elle n'en savait rien. Mais elle aurait pu s'en douter. Philip s'était éloigné de Daniel depuis qu'il sortait avec elle ; il avait fini par aller skier tout seul, loin du frère victorieux. Philip recule sa chaise et passe un bras par-dessus le dossier.

— Seulement, y s'est passé un truc entre vous et Dany ne s'attendait pas. Il est tombé raide dingue de toi. Mais vraiment. Au point d'oublier notre pari.

Le soleil a tourné, vaillant et doux, accablant Anne de chaleur. Elle a des picotements au bout des doigts.

— Le problème, c'est que le frangin avait une copine à San Francisco. Une fille à laquelle il tenait. Quand il est revenu, ça s'est mal passé. Dany n'allait pas bien, et il a fini par craquer.

Anne repose les baguettes et serre le verre de thé glacé pour rafraîchir ses mains.

— Il lui a tout raconté. Sidney était hors d'elle et ils ne se sont plus parlés pendant des semaines. Je sais que Dany à l'époque projetait de venir te voir l'été suivant, il voulait te faire la surprise. Il parlait même d'aller vivre en France. Tu lui avais vraiment tourné la tête à mon frangin !

Philip a prononcé la dernière phrase en riant. Anne ferme les yeux. Elle voudrait qu'il s'arrête là. Au plus beau du récit, dédaignant l'abîme. Là où sa vie aurait pu basculer vers l'azur, tel ce ciel insupportablement gracieux.

— Ça mettait mes parents en rogne. Ils ne voulaient pas entendre parler de toi. Déjà que Dany ne foutait plus rien à l'université… Enfin, ça a duré comme ça jusqu'à ce que Sidney fasse une tentative de suicide.

Le frère marque une pause. Il saisit un cure-dents

posé dans un présentoir en plastique rouge. Le cure-dents passe entre deux prémolaires.

— Ça a fait tout un ramdam. Mon frère s'est senti coupable. Il s'est remis avec Sidney et il n'a plus jamais parlé de toi.

Anne se sent mal, comme en exil.

Le contenu de son estomac gronde, menace de remonter l'œsophage.

Battre en retraite dans les toilettes.

Vite.

Le pick-up Chevrolet a longé Sunset District jusqu'à l'océan et pris à droite sur Great Highway en direction du Golden Gate Park. Bill roule à faible vitesse, le front de mer sur sa gauche, écoutant d'une oreille distraite des publicités proposant des rachats de crédits à taux avantageux. Les flashes d'information concernent exclusivement les dernières mesures annoncées par le président élu dans sa tentative de sauver son pays du désastre d'une nouvelle récession.

Bill est bien emmerdé. Il n'a toujours pas décidé quels plats il allait cuisiner pour le réveillon. Il vient d'appeler Joey à son magasin sans utiliser le kit mains libres tant cette question le turlupine.

— *Cappuccino* de quoi ?

— *Cappuccino de cèpes aux noix de Saint-Jacques.*

— Ta recette, c'est un truc sucré salé à base café ?

— Mais non, t'es con ou quoi ?

— Et l'autre plat dont tu m'as parlé...

— *Le filet de biche en brioche, lasagnes de pain d'épices au coing.*

— Ouais, celui-là, c'est quoi, une brioche de pâte avec de la viande dedans ?

— Joey, tu profanes la gastronomie française.

— Écoute, abruti, tu m'emmerdes avec tes fiches cuisine !

Accaparé par sa boutique et les commandes pour Noël – c'est pas à Tiburon que la récession va freiner les achats –, Joey promet tout de même à Bill d'essayer de venir chez lui ce soir sur le coup de 20 heures pour casser une croûte. D'ici là, Bill va combler le vide de son estomac et fourbir son vague à l'âme au *Sand Dollar*, 3458, Shoreline Highway, Stinson Beach. Ce restaurant historique créé en 1921 réunissait à l'époque trois péniches amarrées sur la plage. Il est aujourd'hui situé sur la route principale de la ville et fréquenté par la joyeuse bande de pompiers dont la caserne est située à quelques pas de là. On peut aussi y croiser des personnalités du monde politique venues sur la côte se ressourcer entre deux meetings et croquer du fruit de mer. La famille Temer a racheté le fond en 2000 et rénové le patio, travaillant la déco intérieure dans un style bateau peu original mais authentique. Ce qui plaît par-dessus tout à Bill au *Sand Dollar*, c'est la musique *live* chaque week-end ; des musiciens viennent improviser en petite formation. Rien n'est plus délectable que de déguster une assiette d'huîtres locales (passées au gril, accompagnées de beurre à l'ail ou de sauce barbecue) tout en écoutant un trio de jazz piano, contrebasse et saxo.

Les doigts de la main gauche du conducteur cherchent fébrilement dans la boîte à gants un CD de Chet Baker à mettre dans le lecteur – toujours mieux que les chansons de Noël diffusées à la radio. Le ventre de Bill gargouille. Une simple évocation gustative éveille sa formidable mémoire visuelle. Aussitôt, la carte du *Sand Dollar* s'imprime dans son cerveau :

L'assiette de moules de Tomales Bay
Cuisinées au vin blanc, échalotes, herbes et pain grillé
13 $
Les œufs brouillés façon Stinson Beach
Œufs frais bio, saumon fumé, tomates cerises,
oignons verts, choix de fruits de saison ou frites maison
10 $
San Dollar's Cioppino
Crevettes, coquilles Saint-Jacques, moules, cabillaud,
compotée de tomates, baies de poivre vert et rouge,
pain grillé à l'ail
19 $

Le café et les deux oranges pressées bus ce matin à l'aube (accompagnés d'une assiette contenant du bacon fumé, un œuf poché surmonté d'une cuillerée à soupe de sauce hollandaise et une tranche de pain de mie complet grillé fourré aux raisins) est un lointain souvenir. Et si le pick-up garde sa vitesse de croisière, Bill arrivera pile au bon moment : celui où les musiciens accordent leurs instruments, quand le service se relâche et que le patron taille une bavette avec la clientèle fidèle, offrant à Bill en guise d'apéritif un verre de chardonnay produit dans la région – et bien frais.

Lorsqu'il approche Lincoln Way, le regard du conducteur est attiré par un petit groupe de personnes rassemblées sur la plage à une centaine de mètres. Une ambulance et une voiture de police stationnent sur le bas-côté. Le pick-up ralentit. Bill devine qu'un type a encore voulu se mettre à l'eau sans sa bouée, en finir avec une vie misérable. Parvenu à la hauteur du groupe de badauds sur la plage, il s'étonne de voir à huit mètres d'eux un fauteuil roulant à moitié immergé, prêtant le flanc aux vagues. Apportés par le vent, des cris de colère provenant de l'autre côté de la route attirent son attention. Dressé contre le vent, deux mains levées vers le ciel, le corps grossi par une superposition de vêtements, un *homeless* demande des comptes à Dieu, courant en direction du Golden Gate Park avec deux flics aux fesses. Bill ne s'arrêtera pas. Habitué aux chocs et aux orages, dédaignant la détresse d'autrui, il enclenchera le lecteur CD, le regard fixé sur l'horizon, comme un brise-glace ouvre un chemin au milieu de l'océan arctique, repousse de part et d'autre ses scories.

Ses parents l'ont autorisée à réveillonner à l'auberge avec Daniel. Son père n'a rien remarqué de particulier entre sa fille et ce garçon. Comment le pourrait-il ? Il faudrait pour cela qu'il la regarde. Il n'en a pas le temps. La gestion de la librairie et le handicap de sa femme ne lui laissent aucun répit. Il eût fallu qu'Anne tombe malade à la place de sa maman.

— Tu as toujours été plus forte que ta mère. Tu t'en serais mieux sortie.

La grand-mère attendra que meure sa fille avant de faire part à sa petite-fille de ce regret, passant une main dans les cheveux d'Anne avec un geste tendre.

Aux lavabos des toilettes du restaurant, Anne jette de l'eau fraîche sur sa figure.

À 10 heures, chaque matin, Daniel est là, devant la porte de la maison louée pour la semaine par la famille Darney. Il sonne, salut Mademoiselle Jeanne Beauvillé, une institutrice à la retraite logeant dans l'appartement situé au rez-de-chaussée de la maison vosgienne, demande poliment à monsieur ou madame Darney si

155

*Anne est prête, et l'adolescente en combinaison de ski
descend l'escalier. À l'arrière du minibus Volkswagen
prêté par sa tante, Daniel fait goûter à la jeune fille
ses cigarettes et entendre Kate Bush ou Foreigner, dont
il lui a dédicacé une chanson –* I've been waiting for
a girl like you. *Puis il conduit Anne jusqu'aux pistes
de ski avec un enthousiasme de jeune fille.*

Anne voudrait bien faire sortir de son corps ce
qui l'empoisonne, ce mal de crâne violent que les
aigreurs d'estomac nourrissent, creusant en elle un
gouffre d'ombre. Elle écrase une serviette mouillée
sur son front.

*Jeanne Beauvillé avait remarqué combien ce garçon
gentil et bien élevé semblait attaché à Anne. « Ça
finira par un mariage », allait-elle dire en retournant
à sa cuisine, un matin que Daniel était venu chercher
Anne pour une balade en forêt.*
La vieille femme est morte, emportant la prédiction.

La nausée vient si vite qu'Anne n'a pas le temps
d'entrer dans les toilettes. Le contenu de son estomac
se vide dans le lavabo.

*Les tables sont disposées en demi-cercle autour de
la cheminée. Les pensionnaires de l'hôtel sont réunis
autour des nappes pour fêter la nouvelle année. Ils
portent des vêtements colorés et des cravates assorties aux guirlandes de Noël. Anne est délicieuse sous
un pull angora lavande – tricoté par mamie devant
l'émission « Des chiffres et des lettres ». Son eau de
toilette porte le prénom d'Orphée et un petit cœur*

en cristal aux reflets arc-en-ciel danse au bout d'une chaîne posée sur le col de son pull. Daniel a glissé une coupe de champagne dans une main de la jeune fille. Il fait passer son bras au-dessus du sien et ils boivent à cette nouvelle année, coudes enlacés.

Anne a ce garçon au bord des lèvres.

Personne n'y fait attention.

Les autres clients de l'hôtel ne voient pas cette clameur qui monte en eux, ce halo de lumière.

Ils ne voient pas leur petite bombe atomique.

— Anne, ça va ?

La voix de Philip dans le couloir. Anne a cinq secondes pour retrouver son souffle. Rincer sa bouche. Chasser d'une claque sur le lavabo les images rejaillies d'hier.

Dehors, Anne ne tient pas sur ses jambes. Elle s'échoue sur la banquette, rajuste ses lunettes, puis affiche son joli sourire d'animatrice. Philip a commandé un double espresso et réglé l'addition. Il tourne une cuillère dans sa tasse, l'air soucieux comme s'il guettait l'arrivée d'un orage.

— Tu vas rester longtemps à San Francisco ? demande-t-il.

— Je ne sais pas. Je suis venue pour Daniel.

Cette réponse lui semble bien mystérieuse. Anne replie sa serviette, en lisse les bords du plat de la main.

— Tu es certaine de vouloir connaître la vérité sur les circonstances de sa mort ?

— Certaine.

Philip hoche la tête, jette un œil à sa montre. Il avale d'un trait son café avant de griffonner quelque chose au dos de sa carte de visite.

— Je dois retourner bosser. Si tu veux plus de détails, voici les coordonnées de la journaliste qui a couvert le procès. Elle est spécialisée dans les affaires criminelles.

Philip plonge un bras sous la table. Un dossier marron à élastiques sort d'une besace en toile.

— Ce sont des photocopies d'articles de presse. Je les ai faites tout à l'heure au bureau... Tu devrais peut-être attendre avant de les lire, ajoute-t-il, le visage assombri.

Philip s'excuse, il doit vraiment partir, il serre Anne dans ses bras pour la réconforter, l'invitant à passer le voir avant son retour à Paris.

Anne l'a regardé s'effacer derrière le claustra de bambous dominant l'escalier de la terrasse. Elle demeure immobile sur le banc. Mr Lee fait certainement la sieste dans sa voiture, la tête renversée sur le siège, bouche ouverte. La carte de visite est sur la table, à côté des cure-dents et du dossier marron. Une guirlande bleue mal fixée au claustra à l'entrée du restaurant tourbillonne au gré du vent.

C'est quoi, cette histoire de procès ?

Pourquoi une journaliste des affaires criminelles ?

Anne a cette envie irrépressible de se lever pour aller décrocher la guirlande. Elle se contentera de figer son mouvement insolent et désordonné avec son appareil photo.

Le Marin General Hospital est situé près de Kentfield, non loin de San Rafael. Bill Rainbow se dirige vers l'accueil, retire sa casquette et renifle. Deux hôpitaux dans la même journée, ça commence à peser. Surtout que l'appel émanant du service des urgences psychiatriques l'a dérangé en pleine dégustation d'huîtres gratinées au *Sand Dollar*.

— Le shérif nous a donné votre contact. Vous êtes un proche du patient ?

Bill avait essuyé sa bouche avant de répondre :

— On peut le voir comme ça.

Dirigé vers leur service pour une évaluation psychologique et médicale après l'épisode mystique du *Safeway*, Donovan Western n'avait rien trouvé de mieux que de se cogner le front toute la nuit contre les montants métalliques du lit.

— Il faudrait que vous veniez rapidement, avait insisté le toubib.

Bill a retiré sa veste. Assis sur une banquette en Skaï, il attend qu'on l'appelle, les yeux fixés sur un bonhomme de neige géant en polystyrène souhaitant la Noël avant l'heure. Il fut une époque où il venait ici accompagner des jeunes trop défoncés pour se souvenir de leur nom, glanés sur Marin County. Marijuana, cocaïne, amphétamines, héroïne, champignons hallucinogènes, LSD, certains promenaient sur eux de véritables pharmacies. Ils s'installaient généralement dans des résidences secondaires de Mill Valley que les propriétaires désertaient cinq jours sur sept. À la tête de la Marin Major Crimes Task Force depuis 1990, le lieutenant Rainbow avait contribué à l'arrêt de centaines de trafics de drogue sur le secteur. Rien que l'année de son départ en retraite, le département des narcotiques comptabilisait 176 affaires traitées, regroupant saisies et arrestations de trafiquants. Montant des saisies : 128 954 dollars. Valeur des gains des trafics de drogue démantelés : plus de 90 365 183 dollars. De quoi renflouer quelques entreprises en difficulté dans le secteur ou loger un paquet de *homeless*.

— Mr Rainbow ?

Bill est dirigé par une assistante médicale assez laide vers le service adéquat. S'enfonçant dans un dédale de couloirs empestant la javel, l'œil rivé aux chaussures orthopédiques fraise écrasée portées par son hôtesse, Bill débouche enfin dans un bureau étroit où un toubib le reçoit en bras de chemise.

Une heure plus tard, Bill quittait l'hôpital et rejoignait son pick-up comme s'il fuyait une nuée d'insectes. Il avait trouvé Donovan Western enfoui sous une avalanche de pansements et de bandes médicales, sanglé sur un lit, une perfusion bleuissant son bras droit au niveau de l'articulation. L'ermite qui parcourt habituellement les bois de Stinson Beach tel un vieux cerf inoffensif avait tenté une fois encore de mettre un terme à son expérience de la vie. La longue discussion qu'ils avaient eue ensuite tous les deux n'était guère joyeuse. Donovan avait eu le tort de *regarder dans l'œil noir du corbeau*. Ce type voyait des choses étranges, comme des visages d'enfants passer dans les éclairs des cieux pendant une tempête.

— J'y ai vu mon front couvert de sang, Bill. J'y ai vu mon front couvert de sang.

— Écoute, Donovan, y a pas de corbeau ici. Je suis venu pour te ramener chez toi. Mais faut que tu y mettes du tien.

— Tu ne comprends pas, Bill. Les temps sont venus. Il va falloir payer. Payer chacun de nos crimes, Bill.

— Ah bon ! Déjà le déluge ?

Donovan avait levé les yeux vers le néon du plafond et plissé les paupières.

— J'ai vu… J'ai vu les mouettes envahir la plage et la falaise se couvrir de sang. J'ai vu… J'ai vu celle que j'ai jadis sauvée de la noyade resurgir au milieu de la route.

— Et moi j'ai vu Elvis courir à poil sur la plage avec sa guitare, avait soupiré Bill.

— … Écoute-moi, mec. J'ai vu le retour dans la misère de certaines personnes qui se croyaient guéries. Toi, par exemple.

Bill avait levé un sourcil circonspect.

— Ah ?

— Je ne vois plus clair en toi, Bill, mais je ressens déjà ta peine.

Sur un tabouret à côté du lit, il inspectait alors ses ongles.

— La lumière ne vient plus frapper ton troisième œil, Donovan ? Tu ne discernes plus les millions de boules multicolores de ton *énergie vitale universelle* ?

— Ne te moque pas du processus du *reiki*. Moque-toi plutôt de moi.

— Tu n'es pas assez drôle, mec.

— J'aimerais t'y voir ! Ils m'ont injecté leur produit qui détruit l'âme. Ils m'ont attaché les mains. Et je n'ai pas assez appris pour arrêter les battements de mon cœur par ma seule volonté.

— Encore heureux.

Un silence avait ensuite plané au-dessus de leurs visages rosis par le jour finissant. Bill avait alors expliqué à Donovan qu'au-delà des soixante-douze heures réglementaires, rien ne le retenait plus à ce lit. S'il restait bien sage, il serait fichu dehors mardi matin. Il aurait ensuite l'obligation de se présenter ultérieurement à la convocation du juge pour l'affaire du parking mais rien ne l'empêcherait de réveillonner tranquillement chez lui. Donovan avait souri.

— Tu crois toujours à Noël, Bill ? Tu crois à la naissance du Christ, à la résurrection ?

Bill avait haussé les épaules.

— Je crois juste que c'est l'occasion de faire un bon gueuleton.

— Foutaises. Tu attends toujours ton miracle.

— De quoi tu parles ?

— De la femme de ta vie, mon pote.

L'ermite avait humecté ses lèvres desséchées d'un coup de langue avant de poursuivre :

— Elle ne reviendra pas, Bill.

Le visage tourné vers le tube en plastique relié à son bras, Donovan Western avait ajouté *There's no hope, man, no hope,* avant de demander à Bill s'il se trouvait un distributeur de boissons dans le coin parce qu'il avait très envie d'un soda à l'orange.

Parvenu à la 101 Redwood Highway, Bill enclenche les essuie-glaces et prend la direction de Corte Madera. La nuit est tombée et les phares des voitures font reluire la pluie sur le pare-brise. L'autoradio s'est tu, laissant le ronronnement intermittent du moteur qui active les balais usés assurer l'intermède. Tout à l'heure, Bill avait d'abord pensé que Donovan parlait de sa femme. À présent, cette phrase a pris un sens différent.

Elle ne reviendra pas, Bill.

Donovan est dans le vrai. Il a ce don de deviner les choses, de pénétrer l'inconscient des gens et l'esprit des oiseaux. Allison Rainbow ne recouvrera jamais la raison. Personne ne lui fera avouer le secret qui lui brûle le cerveau. Bill s'en est toujours tenu à sa vérité. Mais depuis l'âge de sept ans, il en est convaincu, sa mère lui ment. Il sait ce qui s'est passé ce jour-là, après qu'il eut avec son père tâté du lance-pierre, bu sa première gorgée d'alcool et plongé dans un drôle de sommeil tout habillé sur son lit.

Il sait.

À cause des escarpins laqués blancs.

Et des joues trop rouges de sa mère.

Je n'ai pas tué ton papa, Billy.

Bill est cet enfant soudain devenu vieillard, happé par la terreur.

Grandir avec une certitude ne donne jamais rien de bon.

De retour à l'hôtel, Anne s'est assise sur le lit, le dossier marron contre son ventre. C'est ainsi qu'il a voyagé, depuis Berkeley, avec les commentaires de Mr Lee.

— Vous êtes pas impatiente d'ouvrir ? Moi, je suis pas comme vous, hein ! J'aime pas les devinettes. Les secrets, ça se garde ou c'est plus un secret. Mais là, c'est plus un secret puisque c'était dans les journaux.

Anne a attendu vingt-deux ans avant d'entreprendre ce voyage. Elle pouvait bien patienter jusqu'à la fin de la traversée du San Francisco Oakland Bay Bridge pour en connaître la finalité, laisser s'estomper l'appréhension de découvrir un nouveau malheur. Il lui semble avoir toujours su que le silence de Daniel pendant toutes ces années ne pouvait être que le fruit d'une tragédie. Sans doute lui avait-il fallu comptabiliser trop d'expériences sentimentales déprimantes pour se sentir capable d'affronter cela, de regarder par-dessus la muraille qu'elle s'était bâtie. Elle retire les élastiques du dossier, écarte la couverture cartonnée.

Il y a une coupure de journal protégée dans une pochette plastique. On y voit une photo de Daniel à l'époque de sa mort. L'article est daté du 21 décembre 1986.

Tout est là. Comment on a trouvé son corps sur la falaise entre Muir Beach et Stinson Beach, les premières constatations de la police… *Mort accidentelle.* Puis, rapidement, des hypothèses ébauchées. Cette première lecture la met au supplice.

Le mal apparaît, puissant, presque joyeux, triomphant.

Anne s'était imaginé le pire, le pire est arrivé à Daniel.

Après avoir parcouru les autres articles, pris des notes sur un bloc fourni par l'hôtel, Anne compose le numéro de la journaliste du *San Francisco Chronicle* dont Philip lui a donné les coordonnées. Cette dernière s'apprête à quitter son bureau lorsque la standardiste lui passe l'appel. Sa voix est un étonnant mélange de suavité et de détachement. Susan Sward se souvient de l'affaire Daniel Harlig – une de ses premières. Elle avait la trentaine à l'époque et venait d'intégrer son poste.

— Il est mort d'une hémorragie cérébrale, lâchet-elle. Il y avait un important traumatisme au niveau du lobe frontal. Qu'est-ce que vous voulez savoir ?

Anne frémit à cette évocation froide de Daniel, imagine ce corps sans âme allongé sur une table d'autopsie, mais la curiosité l'emporte sur la représentation morbide. Elle presse la journaliste de questions, obtient rapidement les réponses.

— C'est une affaire de vol qui aura tourné au drame, une histoire compliquée qui a connu un rebondissement dramatique avec le décès de l'assassin présumé.

— Shamron Garrard ?

— Oui. Le gamin est mort du sida en prison...
Pourquoi vous intéressez-vous à cette affaire ?

Anne qui s'est présentée comme une collègue
journaliste de la télévision française la met dans la
confidence de sa quête, évoque les circonstances de
sa rencontre avec Daniel, l'histoire avortée de leur
amour par le chantage au suicide de la petite amie.

— Oui, je me souviens, elle était venue témoigner
au procès. Il me semble qu'ils étaient fiancés...

Anne ne relève pas, se concentre plutôt sur l'article
de presse daté du 26 décembre 1986. On y voit la
photo d'un jeune homme dont elle vient de prononcer
le nom : Shamron Garrard, dix-neuf ans le jour de
son arrestation.

— Un gamin un peu paumé qui avait plus ou moins
traficoté dans le secteur. Il a avoué le vol du véhicule
mais a toujours nié être l'auteur du meurtre.

Une autre coupure de journal a glissé sur la moquette.
Anne se penche pour la ramasser. Sous le coup de
l'émotion, elle tremble tant qu'elle peine à saisir ou
tenir quelque chose entre ses doigts. La photo de l'article est celle d'un homme d'une quarantaine d'années,
portant l'uniforme de la police locale. C'est sur cet
homme qu'Anne souhaite les lumières de Susan Sward.

— Ça, c'est le flic qui a foutu la merde pendant le
procès, s'agace la journaliste. C'est lui qui était sur
l'enquête au départ. Un inspecteur débarqué du Vice
de San Francisco. Un type un peu spécial.

— Un autre officier de police a pris le relais sur
l'affaire, savez-vous pourquoi ?

— Non, désolée.

Anne cramponne ses questions les unes aux autres,

cherchant à comprendre, repousse une mèche de cheveux d'un geste nerveux.

— Dans l'article, vous citez les propos de l'inspecteur qui s'étonne que les marques de strangulation sur le cou de la victime n'aient pas été retenues au procès…

— En effet. Il a aussi affirmé que Garrard était en possession de drogue le soir du meurtre. Il était persuadé que le meurtre était lié à un deal qui aurait mal tourné.

L'article évoquait le scénario singulier d'une altercation entre un dealer et Daniel en présence de Garrard et de deux autres jeunes. Le dealer aurait porté le coup fatal à Daniel avant de prendre la fuite, laissant à ses complices la charge de se débarrasser du van. Et ça s'était mal terminé pour deux d'entre eux puisqu'ils avaient embouti un arbre quelques miles plus bas. De son index, Anne lisse la pochette plastique sous laquelle l'article est glissé. Sous la photo, le nom de l'inspecteur interviewé figure en lettres capitales.

— Ce flic pensait sérieusement que Daniel pouvait être mêlé à une histoire de drogue ? murmure-t-elle.

— Il n'a jamais pu le prouver, mais le mal était fait. La famille de la victime gérait deux hôtels dont un sur Haight-Ashbury fréquenté par une clientèle assez branchée. Avec cette histoire de drogue, les médias s'en étaient donné à cœur joie. Cette rumeur les a détruits… D'autres questions ?

Vingt heures. Accoudée au bar du *Bambuddha Lounge*, étourdie par la fatigue, la tête farcie de toutes les hypothèses imaginables concernant l'agression de Daniel, Anne hésite entre un whisky sans glace et un de ces cocktails sucrés agrémentés de brochettes de fruits. Le vacarme des jets d'eau sur la paroi derrière le bar est couvert par une musique new age soporifique. L'endroit est fidèle à l'obscurité, éclairé par des bougies chauffe-plats et une poignée de spots fixés au plafond. Dehors, entre deux nuages noirs, une lune sinistre fait sa boudeuse.

Anne a tenu bon. Tout au long de cette journée, elle aura contenu son vague à l'âme, affronté les circonstances de la mort de Daniel sans broncher. Ce soir, c'est relâche. À elle de courber la tête, à elle d'incarner jusque dans sa chair le désastre de l'autre, de se laisser aller à gémir et pleurer. Apprendre que Daniel lui a été arraché d'une façon aussi barbare lui est plus insupportable que de savoir ne plus jamais pouvoir l'étreindre. L'enquête bâclée, le doute sur la culpabilité d'un homme mort en prison, l'idée qu'un de ces flics corrompus ait pu salir la réputation de Daniel, tout cela la ravage. La nécessité d'une quête, savoir qui a tué, comment et pourquoi, se répand en elle comme du beurre fondu dans une poêle.

L'assise du tabouret de bar en bois exotique est tellement rembourrée qu'elle pourrait en perdre l'équilibre. Tournant le dos à la cheminée de restaurant, Anne a une vision panoramique du bar avec ses bouteilles d'alcool dont les transparences colorées se détachent de la paroi en Plexiglas léchée par les jets d'eau. L'effet visuel est psychédélique, ce lieu totalement inconcevable. Anne a soif. Et le barman est occupé. Pour l'instant, il s'est contenté de lui glisser la carte des cocktails sous le nez sans lui prêter attention, laissant la cliente à la contemplation de sa plastique. Belles épaules, dos admirablement dessiné, ventre musclé.

Moins de vingt-cinq ans. Cheveux bruns. La base du cou est plutôt large et rendrait ridicule le port du nœud papillon – sauf en tenue de go-go dancer... Anne a très soif.

— Vous avez choisi, mademoiselle ?

Lorsque le barman tourne enfin son visage vers la cliente, celle-ci reste sans voix.

L'expression est douce, le regard invincible.

C'est ainsi qu'elle se souvient de Daniel.

Avec ce sourire vainqueur.

Ce même sourire que le barman affiche.

Santa Clara Street, quartier St Francis Woods, N° 20.

On devine dans la nuit sombre une maison de style hispano-mexicain abritée sous un arbre massif, ceinturée de cyprès. En façade, les volets blancs affichent une apparence dépouillée et les fenêtres aux arcs en plein cintre lui donnent élégance et raffinement.

Un sac en papier de chez *Beep's* trône sur le siège passager. Bill a essuyé la sauce coulée au revers de ses doigts sur une serviette en papier qu'il a fourrée dans le sac avec l'emballage froissé d'un hamburger. Depuis son pick-up garé sur le trottoir, Bill regarde le gazon de la villa se gorger d'eau, indécis. Une flasque de whisky dans une main, la casquette dans l'autre, vingt minutes s'écoulent avant qu'il n'ait vidé la flasque, balancé celle-ci sous son siège et franchi la courte distance qui le sépare de la maison.

— Finalement tu t'es décidé à venir nous casser les pieds ! Allez, entre.

Il y avait de la lumière, Bill a sonné.

— Je ne voudrais pas déranger.

— Tes visites nous font toujours plaisir, Billy.

Robert Augustus est bien la seule personne à donner

du Billy à Bill. Il faut dire qu'il l'a connu tout petit, à l'époque où sa maman travaillait comme secrétaire à l'hôtel de police.

— On a fini de dîner. Martha est au téléphone avec Katty, elle a en pour une bonne demi-heure. Dieu merci, notre fille s'est enfin décidée à divorcer de cet imbécile d'ingénieur. Il lui aura mené la vie dure, crois-moi. Dire que nous avons supporté ce fou furieux durant toutes ces années… soupire-t-il.

Il précède Bill dans l'escalier d'un pas tranquille. Robert Augustus a vécu une bonne vingtaine d'années à la direction de la police de San Francisco, 850, Bryant Street. À quatre-vingt-trois ans, épaules et dos s'affaissent ; la tête est comme posée sur le col de chemise à petits carreaux qu'il porte sous un gilet jacquard. Le carré du visage est accentué par des pattes courtes taillées sur les tempes. Des cheveux gris peignés avec soin sont rabattus sur un côté, dégageant les oreilles. S'il n'y avait la moustache fournie d'un poil dur, on pourrait trouver des points de ressemblance entre Bob et Bill. Mâchoire, proportion du nez, front haut et bombé, et ce sourire, tendre, sympathique.

— Je crois que j'ai un peu sali, Bob.

Bill a mal essuyé ses Derbies sur le paillasson et souille la moquette crème de l'escalier. Le vieil homme hausse les épaules.

— Ça va occuper notre Isabella. Quand c'est trop propre, la bonne s'ennuie, elle a de la mélancolie. Et ça met de la grisaille dans toute la maison.

Ils parviennent dans un vaste cabinet, habillé de couleurs chaudes. Décoration de style colonial. Une bibliothèque en merisier occupe trois pans de mur, le bureau tourne le dos à une porte-fenêtre flanquée de rideaux en velours ocre. À gauche d'un bureau, une statue en résine datant des années 20 représente un groom en gilet rouge, nœud papillon, chapeau rond et brodequins grandeur nature. Bill et Bob ont pris place dans des fauteuils club chocolat. Sur la table basse devant eux, trois statuettes d'éléphants en bois précieux côtoient une boîte à cigares que le vieil homme présente à son visiteur. Bill lève une main en signe de refus.

— Ah oui, j'oubliais, sourit-il, tournant déjà un cigare entre ses doigts, fumer altère les perceptions gustatives des papilles...

Le briquet sort de la poche du gilet, un agréable parfum de vieux cuir emplit bientôt la pièce.

— Je ne te propose pas à boire, n'est-ce pas ? Quelque chose me dit que tu as eu ta dose pour ce soir.

Bill a retiré sa veste et passe une main dans ses cheveux.

— La journée a été rude, lâche-t-il.

— C'est toi que ça regarde. À chacun sa petite bassesse.

Bill frotte les paumes de ses mains sur ses cuisses, s'obligeant à sourire.

— Comment va Martha ?

— Bien, bien.

Robert tire plusieurs bouffées sur son cigare qu'il garde en bouche ; la fumée s'immisce entre les poils de sa moustache. Ses yeux brillent d'un éclat malicieux.

— Alors ? fait-il. Tu y as été ?

— Où ça ?

— Au Bureau des affaires classées.

Bill s'enfonce dans le fauteuil. Sa gorge est sèche. La fumée du cigare n'arrange rien. S'il avait la certitude de pouvoir s'arrêter à un verre, il réclamerait bien quelque chose à boire.

— C'est pour ça que tu viens me voir, n'est-ce pas Billy ? Ça fait près d'un demi-siècle que cette histoire te turlupine. Je me souviens encore du jour de l'enterrement, au cimetière, quand tu as lâché la main de ta maman pour venir vers moi… *« Monsieur l'inspecteur de la police, je crois que c'est maman qui a tué papa. »* Alors je t'ai demandé : « Pourquoi donc, Billy ? Pourquoi donc ta maman aurait fait une chose aussi épouvantable ? »

— Parce que papa bricole Miss Daisy Swabs dans le garage et que ça n'a pas plu à ma mère, répond Bill, tête baissée.

Robert éclate de rire.

— Ensuite, poursuit-il, tu m'as flanqué une gifle en me disant qu'on ne dénonce jamais quelqu'un qu'on aime et qui nous aime, que la seule vérité qu'il faut croire, c'est la sienne.

Le vieil homme tousse dans son poing, un sourire en coin.

— Juste. Mais ça ne t'avait pas convaincu.

— Non. À cause des chaussures que maman portait.

— Ah ! oui ! C'est vrai. Ta fameuse preuve.

Dans l'affaire de l'accident domestique qui avait coûté la vie à son père, Bill savait que l'enquête avait été menée à décharge. Sa mère n'avait pas dit la vérité à la police, il en avait la certitude. Le jeune inspecteur Robert Augustus, alors chargé de mener l'enquête, avait été nommé par le chef du département de la police du district de San Francisco, James Cargo. Allison Rainbow était la secrétaire particulière de James Cargo. Une place qu'elle avait obtenue par l'entremise de son père, George Pricey, chef de la brigade des pompiers de San Francisco. On ne pouvait décemment soupçonner la fille d'un personnage aussi respectable de la ville d'homicide, quand bien même il s'agirait d'un crime passionnel. Au contexte s'ajoutait la fameuse preuve que Bill avait cachée quelque temps au fond d'une boîte en fer : le talon gauche d'un escarpin verni blanc trouvé sous la baignoire. La preuve était aujourd'hui au fond de l'étang du bungalow, là où Bill l'avait jetée, lestée d'une grosse pierre, un jour de l'année 1960 où il était allé pêcher la carpe avec grand-père Henry. La dame de l'étang gardait là un secret de gosse, un chagrin terrible, dévastateur. Au fil des années, Bill avait grandi avec l'espoir d'oublier tout ça, recevant les baisers maternels mais se refusant à y répondre, souffrant de cet amour mutilé, habité par l'image d'une femme portant le coup fatal à son mari.

— Tu sais bien que je me suis toujours opposé à ce qu'on sorte ce dossier tant que ma mère est en vie, grogne-t-il. C'est une question de principes.

L'homme au cigare a quitté son fauteuil. Il va chercher un cendrier en argent sur son bureau puis revient en grimaçant.

— Nous sommes allés lui rendre visite le mois dernier avec Martha. J'ignore si elle s'est rendu compte de notre présence. Quelle tristesse. Franchement Billy, si ça peut t'aider à y voir plus clair dans l'histoire de ta famille, si tu as besoin de fiche ton nez dans ce dossier pour trouver la paix, n'attends plus.

Bill se penche, les semelles de ses chaussures s'enfonçant dans un tapis à zébrures. Robert Augustus l'aura épaulé dans les premières années ayant suivi le drame, lui offrant des chewing-gums à chacune de ses visites, prenant sur son temps libre pour engloutir avec lui un hamburger chez *Beep's* à Ingleside. Il aura contribué à son engagement dans la police, lui enseignant les bases du métier. Il sera resté un proche ami de sa mère, même lorsque celle-ci vivait ses pires moments de détestation. Devenu chef de la police de San Francisco, l'homme avait été clément avec l'inspecteur de la Vice Crimes Division dont les incartades alimentaient la presse avide de « dénoncer les actes de violence pratiqués par la police sur une population marginalisée ». Il avait su lui conseiller de quitter la Vice avant qu'il ne se détruise aussi sûrement qu'il venait de terrasser sa famille d'un seul coup de poing. Il était clair que Robert Augustus avait depuis toujours quelque chose à se faire pardonner par le petit Billy. Mais quoi ?

— Ce qui m'aiderait vraiment, Bob, c'est que tu me communiques enfin les vraies conclusions de ton enquête.

Un instant, les regards des deux hommes se sont croisés. Le vieil homme tire sur son cigare, plongé dans ses pensées.

— Il n'y a rien de plus que ce que tu sais, Billy. Ton père avait trop bu, il a glissé dans la baignoire, il s'est cogné, et il est mort. Quand ta mère l'a trouvé, c'était trop tard.

Bill joint les mains sous son menton, coudes appuyés sur les genoux.

— Explique-moi alors : comment elle a cassé son talon et pourquoi une femme qui vient de découvrir son mari mort prendrait le temps de mettre ses chaussons avant d'appeler la police.

Le vieil homme fronce les sourcils puis tousse une nouvelle fois, observant son cigare d'un air méfiant.

— J'ai fait une promesse à Allison, Bill. Tant que cette saleté ne m'aura pas détruit totalement les poumons, ne compte pas sur moi pour te donner une autre version des faits. Moi aussi, j'ai des principes.

Du bruit se fait soudain entendre dans le couloir. Robert se redresse, paniqué, tenant le cigare devant lui tel un objet maléfique.

— Si Martha me voit avec ça, je suis fichu...

Lorsque Mrs Augustus est entrée, vêtue d'un tailleur marine boutonné jusqu'au milieu de son énorme poitrine, Bill écrasait le cigare dans le cendrier. Elle a aussitôt précisé en souriant qu'elle n'était pas dupe. Puis, rajustant ses lunettes de vue à chaînette elle a ajouté que si Bill entrait dans le petit jeu de son imbécile de mari, elle cesserait de le porter dans son cœur. Tout bonnement.

Bill a quitté la maison après les embrassades de rigueur, une certitude logée sous le cœur : Robert Augustus ne lui avouera jamais la vérité. Et il est bien placé pour le savoir ; l'inspecteur Bill Rainbow qui, le 7 novembre 1982, a évacué le corps de Martin Falter du *China Health Spa* à bord de son véhicule de service pour le déposer une demi-heure plus tard dans son garage s'est bien gardé d'avouer à Matthew la vérité sur son père.

Protéger une mère et son fils, ne pas briser leur vie.

Plus que la vérité cachée, le mensonge lui ronge l'âme, aussi certainement que le Christ a porté seul sa croix – et que la pluie a converti le gazon du couple d'octogénaires en éponge.

La nuit, la neige scintille de mille reflets bleutés. Ils marchent côte à côte, parcourant les ruelles abruptes du village. Une averse de flocons cristallisés par le froid cingle leurs joues. Daniel tient la main de la jeune fille. Parfois, il passe un bras autour de ses hanches. Tous deux marchent à la même cadence. Communion intime, Daniel entame une phrase, Anne l'achève par ses mots. Sous l'éclairage orangé des réverbères, ils n'attendent rien l'un de l'autre, ils ont déjà tout, rangé dans leurs cœurs.

Daniel souffre du genou. Le gauche. Ce garçon sportif a un penchant pour l'effort et le dépassement de soi, il aime taquiner son ossature, froisser du cartilage, dépasser les bornes. Bientôt, Daniel boite, et le théâtre de Bussang est en vue, en bas du chemin. Le garçon doit s'appuyer sur Anne, ralentir sa marche, se reposer un instant. La jeune fille a le nez glacé. Les pieds avalés par de gros après-skis, protégée du froid par un blouson de ski blanc comme du coton, elle cache son menton dans une écharpe rouge qu'elle a elle-même tricotée au point mousse. Que Daniel ait besoin de son aide pour marcher, elle trouve cela émouvant, presque familier, comme lorsque sa mère agrippe ses épaules pour descendre l'escalier de la maison. Ils évoquent les jours à venir, les années prochaines, les longues heures pour s'aimer. Daniel veut se spécialiser dans la vente de véhicules de collection, elle envisage de devenir avocate.

— Tu y arriveras, Anne. Je sais que tu y arriveras.

Ils ont remonté un petit chemin au bord de la forêt. Anne a posé une joue contre le pull de Daniel, écartant les pans de son écharpe.

— Écoute...

— Quoi ?

— Ton cœur... Mon cœur... Ils battent ensemble.

Daniel fait glisser la fermeture du blouson de la jeune fille, appuie la tête contre sa poitrine pour entendre à son tour. En un étrange prodige, leurs cœurs vont à la même cadence ; le sang de battre leurs veines à l'unisson.

Les voilà parvenus à la grille du cimetière. À la lueur de la flamme d'un briquet, les amoureux lisent les noms gravés sur les tombes, déchiffrent les dates de naissance et de mort, imaginent des vies entières suspendues, des enfants au teint de craie, aux yeux clos, emportés par la maladie.

Famille Arnould, Famille Soultz, Famille Rouffach...

Ils s'enivrent avec eux du parfum boisé de la vallée, entendent le silence des sapins pétrifiés sous la neige et le craquement des branches emportées par le gel. Ils palpent la mousse et le lichen accrochés à la pierre devenue poreuse, devinent le souffle des esprits, le martèlement des cœurs ensevelis sous la terre, feux oubliés, paisibles. Anne dit alors à Daniel :

— C'est ici que je veux qu'on m'enterre, dans la partie haute du cimetière, celle qui donne sur la vallée.

La main du garçon se referme sur celle de la jeune fille. Et son regard noisette de luire sous la flamme avant qu'une avalanche d'images tirées de leurs vies futures ne l'emporte dans un délicieux vertige.

On a frappé à la porte.

Anne ouvre les yeux.

Elle est couchée sur le lit en position fœtale, mains repliées sous elle. Ses pieds sont glacés comme si elle venait de marcher dans la neige. En revenant du bar, elle aura oublié de mettre le radiateur en route – ce fichu appareil fait un boucan du diable.

On frappe une deuxième fois.

Elle frissonne, chasse l'engourdissement de son cerveau en appuyant les paumes sur ses paupières. Naviguant dans une sorte de brume, elle va déverrouiller la porte. Le vent la gifle aussitôt sans égard.

— Vous avez oublié ça.

Ce qu'elle voit apparaître devant elle ressemble à sa carte Visa. Le sourire du barman se trouve juste derrière, ce sourire bu jusqu'à l'ivresse tout en ingurgitant des cocktails dont elle ignorait la composition. Le jeune homme envisageait de déposer la carte de crédit à la réception de l'hôtel une fois son service terminé, mais la chambre d'Anne étant située à quelques dizaines de mètres du restaurant, il a jugé plus opportun de la lui remettre personnellement, en dépit de l'heure tardive.

— J'ai tenté ma chance…

Anne saisit la carte du bout des doigts avant de la glisser dans une poche de son jean. Dehors, des bourrasques agitent l'obscurité tel un linceul.

— Merci.

— Je voulais vous dire... le pourboire de 30 dollars, c'était sympa.

Haussant les épaules, de cet air mélancolique qui ne la quitte plus, Anne rappelle au barman que Noël est dans quatre jours. L'homme sourit toujours, de ce sourire qui pourrait emporter Anne vers l'Azur, faire miroiter pour elle autre chose que de mauvais souvenirs – ou cette migraine qui la gagne comme un poison.

— Ça n'a pas l'air d'aller...

Elle a porté une main à son crâne. Sa vision se brouille. L'effet de l'alcool la poignarde. Le chaos monte en elle de toutes parts. Anne ne tient plus sur ses jambes, se cogne le poignet en essayant de se rattraper au chambranle de la porte. Elle serait tombée s'il n'y avait eu quelqu'un pour l'en empêcher.

Il a dit « Tenez, buvez, ça va vous faire du bien ».

Le radiateur de la chambre tourne maintenant à pleine puissance. Elle est assise sur le lit, appuyée contre trois coussins, une tasse de tisane entre les mains. Accroupi, le barman contrôle la chaleur dégagée par l'appareil de chauffage.

— Ça souffle de l'air tiède ce bazar.

L'animal se promène dans la pièce, s'intéresse au mobilier, curieux de savoir à quoi ressemblent les chambres de l'hôtel qu'il connaît à peine, ayant intégré son poste derrière le bar seulement depuis le début du mois. Songeuse, Anne se repaît de la mécanique de ce corps, de ce visage aux traits familiers qui change au gré de l'éclairage.

— Le comble du confort moderne, s'amuse-t-il.

Il se déplace souplement sur la moquette, inventorie l'équipement hétéroclite de la chambre : machine à café design années 90, énorme téléviseur datant de la même époque, table en fer forgé, chevets en rotin ripé, minibar bancal posé à même le sol, armoire à linge spartiate fermée d'un rideau, baie vitrée en simple vitrage.

— Impressionnantes, les finitions.

Le nez plongé dans les vapeurs de tisane, Anne sort de son puits farouche.

— Je ne sais même pas votre prénom, dit-elle.

Le barman vient s'asseoir au bord du lit et croise les bras, un brin de malice dans le regard.

— J'enfreins gravement les règles. Je ne suis pas censé fraterniser avec la clientèle... Moi c'est Julian, et vous ?

Julian est satisfait de voir les joues de la jolie Française reprendre une teinte rosée grâce à la décoction qu'il vient de lui préparer.

— Je peux vous poser une question ?

C'est à propos de l'histoire qu'elle lui a racontée tout à l'heure au bar, cet homme qu'elle est venue retrouver à San Francisco et qui est mort. Il veut savoir si c'est vrai qu'ils se ressemblent ou si c'est une invention, un truc pour lier connaissance. Anne lui indique le dossier marron sur la table de nuit. Il n'a qu'à constater par lui-même. Elle ne triche jamais avec les hommes. Julian s'empare du dossier, l'ouvre et en sort la première coupure de presse.

— Vous avez vu la date de l'article ? remarque-t-il.

Il jette un œil au cadran de sa montre.

— 21 décembre 1986... Ça fait vingt-deux ans jour pour jour.

Anne n'avait pas relevé ce détail. Elle aura embrassé la terre où repose Daniel le jour anniversaire de sa mort. Pouvait-elle croire encore au hasard ? Julian entame sa lecture, hoche la tête.

— … La route de Stinson Beach, je connais bien par là-bas. Ma mère m'y emmenait parfois quand j'étais gamin. Sur la plage, je me souviens, il y a un panneau d'information qui explique comment faire pour ne pas être emporté au large par le courant à cause d'un tourbillon qui existe à cet endroit, et un autre panneau qui met en garde contre les requins…

Il s'amuse de la situation, approche la coupure de presse de son visage, mettant celui de Daniel à hauteur du sien.

— Il paraît que je suis le portrait craché de ma mère, se moque-t-il.

Anne trempe ses lèvres dans la tisane et ferme les yeux. Elle ne sait pourquoi elle a laissé ce garçon entrer dans sa chambre lui servir une camomille, pourquoi sa présence lui paraît être dans la logique des choses. Elle se sent lasse, imbécile et seule. Elle voudrait retourner au sommeil, au silence, replier les mains contre sa bouche et respirer l'odeur de sa peau, à la quête d'une nuit absolue. Julian a bougé sur le lit. Il s'est rapproché d'elle.

— J'aime beaucoup cette idée, murmure-t-il, ressembler à quelqu'un qu'il est impossible d'oublier…

Du dos de la main, il caresse son visage, dégage les mèches de cheveux derrière le cou, regarde sa bouche, et sans jamais cesser de sourire, retire la tasse lovée entre ses doigts. C'est un instant aussi furtif et doux qu'une plume tombée au sol et qui dans sa chute aurait tracé dans l'air une arabesque.

La pluie pervertit le bleu de l'océan, l'encanaille de reflets argent. La surface de l'eau se hérisse, timorée sous l'averse. C'est un dimanche midi au ciel assombri, familier de l'homme solitaire. Bill est étendu sur le canapé, calepin et stylo-feutre sur le ventre, concentré. Pieds nus dans ses sabots, habillé d'un pantalon de velours noir et d'une chemise de style bûcheron ouverte sur un tee-shirt, il se repaît de son programme télévisé favori. Un poêle à bois gorgé de bûchettes diffuse une chaleur paisible dans la maison flottante. Agrémentant le pont avant, une guirlande lumineuse fait mentir la grisaille et ses ampoules colorées scintillent en fantaisie. Sur la table basse du salon, un verre de pinot noir Château St-Jean 2006. Bill l'a choisi parmi les dix meilleurs vins de l'année élus par *Cellar 360*, un caviste sur North Point. Il accompagne sa dégustation d'une collection de fromages américains et européens garnis de fruits frais et servis avec des crackers à la farine complète – la totalité des emplettes ayant coûté la bagatelle de 39 dollars au *Whole Foods Market* sur Franklin. S'il n'y avait ces deux corbeaux, perchés sur la rambarde sous l'auvent de la terrasse, le narguant de leur bec luisant, il serait un modèle de jeune retraité, débarrassé des tourments de la vie, roulé tout cru dans la béatitude.

Pour l'instant, Bill n'a touché ni aux fromages ni aux fruits. Seulement bu deux ou trois gorgées de vin et croqué un biscuit. Il attend la fin de l'émission, l'achèvement de la préparation du dernier plat, le moment où la présentatrice retirera d'un geste souple son tablier de cuisine, déchaînant du coup les appétits de son plus fidèle spectateur. Aujourd'hui, sous le tablier en lin couleur farine, elle porte une robe moulante en velours grenat décolletée, dévoilant la naissance des seins et les épaules. De sa voix de pain d'épices qu'une speakerine américaine double en forçant sur le sucre, l'animatrice a précisé en début d'émission que si elle a accepté de s'habiller en Mère Noël cette année, c'est uniquement dans le but de recevoir un chouette cadeau que le Père Noël n'a pas intérêt à oublier parce que sa tenue n'est franchement guère pratique pour mener à bien la préparation du délicieux repas de réveillon qu'elle s'apprête à concocter pour la crème des téléspectateurs. Elle a ajouté qu'elle avait d'abord considéré le port des hauts talons comme risqué et franchement superflu derrière un piano mais que cela donnait une allure plus croustillante à la ménagère et, par conséquent, que le jeu en valait bien la chandelle. Là-dessus, elle a enchaîné sur la définition du mot qui caractérise le mieux la première recette.

— *Croustillant* : Se dit pour les aliments qui craquent sous la dent mais aussi pour les choses légères ou rigolotes de la vie.

Puis, elle a donné la liste des ingrédients nécessaires à la préparation de *Bouchées au foie gras et aux huîtres* (pour dix bouchées), composants que Bill s'est empressé de noter, bon élève curieux de l'association foie gras et fruits de mer. Une habitude prise depuis cinq ans. Il sait que l'on trouve les ingrédients des fiches cuisine sur Internet en allant sur le site de l'émission, mais il aime être dans l'action. Quant à la définition du mot *croustillant*, Bill confirme : elle colle impec avec la dame de la télé, sa *Cooking Goddess* comme il la surnomme avec Joey – Joey, devenu au fil du temps aussi dingo de la *french cuisinière* que son ancien camarade du Vice, chacun ayant juré de la demander en mariage si elle traversait un jour l'Atlantique.

— Pour la préparation des bouchées, étalez la pâte feuilletée sur 5 mm d'épaisseur environ…

Personne ne vient jamais déranger Bill. Le facteur mis à part. Ou alors la voisine – Mrs Pole tambourine régulièrement à sa porte lorsque Bill écoute ses vieux 33 Tours trop fort, fenêtres ouvertes.

Il souhaiterait que l'abruti qui frappe maintenant chez lui avec insistance déguerpisse et en vitesse.

… L'abruti, en y réfléchissant, ne peut être que ce lâcheur de Joey jouant le repenti. Il a laissé Bill dîner seul, hier soir. Son ancien coéquipier l'avait attendu chez lui jusqu'à 21 heures avant de rouler vers la City en quête de réconfort. C'est ensuite qu'il avait avalé deux hamburgers de chez *Beep's* arrosés de whisky dans son pick-up.

— Lieutenant Bill Rainbow ?

Ce que l'homme trouve sur son palier n'est pas Joey.

C'est une silhouette brouillée par le vent et la pluie.

Une femme portant un chapeau, une personne que Bill connaît bien.

Son premier réflexe est de tourner la tête en direction du téléviseur, et le second, de jeter un œil à tribord afin de vérifier qu'aucune équipe de télévision n'est dissimulée quelque part sur le ponton qui relie les house-boats. Mais ce n'est pas le cas.

Bill a devant lui une réplique de l'animatrice qui cuisine dans son salon. Sans doute l'instant le plus déconcertant de toute une vie d'un flic ayant pourtant ouvert un paquet de portes sans savoir ce qui l'attendait derrière. À défaut d'une robe rouge, celle-ci porte jean et manteau gris, elle est pâlotte et confuse.

— Mon nom est Anne Darney. Pardon de venir vous déranger un dimanche.

Une frange rabattue par un borsalino de velours, le regard cobalt est plus saisissant qu'à l'écran. Sous le joli nez, la bouche entrouverte offre un sourire. Les pommettes balayées par les mèches de cheveux que le vent repousse sur le visage sont moins poudrées qu'à l'image et de délicates rides se révèlent aux coins des yeux. Anne sous la pluie est une apparition céleste.

— J'ai trouvé vos coordonnées dans…

— Je sais qui vous êtes.

Tous deux restent interdits sur le pas de la porte. Un fou rire finit par emporter Bill.

— Comment vous faites ça ?

— Comment je fais quoi ?

— Pour être ici et… là.

Bill s'est écarté : il désigne le téléviseur au fond de la pièce. Anne hésite avant de franchir le seuil. Il ne lui faut guère de temps pour comprendre le trouble de son hôte.

— Vous regardez mes fiches cuisine ?

Bill plie les genoux comme si Joey venait de lui raconter une bonne blague.

— Nom de Dieu ! C'est... Je vous en prie, entrez !

Bill a refermé la porte, un sourire ahuri accroché à sa barbe. Les mains enfoncées dans les poches de son manteau, un dossier marron glissé sous un bras, la Française paraît tout aussi décontenancée. Elle s'est figée devant *son* spectacle : à l'aide d'un emporte-pièce rond de 9 cm de diamètre, *elle* découpe le centre de dix disques de pâte badigeonnée d'œuf pour obtenir des couronnes. Au bout d'un instant interminable, Bill se décide à couper l'image du téléviseur à l'aide de la télécommande, s'excusant de mettre ainsi fin à l'enchantement.

— Ils rediffusent le programme cette nuit à 4 heures, dit-il comme pour se rassurer.

C'est en allant dans la cuisine chercher un verre pour servir du vin à l'animatrice qu'il cède à la panique. La déesse est là, chez lui, en vrai, sans doublage, avec cet accent français exquis. Et lui, dans sa tenue du dimanche, regrettant d'avoir cédé au confort des sabots. Bill les retire illico. Inspire une profonde bouffée d'air qu'il expire en comptant les secondes – lu ça dans le bouquin de Pema Chödrön au chapitre des techniques de méditation. Vaine tentative pour recouvrer son sang-froid. De retour dans le salon, pieds nus avec un verre et la bouteille de Château Saint-Jean, il découvre Anne debout près de la baie vitrée, son chapeau et le dossier marron à la main. Il n'avait jamais vu cette femme de dos. Le manteau resserré à la taille par une ceinture met en relief la chute des reins. Bill crève d'envie d'appeler tout de suite Joey. Lui annoncer le miracle qui se tient devant la baie vitrée.

Dehors, l'averse se meurt. Anne observe le couple de corbeaux perchés sur la rambarde, immobiles.

— *Ne regardez pas dans l'œil noir du corbeau.*

— Pardon ?

Bill s'est rapproché d'elle avant de reculer, un peu gêné.

— C'est un conseil. Et une de ces croyances idiotes.

— Ah oui ?

— Je connais un type, Donovan Western, un gars un peu fêlé. Il pense que les corbeaux sont un mauvais présage. Un présage de mort, enfin, quelque chose dans ce goût-là. C'est à cause d'une histoire que l'on raconte dans la région... Je vous sers un peu de vin ? Un pinot noir de chez nous. Il est excellent. Attendez, je vais vous débarrasser...

Le manteau d'Anne est suspendu à un crochet en laiton près du poêle à bois, avec le borsalino. Elle a pris place sur le canapé couleur réglisse, face à l'imposante stature du flic à la retraite. Genoux écartés, Bill s'est assis sur une vieille chaise chinée, écrasant les accoudoirs patinés. Tous deux s'observent.

— Ça fait cinq ans que je vous regarde presque tous les dimanches.

Anne glisse les mains entre ses cuisses.

— Pourquoi « presque » ?

— Je m'absente deux ou trois mois dans l'année. Là où je vais, il n'y a pas de télé. Mais j'ai un copain qui enregistre les émissions que je manque sur son magnétoscope.

Anne sourit. Chevilles et doigts croisés, Bill s'intéresse maintenant aux détails : il voudrait retirer les bottines, tâter l'arrondi des genoux, glisser une main sous le pull en mohair, toucher la texture de la peau soyeuse dans le cou, redescendre plus bas, caresser l'intérieur des cuisses, là où elle réchauffe ses mains si habiles. Il lève son verre.

— Aux trésors de la cuisine française !

Dans sa chemise rustique et son pantalon de velours, les orteils velus dépliés sur le tapis, Bill est plus troublé qu'un garde forestier qui tomberait nez à nez avec un elfe.

Il est temps de passer aux choses sérieuses. Savoir ce que la présentatrice de son émission favorite peut bien lui vouloir.

Et connaître la raison pour laquelle une femme aussi formidable ne porte pas d'alliance.

En milieu de matinée, Anne avait contacté le Sheriff Office de Marin County. Le Lieutenant Rainbow est à la retraite mais il habite toujours le secteur. Mr Lee étant de repos le dimanche, Anne avait appelé un autre taxi pour être aussitôt conduite à l'adresse dénichée sur www.whitepages.ca, à Sausalito, sur Yellow Ferry Harbor. Franchir le Golden Gate Bridge l'avait décontenancée à cause de cette impression de déjà-vu propre aux monuments incontournables, sans cesse photographiés, et que l'on finit par s'approprier. Elle eut la surprise de découvrir que l'adresse correspondait à un port privé auquel d'insolites habitations flottantes étaient amarrées. Des boîtes aux lettres associant un nom à un numéro ouvraient une jolie passerelle en bois desservant les house-boats. Elle avait trouvé celui du lieutenant Rainbow un peu en retrait des autres, peint d'une couleur mauve identique à celle des volets de la maison de son enfance. Elle l'avait aussitôt photographiée. En frappant à la porte, elle s'attendait à rencontrer un de ces vieux flics nationalistes méprisant vaguement les Français depuis que Jacques Chirac avait refusé d'envoyer des soldats sur le sol irakien en 2003. Anne n'imaginait pas alors être reçue tel le Messie par Bill Rainbow. Son programme était certes rediffusé par différentes chaînes de télévision et ses fiches cuisine regardées partout dans le monde y compris au Kenya, mais trouver ici un de ses plus fidèles téléspectateurs relevait de l'incongruité.

— Et vous avez pris l'avion, comme ça, sur un coup de tête ?

Après avoir questionné Anne sur l'émission, le déroulement de l'enregistrement et les différentes étapes de préparation des plats, l'ex-flic s'est décidé à lui demander la raison de sa présence chez lui le jour du Seigneur.

— J'étais curieuse de savoir à quoi ressemble le pays qui refuse d'importer le camembert au lait cru, le foie gras et les œufs Kinder, s'amuse-t-elle.

— Du moment qu'on ne reconduit pas aux frontières vos chefs étoilés... Les œufs Kinder, c'est une autre de vos spécialités françaises ?

L'homme ne la quitte pas des yeux, fasciné par la nouveauté de cette image en volume. Anne se laisse volontiers reluquer, plus par habitude que par plaisir. Elle cherche elle aussi des points de ressemblance entre son hôte et l'inspecteur en photo sur l'article de presse. Bill Rainbow a forci. Pris vingt ans et autant de kilos. La stature contraste avec la douceur de ses traits. Les cheveux coiffés vers l'arrière forment une vaguelette striée d'ivoire sur le haut du front. Le menton est couvert d'une barbe grisonnante qui remonte sur des joues que l'on croirait dessinées pour la gourmandise, les baisers passionnés d'une femme amoureuse – ou les claques.

— En y réfléchissant, renchérit-elle, l'élection de Barack Obama a peut-être influencé ma décision.

— Je ne suis pas allé mettre mon bulletin dans l'urne le mois dernier, fait-il. J'étais au fin fond de la forêt occupé à sortir une carpe de l'eau à des dizaines de miles du premier bureau de vote.

Capitaine de bateau sans gouvernail, l'ex-flic est plutôt sympathique. Le fait qu'il connaisse Anne par le biais de son émission favorise sa requête. En temps normal, l'animatrice ne doute pas qu'il serait plus abrupt.

— Entreprendre un voyage que vous auriez pu faire depuis des lustres pour retrouver un amour de jeunesse, ça paraît étrange, non ?

Il devra se contenter de cela : la date de son départ s'est imposée à Anne lorsqu'elle s'est connectée sur un site de voyages.

— Bon, admettons… Mais vous avez peut-être faim : je me suis préparé une petite collation tout à l'heure, du fromage et des fruits. Ça vous tente ?

Il est revenu avec assiettes, serviettes et couverts, a jeté deux sets de table en lin et rempli les verres. Croquant quelques grains de raisin et avalant des miettes de parmesan, Anne répond à la demande de son hôte et lui fait le récit des événements qui se sont déroulés depuis son arrivée à San Francisco : la rencontre de la mère de Daniel, la découverte de la tombe, le déjeuner avec Philip et la conversation téléphonique entre elle et la journaliste Susan Sward. L'homme lève un sourcil, tartinant un cracker de beurre frais avant de l'avaler, accompagné d'une tranche de roquefort.

— Belle femme. Dommage qu'elle ait la dent dure avec les flics… Celui-là, je parie qu'ils vont bientôt l'interdire aussi, ajoute-t-il pointant un index sur son morceau de fromage. C'est une tuerie !

Les photocopies des coupures de presse sont bientôt étalées sur la table. L'homme est allé chercher une paire de lunettes de vue. La monture métallique supportant des verres rectangulaires est reliée à un cordon noir passé autour du cou. Il s'empare des articles et les parcourt, hochant la tête.

— Ouais… L'affaire Daniel Harlig. À peu de chose près, tout ce que j'en pense est écrit dans ce papier.

Il lâche les photocopies sur la table puis ôte ses lunettes. La monture pendouille au-dessus de son ventre.

— Alors, vous n'êtes pas venue me voir pour goûter à ma cuisine.

Anne baisse les yeux, replaçant les feuilles avec soin afin d'obtenir une ligne parallèle au bord de la table.

— Vous aviez mentionné la possibilité d'une deuxième piste au cours du procès, dit-elle. Je crois que vous avez toujours eu raison : cette histoire de véhicule volé, ça ne tient pas debout. On ne tue pas quelqu'un pour un van.

— Ici, tout peut arriver. La preuve, ajoute-t-il avec un clin d'œil.

— Sérieusement monsieur Rainbow, sachant cela, pourquoi vous avez laissé ce jeune type, Shamron Garrard, aller en prison ?

Il hausse les épaules.

— Vous devriez poser la question à l'inspecteur qui a repris l'enquête. J'ai quitté mon poste quelques semaines après le meurtre pour intégrer un autre service.

Déçue, Anne se penche légèrement en avant pour masser une de ses chevilles.

— Pensez-vous qu'il serait possible de retrouver le dossier concernant l'affaire ?

— Pour quoi donc ?

— Je veux savoir pourquoi Daniel est mort, dit-elle d'une voix posée. Savoir ce qui s'est réellement passé sur cette falaise. S'il est tombé par accident ou si on l'a tué de façon délibérée.

— Ça vous avancera à quoi ?

— À l'oublier.

Bill passe une main sur son front. Soupire.

— Il s'est passé plus de vingt-quatre heures entre le moment où on a découvert le corps et le moment où il a été balancé de la falaise dans les ronces. Votre gars a agonisé pendant des heures. Ce genre de détail vous intéresse vraiment ?

Anne entrelace ses doigts. Sur le pont, les deux corbeaux se tiennent immobiles, observant l'écaille de la mer. Pas un frisson ne traverse leurs plumes. Émane de leur présence une sensation curieuse, comme un présage mauvais. Une impression qu'accentue un ciel obscurci d'une pluie noire. L'homme a quitté son siège et vient s'accroupir devant le poêle.

— Il est possible de jeter un œil dans le dossier bien sûr, marmonne-t-il en repoussant les pans de sa chemise sur les hanches, mais je doute que ça vous soit bien utile…

— À l'époque, vous étiez sur la piste d'un deal qui aurait mal tourné. Connaissant Daniel, je ne peux pas croire une chose pareille.

Bill actionne le tisonnier, répandant une odeur d'encensoir.

— C'est bien une réflexion de femme ! sourit-il. Combien de jours vous l'avez connu votre *American Lover*, déjà, six, sept ?

Anne lève les épaules, soutenant le regard de celui qui ne craint pas de se brûler.

— Pour comprendre de quoi une personne est faite, parfois, dix minutes suffisent.

L'ex-flic suspend son geste. Il a saisi le sous-entendu.

— J'ai besoin de votre aide, monsieur Rainbow, reprend-elle plus doucement.

Il repose le tisonnier, referme le clapet du poêle. Un bruit sec provient de l'extérieur, comme un claquement métallique sur du verre. Les corbeaux se promènent maintenant sur le pont, cognant leurs becs contre la baie vitrée. L'homme surprend Anne en cognant brusquement du poing contre la vitre. Les volatiles s'enfuient à tire-d'aile, répandant leurs cris rauques à la surface de la mer comme on jetterait les cendres d'un mort.

Cinq ans qu'il regarde cette femme faire la cuisine.

Cinq années d'idylles fantasmées, de corps nus roulés dans la farine, de ménagère prise en levrette derrière ses fourneaux, de gâteries données à pleine bouche, de massages coquins au beurre fondu.

À peine une heure pour comprendre qu'il ignore tout de sa déesse et que le rêve est terminé.

Cette histoire d'amour en deuil, cette nostalgie coupable, ce besoin morbide de détails, voilà qui éveille en Bill comme une étrange colère. Ce qu'il ne saisit pas bien, c'est pourquoi cette colère ne le pousse pas à la flanquer dehors. Pourquoi, au contraire, elle semble se tourner contre lui-même, interpellant ses certitudes.

Bill sait que cette femme a raison. Demain n'est fait que d'hier. Seule la connaissance de la vérité vaut d'être vivant. Et c'est ça qui lui flanque la trouille, au gamin qui a grandi sur Sunset. Bill Rainbow a devant lui ce qu'il aime et le rebute à la fois : une femme déterminée sur canapé. Une déesse pour l'instant inaccessible, drapée dans son tablier chagrin.

Son doux songe passé à la moulinette.

Mais il n'appartient qu'à lui d'en imaginer un autre.

Un de ceux dont il pourrait se repaître une vie entière, auquel il ne croyait plus, passant et repassant le meilleur des images, la larme à l'œil, le cœur patraque. Un rêve pour un homme vieillissant mais encore vert, capable de prouesses que cette femme allait lui permettre d'accomplir ici, dans sa cuisine : préparer un outrageux festin. Il pourrait par la même occasion soulager la chef cuisinière du poids de cette bluette grotesque et, qui sait, recueillir ses faveurs...

D'abord, récupérer le dossier aux Affaires classées.

— Anne... Je peux vous appeler Anne ?

— Bien sûr.

— Vous avez quelque chose de prévu pour le réveillon ?

Jamais aucun homme ne lui avait fait une telle proposition : cuisiner pour lui un repas festif.

Anne pensait que son talent n'intéressait personne. Une animatrice de fiches cuisine est d'abord animatrice, soit une paire de seins et de fesses parlante et souriante.

Et Bill vient de lui donner un vingt sur vingt en dictée.

Elle détient donc quelque chose de précieux, recèle son propre trésor ; et cet amour de la cuisine ne tient qu'à elle.

Il remonte à loin, aux premiers mets de l'enfance, à l'apprentissage du partage et à la communion des sens. Aux recettes qu'elle recopiait dans le vieux manuel de sa grand-mère enrichi de gravures anciennes et de calligraphies soignées, formant ses premières lettres, l'eau à la bouche. Aux soupes aux cailloux improvisées dans un jardin, accroupie au-dessus d'un trou creusé dans la terre, avec l'odeur de sa peau tiède remontant de ses cuisses. Aux salades de bonbons dégustées entre amies au cours de dînettes et qui finissaient par donner mal au ventre. Au jeu de marchande offert par sa maman pour ses six ans, à ses fruits et légumes en plastique coloré, ses fausses charcuteries assorties dans lesquelles Anne plantait les dents pour mieux en composer la saveur. À ces heures passées à faire son marché imaginaire seule ou avec une copine – Valérie, toujours elle, immuable et fidèle. Les cours de travaux manuels au collège confortèrent le cordon-bleu en jupette dans ses appétences, sa grand-mère s'étant préalablement chargée de lui enseigner les bases de la cuisine traditionnelle lorraine. Tourner la cuillère à gâteau jusqu'à ce que se forme le ruban d'œuf battu incrusté de sucre la mettait en liesse. Aucune dispute parentale ne pouvait briser l'enchantement d'un gâteau de Savoie cuisant au four dont la croûte dorée ourlait les bords du moule. Pas un claquement de porte ne pouvait ébranler la main tartinant de confiture de fraises un disque de génoise encore tiède. Et la dispute, toujours, de s'achever dans la cuisine, autour du riz au lait d'*Anne chérie*, cuit avec sa gousse de vanille.

Jusqu'à l'âge de treize ans, Anne aura nourri le couple de ses parents pour le meilleur. Et le pire était venu. Une maman qui s'alimente en avalant de la nourriture liquide par un tuyau relié à son estomac aurait découragé les élans de plus d'un Loiseau. Son ex-mari n'étant guère porté sur la gastronomie, Anne s'était vite lassée de cuire des pommes de terre, saucisses et entrecôtes, renonçant à l'exécution de la sauce de salade. Elle remettait les mains à la pâte à la saison des champignons dont elle faisait omelettes, gratins ou conserves et à celle de la cueillette des mirabelles qui terminaient en sorbet, tarte, confiture ou condiment, macérées dans le vinaigre. L'occasion de replonger les doigts dans l'appareil devant une caméra avait été plus que salvateur : la justification de son entêtement à ne pas mettre sa tête dans le four après avoir ouvert le robinet du gaz.

Soit.

Elle fera la cuisine pour Bill Rainbow.

L'homme ravi qui se tient devant elle en salive déjà.

C'est aussi d'accord pour les courses – deux jours d'emplettes pour réunir les ingrédients nécessaires à la préparation des plats et à la sélection des vins. En échange, l'ex-flic s'engage à passer le dossier de l'affaire Daniel Harlig à la passoire, des premiers témoignages au rapport d'autopsie.

Anne cuisinera en mémoire de Daniel.

Son dernier réveillon gourmand remonte à Simon Hollow – un repas sur le thème du foie gras : *Tranche sur pain saupoudrée de fleur de sel et de poivre du moulin, Fondant aux mangues et oignons, Escalope de foie gras poêlé aux fruits confits et pain d'épices, Langoustine au foie gras et au caramel de mandarine, Crumble de foie gras à la bergamote* et *Sucette glacée de foie gras*. Le tout arrosé de chablis. Tous deux avaient cuisiné nus sous leurs tabliers, mêlant préparation et préliminaires en un sensuel ballet derrière les fourneaux. L'amertume d'avoir été reléguée au poste d'assistante avait tôt fané les enivrements de la jeune femme : le chef n'est guère partageur, avec ou sans toque, et s'arme de fierté masculine dès qu'il saisit le couteau économe.

— Je peux vous montrer les recettes que j'ai choisies ?

L'homme a disparu dans la cuisine sans attendre de réponse. Il flotte dans son sillage comme un parfum d'allégresse.

Anne s'y laisse glisser, docile. Depuis cette courte nuit passée dans les bras d'un barman bâti comme un chippendale, les choses semblent venir à elle avec plus de légèreté, une certaine forme d'insouciance. Elle a toujours son estomac en vrac mais la voici grandie et calme.

Prête à se faire manger toute crue.

C'est en ouvrant le dossier compilant les recettes que Bill s'est senti nigaud. Au point d'en avoir la gorge serrée. La dernière femme avec laquelle il a préparé un repas, c'est la sienne. Le jour où elle lui annonçait sa décision de le quitter tout en pétrissant de la pâte brisée. Ils préparaient une tarte au poulet, au potiron et au miel pour le dîner – le plat préféré des jumelles. Bill était chargé de la garniture.

— Tu comprends, Bill, on est arrivés au bout.

Maura souhaitait que désormais, il ne rentre plus à la maison pour infliger son mal-être à la famille tout en empestant l'alcool.

— Putain, c'est quoi, ce bordel !

Détailler les blancs de poulet en lanière, émincer l'oignon, peler et couper la chair du potiron en petits dés, il a toujours aimé ça, Bill. Mais là, l'oignon lui piquait les narines, le poulet glissait entre ses doigts, et il avait un mal fou à peler ce foutu potiron.

— Ce serait bien que tu dormes à l'hôtel quelques jours. Le temps qu'on comprenne ce qui ne va pas. Pourquoi on n'est plus heureux ensemble.

— Mais moi, ça va, Maura, je suis heureux avec toi.

Bill était prêt à tout pour garder sa femme auprès de lui, quitte à lui mentir, à lui jurer qu'il n'irait plus voir de putes et boirait du jus de poire.

— Ces filles ne sont rien pour moi... Je les croiserais dans la rue, je ne les reconnaîtrais même pas !

— Bill, arrête.

— Quoi ?

— Tu me donnes envie de vomir.

À cette période, épuisé par son boulot, il ne contrôlait plus ses nerfs. Le couteau avait jailli de sa main, la pointe s'était fichée dans la planche de bois où Maura étalait la pâte, à cinq centimètres de son ventre. Elle avait poussé un cri avant de fondre en larmes. Son mari s'était aussitôt excusé, effrayé par son propre geste. Il s'était jeté à ses pieds, l'avait serrée contre lui, demandant clémence. La nounou des enfants avait alors surgi, comme à son habitude, tel un fantôme sortant d'un placard, flanquée de deux gamines aux regards étourdis. Bill n'avait jamais impressionné Paola Beijo et ses soixante-cinq printemps. La bonne mexicaine aux rondeurs immodérées l'avait habillé et nourri depuis l'âge de quatorze ans. Pour elle, il était précieux comme un fils et détestable comme un *creador de penas*[1].

— *Hijo de bueno para nada ! Peligro público ! Tonto ! Borracho* [2]*!*

Elle l'avait fichu hors de la cuisine, le poussant comme on fait glisser un fauteuil, l'invectivant en espagnol. Ce soir-là, les filles avaient mangé des pizzas surgelées au goût mélancolique et Bill était

1. Faiseur de chagrin.
2. Fils de bon à rien ! Danger public ! Crétin ! Ivrogne !

parti, emportant un sac avec des vêtements pour trois jours. Il pensait alors qu'il reviendrait à la maison.

Cette femme, perchée sur un tabouret, avait imaginé retrouver son flirt américain. Tous deux avaient quelque chose de pathétique à fêter.

— Je vous sers à boire ?

Anne a répondu oui sans lever les yeux du dossier noir. Elle prend des notes sur un calepin qu'elle a extirpé de son sac à main, traduit certains mots à l'aide d'un petit dictionnaire de poche. Bill observe avec quelle habilité ses phalanges tournent les pages, glissent sur le plastique transparent, s'arrêtent sous telle liste d'ingrédients avant de reprendre leur mouvement au fil des pages. La gorge de Bill est sèche. Il brûle d'embrasser cette femme. La porte du réfrigérateur couine.

— *Cranberrie juice ?* lance-t-il depuis la cuisine.

Se dessine l'esquisse d'une promesse au fond d'une bouteille de jus de fruits. Celle d'une amnistie.

La nuit est tombée, ardente, inflexible. La guirlande accrochée au house-boat se reflète à la surface des flots qui roulent loin de la berge. En pénétrant dans la cuisine, Anne est agréablement surprise : Bill possède là un véritable laboratoire ; ascétisme et opulence. Meubles de rangement, plan de travail, réfrigérateur, congélateur et évier sont en acier brossé. Cependant l'esprit du lieu demeure, avec le parquet en hêtre et les boiseries gris clair des murs et des plafonds. Deux plaques publicitaires émaillées assurent la décoration. L'une représente une fillette tenant un cerceau et un petit garçon en culotte courte, tous deux vêtus de blanc et tenant des barres de chocolat suisse Toblerone. L'autre publicité, dans une gamme chromatique sépia, propose une vue frontale du Golden Gate Bridge. Originalité, l'évier est placé sur l'îlot central au milieu de la pièce, creusé dans le prolongement du plan de travail sous lequel des casiers permettent de ranger verrerie et vaisselle. À la gauche d'une fenêtre donnant sur le ponton d'amarrage, un piano couronné par cinq feux vifs est éclairé de spots incrustés sous une hotte puissante. Trois cafetières italiennes de tailles différentes suspendues par ordre croissant bordent la fenêtre. Une cuisine à géométrie idéale, aménagée avec goût, dont le piano à lui seul – un Godin noir et acier – doit coûter dans les 10 000 à 15 000 euros. Anne n'imaginait pas qu'un flic puisse avoir l'idée de s'offrir pareil bijou. *A priori*, ça ne roule pas sur l'or, un flic – surtout à l'heure de la retraite. Mais ce qui a l'a le plus frappée, c'est l'absence de four à micro-ondes. Exceptionnel chez un célibataire. Bill a souri lorsqu'elle lui en a fait la remarque. Quant au faste de sa cuisine, il l'a justifié par des placements de famille hérités du côté d'un grand-père qui fit jadis fortune dans le lambris.

— Je suis content que ça vous plaise. J'aime bien ma cuisine.

Anne n'a pas écouté le temps sonner à la pendule murale en acajou – fin XIXe – fixée à l'un des murs de la cuisine. Seules, ses aigreurs d'estomac lui rappellent combien le grignotage est néfaste à son organisme et la consommation d'un deuxième verre de jus de fruits déconseillée. Elle se concentre plutôt sur sa tâche. Perchée sur un tabouret, accoudée au plan de travail face à Bill, Anne affine le choix des plats. Si l'idée d'ouvrir le repas avec un foie gras a mis tout le monde d'accord, elle estime la recette de *Foie gras poêlé aux lentilles* « trop évidente » et propose un *Foie gras en cocotte, aux figues et aux raisins* – sous réserve de dénicher des foies entiers. Bill hoche la tête.

— *Polarica*, Quint Street.

Le *Cappuccino de cèpes aux noix de Saint-Jacques* suivrait, les *Huîtres gratinées aux champignons et à la truffe* précédant la *Langouste aux mangues*. Reste à choisir entre *la Côte de veau épaisse salsifis et lumaconi au jus à la truffe*, le *Filet de chevreuil en croûte et sel*, le *Filet de biche en brioche et lasagnes de pain d'épices aux coings*, et le *Risotto à la truffe d'Alba et ris de veau*. Les recettes repassent de main en main, agrémentées de soupirs. Machinalement, Anne dispose les feuilles de façon géométrique, bords parallèles. Puis, elle suggère de procéder par élimination : retirer d'emblée la côte de veau et le risotto dans la mesure où la saveur de la truffe figure déjà au menu avec les huîtres. Restent le chevreuil et la biche. Anne exprime sa réserve sur le gibier – l'idée de manger Bambi l'indispose. Mais elle conçoit que le défi culinaire puisse être excitant. Bill se gratte derrière l'oreille, rajuste sa monture de lunettes et propose de sacrifier le chevreuil, la recette du filet de biche offrant une progression particulièrement délicate. Anne acquiesce, massant ses tempes pour soulager le retour d'une migraine.

— Et le marché est riche en trouvailles : pain d'épices, armagnac… J'imagine que vous savez où trouver des filets de biche ?

Pour le dessert, trois options sont retenues : le *Vacherin minute aux macarons*, le *Soufflé glacé à la mandarine* et le préféré d'Anne – sa dernière fiche cuisine enregistrée à l'antenne –, le *Sapin de chocolat aux griottes*. Elle lève les yeux sur Bill.

— Votre choix ?

L'homme retire ses lunettes, un éclair de malice dans le regard.

— Pourquoi choisir ?

Il est décidé que les trois desserts sacreront le festin. Il est également convenu que Bill raccompagne Anne à San Francisco ce soir et qu'elle accepte son invitation à dîner en dépit de la migraine – donner à manger à son estomac ne peut que lui faire du bien.

Anne éprouve cette fièvre de l'impatience.

Cet appétit de vérité.

Approcher la mort à rebours.

À 18 h 30, lorsque la brume envahit la baie, Bill Rainbow et Anne Darney quittent Sausalito à bord du pick-up. Dans deux jours, une autre décision les attend. Plus subtile que le choix d'un mets parmi d'autres.

Choisir d'aller ou de ne pas aller vers la mort.

— Alors, comme ça, vous ne connaissez pas San Francisco ?

Pas encore visité l'île d'Alcatraz, ni même mis le pied dans un *cable car*. Anne ne connaît de la ville que ce que le chauffeur de taxi lui a montré. Il faudra que Bill lui parle de la Coit Tower. Dans l'obscurité de l'habitacle, le visage de la jeune femme se durcit dès que la lueur des phares balaye le pare-brise. Le borsalino est posé sur ses genoux. Elle en caresse le bord. Le pick-up s'engage sur le Golden Gate Bridge. Bill s'évertue à lui faire la conversation.

— Vous voyez ces deux câbles qui soutiennent le tablier ? Eh bien, ils sont composés d'une sacrée longueur de fils d'acier. De quoi faire trois fois le tour de la Terre.

Anne semble chercher un point de repère familier dans le panorama lorsqu'un rapace la surprend, traversant le pont dans la lumière des phares tel un spectre surgi des ténèbres. Dans un sursaut, elle rattrape le petit chapeau juste avant qu'il ne tombe.

— On a toute sorte de volatiles dans la région, observe Bill, flegmatique. On est à quelques miles de réserves naturelles et de sites protégés comme la forêt de Muir Woods. Déclarée monument historique par Roosevelt en 1908. On y trouve des séquoias de plusieurs siècles. Je vous y conduirai, c'est sur la route de Mill Valley... Vous avez froid ?

Un joli menton cherche le réconfort de l'écharpe. Bill tourne la molette qui commande le chauffage. Lorsqu'elle sort une paire de lunettes de soleil de son sac, Bill comprend que sa déesse est patraque.

— Si vous n'êtes pas bien, je peux vous conduire directement à votre hôtel.

— Ça va aller, merci.

Anne se force à sourire. Bill n'aime pas ça. Une femme souffrante, c'est pas drôle. Il en sait quelque chose.

— Bill, tout à l'heure, vous avez parlé d'une légende à propos de corbeaux...

— C'est une histoire qu'on raconte à Sebastopol. Y a un très bon restaurant là-bas baptisé *The Two Crows*. C'est sur la route de Bodega. Mais je me demande s'il n'a pas fermé... Vous voulez que je vous raconte ?

— S'il vous plaît.

Le pick-up traverse maintenant le gigantesque pont, à demi gommé par le brouillard.

— Ça se passe au milieu du siècle dernier. Un brave fermier s'est mis en tête de construire une bâtisse sur un champ infesté de corbeaux. Un matin, il se lance dans la besogne et défriche le champ. Aussitôt, un couple d'oiseaux vient se percher sur une barrière située à quelques mètres de là sur la route, croassant, croassant. Vers midi, agacé par leurs cris, l'homme va chercher son fusil et tire deux fois en direction des corbeaux qui dégringolent de la barrière. Soulagé, le fermier se remet au boulot. Mais le lendemain matin, lorsqu'il arrive à son champ, deux autres corbeaux l'attendent sur la barrière, croassant, croassant... Loin de se laisser impressionner, le fermier s'obstine : chaque jour, il sort son fusil, abat deux corbeaux. Au bout de neuf mois, la bâtisse est achevée – mais le fermier est devenu fou à force de trucider du corbac. Bientôt, sa femme l'oblige à dormir dans la grange, tant son regard de possédé et les hurlements qu'il pousse dans son sommeil effrayent les enfants. Et un matin, le type se donne la mort dans son champ d'un coup de fusil.

Anne passe une main sur sa nuque. Elle n'est que blancheur dans la nuit.

— ... J'ai des trucs dans la boîte à gants contre le mal de tête si vous voulez, s'inquiète Bill.

— J'ai pris un cachet tout à l'heure avant de monter dans la voiture.

— Je vous emmène dans un restaurant sur Fisherman's Wharf. Vous connaissez ? C'est l'ancienne zone portuaire de San Francisco. On a encore des bateaux de pêche qui viennent accoster mais c'est surtout un coin très touristique. On peut y manger d'excellents *fish & chips*. J'espère que vous avez faim...

— Comment se termine votre histoire ?

La belle réclame encore le son rocailleux de sa voix.

— Donc, le brave fermier meurt. Il est enterré à quelques miles de là, dans le cimetière du village. À peine mis en terre, voilà qu'une nuée de corbeaux vient prendre place sur la croix de pierre. Et après une nuit d'orage et de pluie torrentielle, on retrouve le corps exhumé au milieu d'une coulée de boue, les orbites vides, aussi noires que l'œil d'un corbeau.

Bill se penche brusquement vers la passagère et chuchote :

— Les maudits oiseaux avaient volé son âme !

Anne sourit. Bill aussi.

— Mes filles adoraient que je leur raconte cette histoire.

— Vous avez des enfants ?

— Des jumelles. Et vous ?

Anne bredouille une réponse négative. Absence d'alliance, pas de gamin, l'ex-flic trouve cette femme vraiment sexy. Bill ne juge pas utile de préciser qu'il est également grand-père. D'autant qu'il n'a jamais vu ses petits-enfants.

Le pick-up disparaît sous une nappe de brouillard.

La porte de la chambre se referme sur la nuit. Anne s'effondre contre la paroi du radiateur sans ôter son manteau. Mise en route, bruissement de la soufflerie. Une lumière rouge clignote sur le clavier du téléphone en Bakélite. Se relever. Retirer les bottines. S'allonger, paupières clauses. Entendre le message.

C'est la première fois que je prends autant de plaisir à servir une tisane. Cette nuit avec toi était incroyable. Prends soin de toi, femme mystère. Et appelle-moi. Je te laisse mon numéro...

Un autre message patiente dans la boîte vocale de son téléphone portable qu'elle extirpe d'une poche de son manteau.

Bonjour Anne, c'est Philip Harlig. J'espère que tu t'es remise de tes émotions. Je suis désolé pour hier, je ne pensais pas que... Enfin, je voulais te dire de ne pas prendre les choses trop à cœur. Voilà. Et j'ai quelque chose pour toi. Un objet qui t'appartient. Dis-moi quand on peut se voir pour que je te le remette.

Lorsque le pick-up s'était engagé sur Lombard Street quelques heures plus tôt, Anne avait perçu les vibrations du téléphone contre son flanc. Des années durant, elle aura senti frémir ses poches ou son sac à main avec l'excitation d'une collégienne, imaginant que l'appel provenait des États-Unis. Daniel aura nourri les inventions d'une femme trop seule et qui ne s'en ouvrait jamais aux autres. Maintenant que tout espoir était perdu, apparaissait la figure de ces hommes en sollicitude. Combien avaient-ils été qu'elle n'avait su voir ? Pourquoi avoir suspendu à leurs épaules un dossard numéroté, ne retenant ni prénom ni adresse ?

Quelque chose pour toi. Un objet qui t'appartient.

Encore cet étourdissement précédant la nausée. Anne enserre son crâne. Des images troublantes se pressent sous les paupières. L'ombre de deux corbeaux sur une falaise. La figure de Daniel ensanglantée. Son rire éclatant sur les pistes de ski. Sa silhouette descendant la pente abrupte. Son écharpe mauve battant l'air. Un reflet doré dans le verre d'une coupe de champagne…

— À notre festin.

Le sourire de Bill Rainbow émerge d'une vilaine brume, réconfortant.

— Voulez-vous que je vous dise un secret ?

L'homme est ému.

— Voilà une éternité que je n'ai pas dîné en compagnie d'une femme.

Anne, droite sur une banquette en cuir chocolat du *Fog City Diner*. Saturation sonore d'éclats de voix d'une clientèle volubile. Parois vitrées. Cloisons carrelées d'un damier noir et blanc. Tintement de verres. Un liquide glacé roule dans sa gorge. Le visage de l'homme se rapproche du sien dans la confidence.

— Ils ont ici des calmars sel et poivre servis avec une sauce au chili citronnée qui valent sacrément le détour !

Une sensation graduelle de satiété et d'ivresse, étourdie par le chatoiement de la lumière sur les plafonds en miroirs. Dehors, l'obscurité, lourde, intemporelle. Le contact d'une salière en métal, la tentative d'inscrire les courbes de la salière et de la poivrière dans les motifs de la nappe qui se superposent.

— Vous voulez encore une histoire ?

— Une histoire de corbeau ?

— C'est la dernière. Après je suis à sec.

La tendresse du regard de cet homme, le cheminement de sa voix, bruissement et ronronnement.

— On dit que lorsqu'une personne meurt, un corbeau transporte son âme au pays des morts. Mais lorsqu'il arrive des choses horribles comme un assassinat brutal, le corbeau rapporte l'âme de la victime sur terre pour réclamer vengeance.

Salière renversée. Anne, droite sur la banquette du *Fog City Diner*. Comme un éblouissement. Des battements d'ailes dans un rayon de soleil. La stupeur l'envahit comme l'aube se lève sur une nuit blanche.

— Vous ne vous sentez pas bien ?

Puis, la nausée irréversible, le cœur au bord des lèvres. Écho de couverts reposés brusquement dans l'assiette. Fuir d'ici au plus vite.

— Je vous raccompagne à l'hôtel.

Un chapeau qui s'envole à la sortie du restaurant, ramassé plus loin sur la route. L'impression d'être soutenue par la taille, de ressentir alors une décharge électrique dans tout le corps, d'être soulevée jusqu'au siège de la voiture dans cet état second, entre torpeur et volupté.

— J'espère que ce ne sont pas mes histoires de corbeaux qui vous ont coupé l'appétit !

Défilement de rues et de néons, cortège de phares réveillant le bitume.

— ... On dit que cette croyance aurait inspiré Hitchcock pour le tournage du film *Les Oiseaux*. Ça a été tourné dans le coin, à Bodega Bay. Mais cette histoire est un tissu de conneries. Faut pas vous laisser impressionner.

L'odeur rassurante de la vieille veste en daim de Bill, une barbe contre sa joue et la tiédeur d'une accolade.

— Reposez-vous bien, Anne.

Claquement du portail en fer, timbre des bottines sur le dallage. Contourner la piscine que dévoile un éclairage immergé. S'effondrer contre le radiateur. Entendre comme un froissement d'ailes lorsque l'appareil se remet à fonctionner. Écraser deux coussins de chaque côté de la tête.

Et peu à peu, sombrer.

Le van de Daniel prêté par sa tante est tapissé de moquette lie-de-vin. Il est confortable. Anne et Daniel y passent de longs moments, enlacés, se caressant de promesses. La plus ahurissante est celle que Daniel se fait de ne plus jamais embrasser la bouche de la jeune fille. Il en décide ainsi la nuit du 1er janvier 1985. Ce flirt bouleversé par l'amour lui pose problème. Anne, au contraire, boit chaque instant les yeux grands ouverts. Ivre de bonheur, elle sacrifie volontiers son petit copain nancéen sur l'autel de l'insouciance.

Daniel est tenace. Dès demain, promis, il ne la prend plus dans ses bras.

— Just friend... Ça te va ?

L'idée de ce jeu excite la jeune fille. La voici trop amoureuse pour douter du résultat de l'expérience. Le gaillard peut bien traiter leur hymen de passade si cela lui chante. Anne promet de se tenir tranquille, de ne plus l'embrasser. Son amour pour Daniel absorbe les moindres doutes à son égard. Elle n'a pas entendu avec attention le récit de sa précédente conquête. Elle ne prend pas garde à cette fille à laquelle, avant elle, il a aussi dédicacé une chanson de l'album de Foreigner – la meilleure. Une fille dont on escalade la fenêtre à la nuit tombée, une nana plutôt bon genre, élevée dans les quartiers chic de San Francisco, à Union Square, et dont les parents de Daniel apprécient sans doute le standing.

À l'aube, comme chaque jour depuis leur rencontre, Daniel vient chercher Anne pour la conduire sur les pistes. La jeune fille descend du deuxième étage, prend soin de n'embrasser que les joues du garçon, enfile ses après-skis, charge son équipement de sport puis grimpe dans l'Estafette. Ce jour-là, Philip, le frère de Daniel, est derrière le volant. Daniel a préféré s'asseoir à l'arrière, à côté d'Anne. Il ne veut pas conduire. Il a peu dormi. Offre une cigarette à sa voisine – Daniel fume des Lucky. Ne prononce pas un mot jusqu'à la station. Une fois sur le parking, il se tourne vers Anne et la prend dans ses bras.

— Anne...

Ils n'iront pas skier.

Anne et Daniel vont dans les bois. Ils suivent un chemin en bas des pistes. La progression est pénible à cause du manteau de neige tombé pendant la nuit.

Daniel a pris la main de la jeune fille. Au bout de 2 kilomètres, il a besoin de s'asseoir. Avise au bord du chemin le tronc d'un arbre abattu. Ils s'y assoient, se blottissent l'un contre l'autre. De la vapeur sort de leurs bouches. Autour, la forêt reçoit la neige, soumise, indomptable, et la montagne s'est figée comme dans l'attente d'un événement inéluctable dont elle ignorerait la nature. Alors doucement, Daniel s'effondre sur lui-même et pleure sans bruit.

Anne lui fait mal. Elle ne sait pas combien l'amour d'une fille peut être cruel pour un fanfaron. Anne a donné ce coup de poing dans la vie d'un garçon – études secondaires et douce amie.

— Daniel, regarde...

Au bout du chemin, quatre pattes s'enfoncent dans la neige. L'animal se rapproche, les oreilles aux aguets. La biche vient si près qu'Anne pourrait la toucher, tendre la main, effleurer son front satiné. Mais la jeune fille reste immobile pour ne pas l'effrayer, recevant son souffle tiède. L'animal observe le jeune couple en battant des cils, curieux de leurs figures, de leurs accoutrements – blousons gonflés de plumes, bonnets de laine et bottes fourrées. Puis, lasse de leur compagnie, elle repart d'un pas soigné sous les flocons.

La nature a donné un baiser.

Les larmes ne coulent plus sur le visage de Daniel.

La lutte est inutile.

Le jeune homme a sans doute compris.

Cet amour qui le dépasse commande à la forêt.

Et il va bientôt les détruire.

Le plat

Un 33 Tours d'Ella Fitzgerald en duo avec Louis Armstrong est extirpé du meuble. Frank Sinatra, Cole Porter, Nat King Cole, Glenn Miller Orchestra, Judy Garland, Bill en a toute une collection. Un héritage de son père. Le seul qu'il ait conservé.

Un mois après le décès de son époux, Mrs Rainbow a ôté de la maison la plupart des objets liés à son souvenir, faisant don du contenu de son atelier de menuiserie à une école formant aux métiers du bois. Billy avait aidé à la mise sous housse plastique des vêtements, comme il avait participé à l'envoi des cartes de remerciements en collant les timbres sur les enveloppes adressées aux personnes venues apporter réconfort le jour des obsèques. Ensuite, il avait fallu reprendre l'école. Prétextant des maux de ventre, Billy avait passé sa première journée à l'infirmerie, évitant les questions que ses camarades ne manqueraient pas de lui poser sur la façon dont son père était mort, comment sa tête avait cogné la baignoire, sur quoi son pied avait glissé. Mrs Rainbow avait quitté son travail plus tôt pour venir chercher son fils malade. Elle s'était excusée auprès de l'infirmière avec un demi-sourire, une main posée sur les cheveux de l'enfant. Pour le goûter, ce jour-là, Alisson Rainbow confectionna de délicieux plum-cakes aux myrtilles. La maison sentait bon le gâteau. Mais lorsque Billy avait approché ses doigts pour saisir une pâtisserie encore tiède, sa mère l'avait giflé. Billy ne mangerait pas de plum-cake tant qu'il aurait mal au ventre. Le lendemain, il était guéri. Reprenant le chemin de l'école, le fils s'éloignait peu à peu de la mort du père. La gourmandise, déjà, sauvait son âme.

La galette tombe sur le tourne-disque. Bill manœuvre délicatement le bras articulé. Une touche de swing est indispensable pour réveiller la maisonnée. À 7 heures, le jour n'est pas encore levé. Bill rejoint la cuisine en sifflotant. Il a passé une bonne nuit. Dormi comme un bébé. Le café chaud tombe dans un mug en faïence grise posé sur le plan de travail. L'homme rajuste son pantalon de jogging. Les pectoraux et l'abdomen gonflent le tee-shirt noir. Disposés dans une assiette en bois de manguier, un œuf au plat, une demi-portion de bacon grillé préalablement séché dans une feuille de papier absorbant, une pomme coupée en quartiers, quelques grains de raisin italien et deux tranches de pain complet grillées – sans beurre. Régime régime. À deux jours du grand soir, il convient de se mettre à la diète. De la pointe d'un couteau, Bill ouvre l'œuf, libérant un liquide aux reflets blonds. Il y trempe le bacon croustillant. Saveur presque sucrée, contraste entre la douceur du jaune et la vigueur du lard fumé.

À 8 heures, Bill appelle Joey qui ne croit pas une seconde à son histoire.

— Ne me dis pas que t'as recommencé.

— Quoi ?

— Si tu vois des animatrices en trois dimensions

dans ton salon, c'est que t'as fait une razzia dans ta cave à whisky.

À 8 h 10, Bill téléphone à la Documentary Service Division du bureau du shérif de Marin County. Ayant fait chou blanc, il se décide à contacter Penelope.

— Un petit service à te demander.

— Quoi donc, mon poussin ?

— Trois fois rien. Une affaire classée. Elle n'est pas archivée dans le comté de Marin. Elle est certainement Bryant Street, chez Thomas J. Cahill, aux Records Management. J'aurais besoin de jeter un œil sur le dossier.

— Ça te manque tant que ça, le bureau ? Tu veux que je t'envoie un colis avec des photos des copains et des boîtes de trombones ?

— Seulement ta bobine. Ton corps de rêve habillé en Miss Janvier.

— Je te vois venir, cochon de flic ! C'est pas demain que je te montrerai mes nibards.

Ça la contrarie un brin, Penelope, de passer des coups de fil. Elle n'a pas encore fait ses achats de Noël. Peny n'a pas seulement l'âge d'être grand-mère : une nuée de petites-nièces lui ont passé commande de cadeaux monstrueux.

— Tu fais chier, Bill Rainbow. Ce sera prêt demain.

— Je te revaudrai ça, Peny.

— *Tout service vaut rétribution.* Cahill est un casse-couilles. Ça va te coûter bonbon.

— J'suis pas sur la paille.

— J'ai des goûts de luxe, maintenant qu'on m'a refait tout le râtelier.

— J'ai cru voir ça.

— Je déconne. Pour toi, mon grand, tu sais bien que Peny rase gratis.

Bill sourit. La denture de Penelope fut longtemps un sujet de conversations au bureau. La liste des dentistes ayant échoué dans leur tentative de fortification de l'édifice était insondable. Penelope a donc recouvré la capacité de mâcher. Tant mieux. Bill fera d'elle l'heureuse destinataire de son encombrant four à pain – *tout service vaut rétribution*.

Il ne lui reste plus qu'à courir quarante minutes le long de l'océan, à prendre sa douche et à se pouponner avant d'aller quérir la charmeuse de fourneaux à son hôtel de rock star – une erreur d'aiguillage, sans doute. En espérant qu'elle aura meilleure mine et retrouvé son appétit d'enseigner.

Sans elle, en cuisine, Bill serait une hérésie.

Pour laver les champignons, il les tremperait tout bonnement dans l'eau. Il éplucherait encore les courges avant de les cuire, au risque de s'entailler le pouce. Il alourdirait sa blanquette inutilement en y ajoutant de la farine plutôt que de la laisser réduire à feu doux, jusqu'à ce qu'elle épaississe. Aurait-il imaginé mettre une goutte d'alcool anisé dans la préparation d'un beurre persillé ? Savait-il seulement ouvrir un œuf de caille sans l'abîmer, en creusant un petit chapeau dans la coquille à l'aide d'un couteau pointu ? Avant de découvrir Anne, naviguant d'une chaîne de télévision à l'autre un de ces dimanches déplorables comme un ex-alcoolique en rencontre, la crème brûlée de Bill ne caramélisait pas mais fondait sous le grill. Méconnaissant le truc du beurre badigeonné sur les parois du moule, ses soufflés ne montaient guère. Cette femme détenait des secrets. Comme les bienfaits de l'ail – antiseptique, bon pour le cœur et la tension, chasseur de mauvais cholestérol – et l'astuce des œufs pochés. Bill ignorait qu'il était possible de les préparer le lundi puis de les réchauffer le mardi deux minutes dans l'eau chaude – ou dans un bouillon de volaille, pour donner meilleur goût. La possibilité de mélanger les huiles et de varier les vinaigres avait donné une seconde vie à ses vinaigrettes. Anne lui avait appris à chasser les odeurs de cuisine en faisant brûler des épluchures d'agrumes (ce que faisait le grand-père de Bill à sa façon en jetant des écorces d'orange dans le feu de cheminée du bungalow). Elle lui avait enseigné comment doser sans doseur ni balance, simplement à l'aide d'une cuillère à soupe et d'un verre à moutarde. L'élève savait retirer les taches de légumes ou de fruits faites sur ses doigts – en frottant ses mains avec du jus de citron. Cette femme commandait aussi à la cruauté : à présent, et sans scrupule, Bill était en capacité de plonger les écrevisses vivantes dans une sauteuse en cuivre où cuisait une sauce à base d'huile d'olive et de vin blanc. Il flambait le duvet des volailles, emmaillotait les cailles avec des bardes de lard blanc qu'il ficelait soigneusement avant de les embrocher par le travers du thorax, convoquant Rabelais dans sa cuisine.

Bill a parfaitement retenu ses leçons, réalisé sans filet sa première soupe glacée de concombre à la coriandre, gingembre et piment d'Espelette, régalé Joey d'un plat de lasagnes végétariennes parfumées au romarin, thym, cerfeuil et cèleri, remisant celles de la *prima dona Panforte* au placard, et avalé seul, un jour de printemps, du pain perdu aux fraises déglacées au vinaigre balsamique, agrémenté de menthe fraîche.

Mais la plus belle leçon est à venir.

Et Bill estime être prêt.

Enfin, il l'espère.

Une odeur âcre agace ses narines. Anne finit par ouvrir les yeux.

Elle a dormi habillée, allongée sur le dos, la tête relevée par deux coussins. L'odeur acide provient de son manteau, stigmates de ravages nocturnes – Anne a vomi durant son sommeil.

Qui faut-il supplier pour que cela s'arrête ?

Se laver. Renaître. Fourrer le manteau dans un sac destiné à la blanchisserie. En s'habillant, Anne constate que ses vêtements sont plus lâches – elle a maigri. Peut-être deux kilos. Avant, elle devait s'obliger à vomir pour ne pas forcer les coutures de ses chemisiers. Depuis peu, elle vomit toute seule, sans l'aide de l'index et du majeur. Faut-il y voir un progrès ?

Sous-pull à col roulé, chemise en popeline aubergine, pantalon denim, ceinturon et blouson de cuir châtaigne, Anne sort grappiller un peu de nourriture au buffet du petit déjeuner, enrayer les aigreurs d'estomac à la limite du supportable. Dehors, le soleil réchauffe la cour intérieure et fait miroiter la surface de la piscine. La température extérieure ne dépasse pas 10 degrés. Deux hommes aux bras tatoués vêtus de sweat-shirts et de jeans troués se servent des cafés. Une femme d'une cinquantaine d'années plutôt bon genre a choisi de s'installer dans un des fauteuils en rotin pour boire un verre de jus de fruits. Sa chevelure blonde scintille autour de son visage. Anne pourrait choisir de s'asseoir de la même manière dans un des fauteuils pour avaler son breakfast. Mais après avoir toasté deux tranches de pain complet à la cannelle, empilé sur une assiette 20 g de beurre en barquette et de la confiture de figues conditionnée de la même façon puis rempli un gobelet de thé et un autre de lait bio, elle préfère retrouver la chaleur de la chambre, marchant prudemment pour ne rien renverser de son repas. Le gobelet de thé lui brûle les doigts. La porte se referme sur elle. Anne pose l'assiette et les gobelets au centre de la table. Comme un pressentiment. Elle va contre la baie vitrée, tire le rideau et jette un œil à la terrasse. La femme assise dans le fauteuil en rotin regarde dans sa direction, repoussant des mèches de cheveux derrière ses oreilles. Veste au large col en fourrure de lapin, pantalon cigarette fourré dans une paire de bottes aux talons biseautés, la cliente détonne dans le paysage. Anne pourrait trouver à son visage ovale quelque chose de familier. Mais elle ne s'attarde pas sur cette figure. Quelqu'un a essayé de la joindre pendant qu'elle était sortie. Le voyant lumineux du téléphone clignote. Julian.

Hello, Anne Darney. Je sais tout de toi, je t'ai trouvée sur Internet. Une superbe photo en tablier avec une cuiller en bois géante. Trop fun ! Dire que j'ai passé la nuit avec la vedette la plus sexy de la télévision française... Tu sais quoi ? Tu ne fais pas ton âge... Je vais télécharger ta dernière fiche cuisine et te regarder en boucle jusqu'à ce que tu m'appelles... (silence)... J'espère que ce n'est pas une recette avec des brocolis. J'ai horreur des brocolis.

Les toasts sont vite avalés. Le thé allongé de lait se révèle indigeste. L'ex-flic doit déjà être sur le parking, debout près de son pick-up, radieux, le visage offert au soleil. La journée sera sans répit.

Se maquiller. Recoiffer la frange, aligner les produits de soins sur la tablette, replier les serviettes de bain coutures contre coutures, les disposer symétriquement sur le porte-serviettes, tirer le rideau de douche de telle façon que les anneaux soient séparés d'une égale distance, enfiler une paire de gants noirs, inspirer profondément comme lorsqu'on s'apprête à plonger sous l'eau, quitter la chambre.

La cliente aux cheveux blonds a disparu. Remontant le col de son blouson, Anne longe la piscine et rejoint le portail. Elle l'a refermé non sans avoir jeté un dernier regard au fauteuil vide.

— *Morning,* Anne.

Il est là, tel qu'elle l'imaginait, vêtu d'un pull vert cornichon porté sur une chemise et un pantalon en gabardine crème. Il a troqué les sabots du dimanche contre des boots en cuir craquelé. L'homme s'avance vers elle, retirant les mains de ses poches.

— Bien dormi ?

Quelque chose la déstabilise dans cette assurance propre aux flics et aux célibataires. Il va lui donner l'accolade – ce qu'elle appréhende. Anne répugne au contact physique matinal. Les collègues de travail y sont accoutumés. On n'embrasse pas Anne Darney si elle ne tend pas la joue.

— *Ready for shopping ?*

Il va lui demander si elle voit encore des corbeaux. Elle ne pourra s'empêcher de sourire même si cette image enfantée par un assortiment de médicaments et d'alcool, hier soir, la terrorisait. Et lorsque Bill posera une main sur sa taille pour l'aider à grimper dans le pick-up Chevrolet, elle ressentira encore cet embrasement, ce frisson propre à la peau avant l'acte d'amour.

L'homme qui connaît de si tristes légendes ne peut être que sorcier.

MENU DE NOËL

Cocktail de champagne aux fruits rouges,
Huîtres frappées, zeste de citron vert

*

Foie gras en cocotte, aux figues et aux raisins
Cappuccino de cèpes aux noix de Saint-Jacques
Huîtres gratinées aux champignons et à la truffe
Langouste aux mangues

*

Granité au champagne

*

Filet de biche en brioche, lasagnes de pain d'épices
aux coings

*

Duo de fromages sur feuille de chêne
Pain égyptien

*

Soufflé glacé à la mandarine
Vacherin minute aux macarons
Sapin de chocolat aux griottes

Bill a recopié le menu sur une feuille et dressé la liste des ingrédients manquants sur trois colonnes et deux pages. Anne tient les feuilles à plat sur ses genoux. Une quinzaine de fruits et légumes ont été reportés dans la colonne de gauche ainsi que onze variétés d'herbes et d'épices, deux huiles, quatre liqueurs et alcools, huit pains, pâtes et biscuits, quatre sortes de champignons, trois saveurs de glaces, et les viandes, abats, fruits de mer et crustacés. À cela s'ajoute la petite épicerie, du chocolat noir au fond de veau. En tout, chaque page comporte une quarantaine d'ingrédients. Dans la colonne du milieu figurent plusieurs noms de magasins et de traiteurs, la troisième colonne étant réservée au jour d'achat.

— J'ai bien travaillé ?

Les lunettes de soleil relevées sur son front, Anne hoche la tête. La façon dont Bill organise les choses semble lui convenir.

— Pour les amuse-bouches, j'ai pensé que des huîtres frappées au citron vert...

— C'est très bien.

La poche gauche du blouson de l'animatrice vibre. Elle en retire son téléphone portable.

— Et avant de passer à la viande, j'ai imaginé qu'un granité au champagne...

— Ça me paraît bien.

Elle jette un œil à l'écran du téléphone.

— Mais j'hésite encore entre une base de jus d'orange ou de pamplemousse rose.

— Pamplemousse.

Bill freine son enthousiasme. Il ne voudrait pas se rendre ridicule d'autant que la passagère vient de perdre son sourire en consultant un SMS.

— Mauvaise nouvelle ?

Pas de réponse.

— Vous êtes plus causante à la télévision.

Elle referme son téléphone, préoccupée.

— Je suis payée pour ça.

Les lunettes noires ont repris leur place sur le visage fermé, face à la route. Anne laisse traîner son regard sur la succession de bâtiments. Parvenu à Castro Street, Bill se résigne, épaules basses.

— Si vous préférez, je peux faire les courses tout seul.

Les doigts de la passagère se sont repliés sur l'écran du téléphone.

— Je suis désolée. Ce n'est pas la grande forme.

Puis elle lâche :

— Mon ex-mari vient d'avoir un bébé. Où m'emmenez-vous ?

Bill est rassuré. Elle est toujours d'accord pour les courses.

— *Polarica*, sur Quint Street, dans les quartiers sud. C'est la caverne d'Ali Baba en moins folklorique. Le fournisseur des meilleurs restaurants de San Francisco. On y trouve du gibier à plumes ou à fourrure, de la viande blanche, des viandes exotiques comme du serpent ou de l'autruche. Ils font aussi les cuisses de grenouille et les travers d'alligator... Séparés depuis longtemps ?

— Six ans.

Bill n'était pas le seul à fréquenter ce bagne terrestre que la société réserve aux divorcés non recasés.

— C'est là qu'on va dénicher le foie gras. Il vient de la région de Sonoma. On a des élevages formidables ici, vous savez ? On va aussi voir pour les magrets et les filets de biche. Le caviar, ils en ont du frais ou surgelé. Mais si vous ne trouvez pas votre bonheur, on ira voir sur Geary, dans le quartier russe ou bien au *Ferry Building* sur Embarcadero... Vous êtes restée mariée combien d'années ?

— Neuf. On a essayé d'avoir un enfant, mais ça n'a pas marché, ajoute-t-elle.

Bill gratte une nuque agacée par le frottement du col de son pull.

— Ah ! Je suis désolé pour vous... On regardera aussi pour les cèpes et les girolles. Et aussi pour les truffes.

Bill évitera de poser d'autres questions jusqu'à Potrero Hill.

Une brume d'une couleur passée envahit le ciel. Le véhicule est stationné dans une rue bordée d'entrepôts et d'immeubles de bureaux élevés sur deux niveaux. Des câbles électriques passent d'un bâtiment à l'autre, suspendus à des poteaux rustiques.

— L'entrée ne paye pas de mine. *Ferry Building*

est beaucoup plus chouette, vous verrez. C'est plein de petites boutiques.

La façade du magasin est couverte de carrelage. Bill tient la porte vitrée grande ouverte devant Anne.

— Après vous, chef.

Ils ressortent du magasin vingt minutes plus tard, tenant en main une liste de produits de dix-neuf pages. Leur commande sera prête demain, 10 heures. Anne est visiblement surprise : il lui semblait qu'en dehors des cuisines de quelques restaurants français ouverts à San Francisco, il leur serait difficile de dénicher chapons, coquelets, cailles, perdrix ou pigeons. Parvenu à la voiture, Bill lui ouvre la portière.

— Les pintades viennent d'Amboise, le chevreuil est de Nouvelle-Zélande et la viande des grisons est importée de Suisse.

Il rayonne. Grâce à lui, sa déesse découvre qu'il existe ici une vraie culture culinaire, un attachement à la qualité des produits – culture dont Bill est particulièrement imprégné.

— Quant aux truffes fraîches, elles viennent de l'Oregon, de France et d'Italie.

Il contourne le pick-up, ouvre la portière et bondit sur son siège, clés de contact en main.

— *Ferry Building ?*
— *Ferry Building.*

Le moteur démarre, faisant vibrer le tableau de bord.

Remontant la Troisième Rue et China Basin en direction d'Embarcadero, Bill a narré la façon dont un couple du San Salvador a quitté sa terre natale voilà vingt ans pour venir fonder une ferme dédiée à la fabrication du foie gras à Sonoma après un apprentissage dans une ferme du Périgord.

— Du foie artisanal, précise-t-il, dans le plus grand respect de l'animal. Ils ne bouffent pas d'antibiotiques, leurs canards. Et on ne les shoote pas aux hormones.

Rarement quelqu'un aura évoqué ce divin produit devant Anne avec autant de circonspection – sinon un petit artisan fermier rencontré sur un salon des métiers de la bouche à Saint-Dié.

— Vous saviez que dans l'ancienne Égypte, on faisait déjà du foie gras ?

Le flic est intarissable. Un rayon de soleil perce au-dessus de la voûte brumeuse, faisant reluire la vieille carrosserie du pick-up.

— Je suis crétin ! Bien sûr que vous le savez, je l'ai appris dans votre émission.

King Street, Embarcadero. Les rues de San Francisco sont de larges artères alternant commerces et maisons de style victorien, coquettes sous leurs moulures. Aux carrefours, de fières tourelles laissent admirer leurs éléments décoratifs en relief badigeonnés de couleurs vives. Anne s'attache enfin au paysage, perçoit ce que lui murmure la ville de son histoire, de ses folles humeurs. À la rigueur des façades parisiennes aux dominantes de pierre grise s'oppose le chatoiement d'ossatures en bois couvertes d'ocre ou de pastel. Les boulevards chargés d'enseignes commerciales franchisées que l'on retrouve dans toute ville de province paraissent rikiki à côté de ces imposantes vitrines affichant sur plusieurs mètres de hauteur en trois lettres une marque de prêt-à-porter, bouleversant les perspectives. Des rues montent à pic, trop impatientes d'atteindre le ciel. San Francisco s'offre sans répit depuis ces collines que le pick-up grimpe en maugréant. Genoux écartés, coudes dépliés, Bill épouse le siège à la manière d'un chauffeur de taxi aguerri.

— J'aime bien rouler. Heureusement, parce que j'ai fait ça toute ma vie, patrouiller...

Le regard happé par quelques images surgies du passé, l'homme plisse les paupières tel un enfant s'abandonne à la rêverie.

— Avant quand j'étais môme, je passais mon temps sur le vélo. Je tournais dans le quartier des heures entières. J'imaginais la vie des gens que j'apercevais derrière les fenêtres ou dans les jardins, je faisais la course avec les autres gosses ou avec le livreur de journaux. Je ne voulais jamais m'arrêter de pédaler. Une fois, à force de me retenir, je me suis même pissé dessus ! Et puis, un jour, j'ai fait ma première chute.

Il lève une main, formant un « U » du pouce et de l'index.

— Ma tête est passée à ça d'un poteau électrique. Plutôt amoché le genou droit. Trois jours après, j'ai cherché mon vélo dans le garage, mais il n'y était plus. Ma mère l'avait donné aux orphelins de la police.

Bill s'est tu. Anne écoute le silence dire son désarroi et rabat doucement le pare-soleil sur le pare-brise.

— Moi aussi, ça m'est arrivé, confie-t-elle.

— Votre maman a donné votre vélo ?

— Non. Je me suis fait pipi dessus en voulant attraper une boîte de bonbons. Elle était rangée sur une étagère de la cuisine. Je devais avoir quatre ans. Pour l'atteindre, j'avais empilé des assiettes sur un tabouret. Il paraît que ça dégoulinait en cascade sur les assiettes.

Le conducteur sourit. Il doit sans doute imaginer sa déesse dans sa cuisine, dressée sur une pile d'assiettes posées sur un tabouret, nue sous un tablier.

— Vous étiez déjà très gourmande, murmure-t-il de cette voix imperceptiblement voilée.

Bientôt, ils longent la mer sur leur droite, et l'ancienne zone portuaire d'aligner ses quais réaménagés, offrant une alternance de larges trottoirs encombrés de rollers et de splendides espaces verts où des couples y promènent des poussettes, indécents de félicité, comme touchés par un éternel printemps. Anne porte son regard ailleurs.

Se sont procurés chez *Tsar Nicoulai Caviar* des œufs d'osciètre. De petite taille, reconnaissables à leur couleur claire, ils conviendront très bien pour la recette du *Cappuccino de cèpes*. Anne a choisi de l'huile d'olive nouvelle de chez *McEvoy Ranch* fabriquée dans le comté de Marin. Ils ont sélectionné persil, basilic, romarin, estragon, thym, cerfeuil et verveine fraîche chez *Kingdom of herbs*, une boutique *organic*. Soigneusement emballées, les herbes sont dans la glacière à l'arrière du pick-up ainsi que le fromage acheté chez *Cowgirl Creamery*. Bill tenait à faire connaître à l'animatrice deux spécialités de la région, fabriquées dans une ferme écolo située dans l'ouest de Marin : un chèvre mi-sec mariné dans de la saumure – ce qui lui donne une teinte ocre et lui vaut le nom de *Red Hawk* – et une tomme de vache élaborée uniquement de l'automne à l'hiver, au lait entier, lavée au vin de muscat et roulée dans des herbes de la région de Tomales Bay, le *Pierce Point*. La boutique proposait également un éventail de fromages en provenance d'Angleterre, de Suisse, de Grèce, du Canada et un choix de fromages français, sélectionnés par Jean d'Alos, fameux maître fromager affineur qu'Anne avait eu l'occasion de rencontrer lors de l'enregistrement d'une fiche cuisine à Bordeaux.

— Je peux vous poser une question Bill ?

— *Yes, m'am.*

— Pourquoi êtes-vous entré dans la police ?

— Pour faire plaisir à ma mère. C'était ça ou pompier.

Un néon géant au-dessus du comptoir annonce la couleur : *EAT*. Anne a pris un cliché des trois lettres rouges. Installés à la terrasse d'un fast-food à l'angle du *Ferry Building*, Anne et Bill font une courte pause dans leurs achats. Devant son plateau, chacun s'apprête à avaler ce que Bill appelle *the best of the fast* : de la nourriture de qualité servie rapido. Des hamburgers fabriqués avec des produits du marché, des poissons pêchés dans la région, de la soupe faite maison.

— Y a bien un restaurant plus chic dans la galerie,

Slanted Doors. Ils proposent de la cuisine vietnamienne à base de fruits de mer mais c'est un peu *fancy* et on est assez pressés.

Cet homme qui plonge sa fourchette dans un bol de chili fumant recouvert de cheddar et d'oignon semble connaître une somme incroyable de bonnes adresses à San Francisco. Anne sourit, saisissant une frite entre ses doigts.

— Et cette passion pour la cuisine ? Ça vient d'où ?

— De ma mère. De mon grand-père aussi. Et puis, quand on planque des heures, la question qui vient automatiquement c'est : *Qu'est-ce qu'on va bouffer ?* Vous voulez goûter mon chili ?

Anne tend prudemment sa fourchette. La saveur épicée qui domine en premier lieu laisse place au fumet de châtaigne typique du haricot noir cuit dans la crème, à la fermeté du fromage puis au sucre de l'oignon caramélisé.

— C'est pas mal, non ? À la maison, c'est moi qui faisais le chili. Je veux dire, quand je vivais avec ma femme… Mon ex-femme… Mais c'était plutôt elle qui cuisinait en général… Et Paola, la nounou des jumelles, murmure-t-il.

L'homme éclaircit sa voix.

— Votre poisson, il est comment ?

Anne pousse la barquette en carton au motif de petits carreaux rouges et blancs vers Bill. Il plante sa fourchette dans la chapelure dorée d'un filet de lieu dont il baigne ensuite l'extrémité dans une coupelle remplie de sauce tartare. L'ex-flic hoche la tête, satisfait par l'expérience. L'estomac toujours patraque, Anne se force à manger, trempant à son tour un morceau de poisson frit dans la sauce. Bill poursuit :

— Quand on vit seul, les restos, ça devient déprimant. Et puis, j'ai jamais aimé la bouffe en boîte. Alors, je m'y suis mis. D'abord, j'ai acheté des bouquins de cuisine, et puis je vous ai trouvée dans ma télé.

Tout est bon.

Les saveurs rustiques.

Les odeurs de cuisine.

La compagnie de cet homme.

La ville dans un miroitement de contraires.

L'air de la mer.

Pourquoi Anne est-elle incapable d'éclairer son humeur ? Plus l'instant est doux, plus le contraste est fort. Plutôt que de la réchauffer, le soleil l'aveugle. S'il n'y avait Bill pour occuper son esprit avec des confidences culinaires, elle s'effondrerait sur la table.

Comme une petite fille dont on maintiendrait la tête sous l'eau dans la piscine, quelque chose lui interdit de reprendre son souffle.

Et cela n'a rien d'un jeu.

Lorsque Bill lui a demandé pourquoi elle a choisi de faire de la cuisine son métier, elle a répondu *pour remplir le ventre des autres.* Puis elle a ajouté, toujours souriante :

— Parce que la colère est vaine lorsque le ventre est plein.

Ce qui n'a pas plus éclairé la lanterne de l'ex-flic. Voulait-elle dire par là qu'un criminel agissait plutôt le ventre vide ? Il faudrait qu'il pose la question à ses anciens collègues de la médecine légale. À cet instant, Anne choisit vins et champagne dans la boutique *Cellar 360* à Ghirardelli Square, installée dans l'ancienne chocolaterie en briques rouges.

— Les chocolats ne sont plus fabriqués ici mais à San Leandro, se sent-il obliger de préciser. La boutique est derrière la fontaine.

Anne et Bill visitent *Ghirardelli Ice Cream & Chocolate Shop* un instant plus tard, ravissant 250 g de chocolat noir ainsi qu'un assortiment de chocolats fourrés conditionnés dans une jolie boîte en fer en forme de *cable car.* À 15 heures, ils sont chez *Molinari Delicatessen* sur Colombus Avenue et emportent une bouteille de vinaigre balsamique de Modène cinq ans d'âge au milieu d'effluves de pastrami et de parmesan. Dans Green Street, Anne sort son appareil photo et fige en gros plan les *murals* du *Colombus Café*.

— Si vous aimez les *murals*, je sais où vous trouverez votre bonheur. Je vous emmène ?

À 16 heures, ils sont sur Mission et choisissent épices et fruits à *Casa Lucas Market*. Depuis le pick-up en remontant l'avenue, fascinée par leur touche *seventies*, Anne photographie une succession d'enseignes de cinémas à l'abandon ou transformés en boutiques vendant des objets hétéroclites bon marché destinés à la clientèle hispanique. En cadrant l'une de ces enseignes, Anne saisit l'envolée simultanée d'un corbeau et d'un pigeon : des grilles de ventilation obsolètes leur servent de refuge pour l'hiver. Toujours des oiseaux pour surveiller leurs faits et gestes. Bill commence à trouver ça louche. Il faudra qu'il en cause à Donovan. Passant devant un restaurant à la devanture minable, il ralentit.

— C'est ici qu'on mange les meilleurs *burritos* de San Francisco, lance-t-il à sa voisine. Faudra que je vous emmène un jour. C'est la grand-mère qui cuisine. Elle n'a plus de dents. À l'intérieur, ça ne paye pas de mine et ça sent la friture mais c'est propre.

À 16 h 45, alors que le jour décline, Anne fait ses derniers clichés sur Grant Avenue : ruelles pittoresques de Chinatown, toits incurvés, balcons peints, bazars vendant des cerfs-volants pour touristes et lampadaires décorés de dragons. Après avoir assisté à la fabrication des gâteaux de la chance à la *Fortune Cookie Factory* dans Chinatown et emporté une boîte de biscuits, Bill l'a conduite jusqu'à Union Square où une menora de 25 pieds éclairait le crépuscule pour célébrer hanoukka.

Un crachin tombait sur les parapluies déployés par une foule dansante et chantante. Des centaines de visages éclairés par des bougies irradiaient de joie au mépris du vent. Bill se retient de passer un bras autour des épaules de sa déesse, de communier avec elle dans cet instant d'allégresse.

— C'est Bill Graham qui a eu l'idée de faire construire une menora géante en plein cœur de la City en hommage à la communauté juive, fait-il simplement.

— Qui ça ?

— Bill Graham. C'est un promoteur de concerts de rock. Il a débuté au milieu des années 60 en organisant ses premiers concerts au Fillmore Auditorium. Avant lui, Jimi Hendrix jouait dans les jardins publics… Vous n'avez pas trop froid avec votre petit blouson ?

Anne fait non de la tête, le reste de son corps frissonnant comme le feuillage d'un arbre soudain traversé par la brise.

Rayons du *Bristol Farms*, *the Food Emporium*, niveau inférieur du centre commercial *Westfield*. Empesé de guirlandes et de rubans dorés, un escalator cerné de restaurants proposant une cuisine internationale permet d'accéder à cette épicerie de luxe où l'on peut acheter des plats chauds. Il est 17 h 30 lorsque Anne passe à côté du consommé de volaille sans le voir. Le vent a donné à ses joues une teinte groseille et elle peine à retirer ses gants.

— Vous êtes fatiguée ? se renseigne Bill.

Anne a l'air d'une jeune fille étourdie par un premier baiser.

— J'ai besoin d'un café.

Bill se sent terriblement crétin.

Une animatrice de fiches cuisine, ça se ménage. Ça se balade avec précaution. Ça ne se promène pas des heures au pas de charge dans tous les quartiers de la ville. Ça se préserve de la foule, de la pluie et du mauvais temps. Il aura voulu épater sa déesse, lui montrer les plus beaux greniers de San Francisco, lui dévoiler ses couleurs et son folklore, trop impatient de lui faire goûter à ces fruits et tâter ces délices pour mieux saisir en elle ce frémissement, cet émerveillement lorsqu'elle découvre des nourritures trésors ou fige un panorama qui l'interpelle avec son petit appareil photo. À présent, mieux vaut la laisser souffler. La belle est vulnérable. Il faut l'asseoir et lui faire boire quelque chose de chaud, *rapido*.

Coincés derrière une des tables disposées sur la place du centre commercial aux dimensions pharaoniques, Anne et Bill avalent un *café latte*, respirant les émanations mêlées d'un fast-food thaï, d'un bistro *Burger* et d'une fabrique de cookies.

— C'est pas le nirvana ici mais c'est pratique.

À quelques mètres d'Anne, une boutique propose des thés agrémentés d'une multitude de façons : glacé, en sorbet, mélangé à du lait, de la crème glacée, de l'eau gazeuse ou bien simplement infusé, on peut y tester un thé vert mélangé à de la noix de coco ou bien un thé au lait au parfum pomme caramel, choisir parmi une quarantaine de variétés de thé artisanal servant de base à la préparation. *Teaz me, Tea bar and Fusion cafe…* Dans un décor jaune citron et vert poivron, l'extravagance domine, laissant Anne perplexe.

— Bill, vous croyez que c'est bon, tous ces mélanges ?

— Vous voulez tester ? À vous, le goût de l'excentricité à l'américaine…

Une sonnerie de vieux téléphone provenant d'une poche du pantalon de Bill interrompt la conversation. C'est Penelope. Elle aura son dossier demain. Et Thomas J. Cahill lui donne le bonjour. Bill peut préparer la monnaie. Le téléphone retourne au fond de la poche. Bill affiche un sourire satisfait.

— Je ne vous ai pas demandé, fait-il en toussotant, votre retour à Paris, c'est prévu pour quand ?

La reprise des enregistrements de l'émission a lieu le 2 janvier. Le billet d'Anne a été pris en fonction de cette date. S'il fait traîner les choses, Bill peut réussir à passer les dix prochains jours en galante compagnie. L'animatrice cherche quelque chose dans son sac à main.

— Vous avez faim ?

Elle acquiesce. Sort un paquet de mouchoirs.

— Ça vous dirait de manger français ?

Ses yeux brillent d'une fièvre joyeuse. Elle se mouche. Puis, elle se renseigne :

— Qu'est-ce qu'on fait des gâteaux chinois ? On les garde pour demain ?

Les choses sont en bonne voie.

Depuis ce matin, ils n'ont pas une seule fois abordé le sujet qui les a réunis – la mort de Daniel Harlig.

18 h 30, Belden Place.

Le *Café Bastille* est aménagé à la façon d'un bistro parisien, meublé de petites tables rétro, chaises en bois et banquettes moelleuses. Un zinc occupe la partie gauche de la salle principale, deux escaliers donnent accès à une seconde salle au sous-sol. Une collection de plaques émaillées – d'authentiques publicités pour des alcools et des produits de marques françaises – tapisse les murs, ajoutant à la fantaisie du sol en mosaïque. Olivier, le patron, bichonne sa clientèle. Le sympathique quadra connaît Anne par le récit régulier que Bill lui fait de ses fiches cuisine. Tous deux sont accueillis par quelques traits d'humour, puis installés à une bonne table, deux verres de chardonnay offerts pour leur souhaiter la bienvenue. Un commentaire sur la conjoncture difficile et une baisse de la fréquentation de 30 % depuis le début de la récession, et Olivier les abandonne à la contemplation de l'ardoise au-dessus du comptoir. Anne ne tarde pas à ressentir ce bien-être que produit l'alcool lorsqu'il passe dans le sang ; une intrusion euphorique que décuple l'épuisement physique.

Bill s'est intéressé à sa vie juste après l'andouillette, avec ce culot désarmant qui tient autant à sa personnalité qu'à son passé de flic. L'idée qu'Anne ne soit pas remariée semble le ravir et le préoccuper à la fois. Le fait qu'elle voit régulièrement un psy lui apparaît comme une première explication à cette solitude appliquée. Le chardonnay aidant, Anne estime nécessaire de préciser les choses.

— Un matin, j'ai trouvé ma mère morte dans son lit.

En quelques mots, avec ce détachement propre aux personnes habituées aux disgrâces de l'existence, elle décrit l'extrême dégradation de la condition physique dans laquelle était la malade à l'époque du drame.

— Cette nuit-là, j'ai cédé à la fatigue...

Après s'être levée quatre fois pour aider sa mère à respirer, après avoir dégagé sa trachée à l'aide d'un tuyau relié à une pompe, changé sa poche d'urine puis replacé sous les couvertures la jambe qui glissait sans cesse hors du lit à chaque contraction musculaire, elle avait regagné sa chambre, laissant la porte entrouverte.

— J'aurais dû entendre ses râles et me réveiller.

Anne chasse une mèche de cheveux tombée sur ses yeux.

— J'ai appelé le Samu. Le médecin n'a rien pu faire. Seulement constater le décès. Embolie pulmonaire. Mon père est arrivé une heure plus tard. S'il n'avait pas raté son train la veille au soir, il aurait peut-être sauvé maman... Je n'étais pas censée être seule avec elle cette nuit-là, précise-t-elle.

Bill s'est appuyé au dossier de sa chaise.

— Vous aviez quel âge ?

— Vingt ans.

Anne repousse son assiette, barrant celle-ci de ses

couverts de telle façon qu'ils la partagent en deux parties égales.

— Je ne sais pas à qui mon père en veut le plus, à lui-même ou à moi… À l'enterrement, il n'a pas versé une larme. Seulement glissé à mon oreille : *« Ta mère est morte dans la souffrance. Son agonie a duré plusieurs heures. »* Je crois que vous avez dit à peu près la même chose à propos de Daniel.

Bill paraît soudain gêné.

— J'ai eu la tentation de fuir, ajoute-t-elle. Rejoindre Daniel à San Francisco.

L'ex-flic éclaircit sa voix avant de remplir le verre d'Anne pour la troisième fois.

— Et vous ne l'avez pas fait ?

— Non.

Anne avait eu peur de se présenter au jeune homme avec une croix trop lourde. Maintenant, elle sait qu'elle aurait eu à affronter bien pire si elle avait choisi de faire ce voyage. Un autre deuil, d'une violence inouïe. À cet instant, Bill a effleuré du bout des doigts le poignet gauche d'Anne. Puis, la carte des desserts a surgi sur la table. Mais quelque chose est demeuré en suspens autour d'eux, comme un halo invisible et fragile, une aube qui n'oserait pas encore se lever.

Le taxi de Mr Lee remonte Market Street suivant la ligne de feux rougeoyant à l'arrière des véhicules. La voix de Dean Martin chantant l'*Ave Maria* s'échappe des haut-parleurs logés à l'intérieur des portières. Depuis la banquette arrière, Anne somnole, répondant par de courtes phrases aux questions dont le chauffeur l'assaille depuis qu'il l'a prise en charge à l'entrée de cette étroite ruelle flanquée de terrasses où Bill l'avait conduite deux heures plus tôt, l'invitant à goûter à la *traditional french cuisine*.

— C'est quartier français par ici, remarque Mr Lee. Le consulat est tout près. Vous avez bien mangé ?

Le chauffeur veut connaître le menu. Son regard impatient remplit le rétroviseur intérieur.

— Andouillette et crêpe Suzette.

Le mot *andouillette* lui paraît sans doute aussi énigmatique que celui de *Suzette* mais Mr Lee hoche vivement la tête, dévoilant l'émail de ses dents. Le visage de sa cliente, ce soir, est pour lui source de satisfaction. Il lui trouve de belles couleurs et des yeux pétillants *comme le champagne*. Il en déduit que le contenu des assiettes devait être bon et se renseigne sur le pedigree du type avec lequel Anne a dîné.

— Retraité de la police criminelle.

Derrière la vitre, San Francisco se pare d'atours en clair-obscur, révèle ses vitrines de Noël scintillantes sous le ruban distendu de badauds, avec cette élégance superfétatoire entre impudeur et indécence.

— Il est sympathique, votre flic ? fait le chauffeur avec un clin d'œil. Il vous a pas encore demandé vos papiers ?

Anne sourit faiblement. Ces confidences à la carte l'ont achevée. Elle à hâte d'arriver à ce réveillon et d'en finir avec cet homme, cette complicité absurde. De ce type dont elle ignore tout – sinon qu'il est obsédé par la bouffe, a presque l'âge d'être son père et déclenche en elle d'insolites réactions physiques lorsqu'il la touche, elle ne souhaite rien savoir de plus.

Le taxi s'engage sur le parking du *Phoenix Hotel*. Mr Lee coupe le moteur et croisant les bras, glousse sur son siège.

— Moi, je crois qu'il a un faible pour vous, miss.

— Pardon ?

— Je sais comment il vous regardait. Il voulait pas que je vous raccompagne. Il voulait encore rester avec vous. Il voulait pas que vous preniez un taxi… Vous réglez maintenant ?

Le chauffeur salue Anne d'un geste cordial avant de remettre le contact. Ce soir, Mr Lee est pressé. Il doit s'occuper de deux clients venus de Hong Kong, désireux de visiter San Francisco *by night*. Ils ont relevé plusieurs adresses de clubs privés sur le Net.

— Mr Lee va attendre beaucoup dans la voiture et finir tard mais c'est bien payé.

Son visage disparaît derrière la vitre, le véhicule quitte le parking. Anne ne le reverra pas.

Elle a rejoint sa chambre. Un nouveau message fait clignoter le voyant lumineux du téléphone beige. La voix est noyée dans une ambiance sonore de bar.

Anne, c'est Julian… Tu es là ?… Il faut absolument que je te revoie… Appelle-moi.

À 21 heures, elle éprouve le besoin de parler à son père. Il sort de sa douche. Se remet doucement d'une opération au dos. S'étonne de la présence de sa fille à San Francisco. Est heureux d'apprendre que Mathieu est le papa d'une petite Laurie depuis dimanche. Trois kilos quatre. Affirme que son ex-beau-fils sera un formidable père.

Ne dit pas à sa fille qu'elle lui manque.

Ne le dit jamais.

Anne raccroche.

Pressentant le début de migraine, elle avale deux cachets de Dafalgan avec un peu d'eau.

Prendre un bain, la nuque appuyée contre l'émail glacé.

Se sécher, accroupie contre le radiateur.

Rincer inutilement la baignoire pendant dix minutes.

Tenter de faire disparaître des traces de calcaire incrusté à l'aide d'une brosse à ongles.

S'allonger sur le lit, appareil photo numérique en main.

Laisser défiler chaque instant de cette journée tel un livre d'images, devantures de magasins tapageuses, rues en perspectives infinies, épicerie en étalages, foule en liesse sous parapluies, gâteaux chinois farcis de mystère, plaques publicitaires émaillées, crêpe Suzette caramélisant sous la flamme bleutée de l'alcool. Aucune photo de Bill. Mais le souvenir de son parfum boisé où se développe un léger arôme de lavande est encore présent.

Dans la chambre, son absence paraît presque matérielle, agaçante.

C'est au moment où Anne se relève pour chercher son chargeur de téléphone qu'elle découvre l'enveloppe à en-tête de l'hôtel, posée sur la table en fer forgé. À l'intérieur, une feuille sur laquelle deux mots ont été écrits en lettres capitales :

GO AWAY

Il aurait dû s'en douter. Sa déesse dissimule bien plus qu'un vague à l'âme dans son tablier. Cette amourette nostalgique, c'est la cerise qui cache le gâteau. Il se sera laissé berner par le sourire de coquette, ce regard caméra agrémenté d'un battement de cils langoureux lorsque vient défiler le générique.

Anne a mangé elle aussi son pain noir.

Chacun aura perdu un parent durant son sommeil. Et chacun s'accroche à la bouffe comme à une bouée de sauvetage. Auraient-ils encore d'autres dommages à partager ?

Garder la tête froide.

Ne pas se conter fleurette.

La belle aux yeux gris-bleu est de passage et il n'y a aucune raison – en dehors d'un rebondissement dans l'affaire Harlig – pour qu'elle rate son avion. Et Bill n'a pas la belle gueule de George Clooney. Seulement l'âge de plaire aux petites dévergondées à la recherche d'un vieux friqué, de se payer une pute.

Accoudé au bar du *Café Bastille*, il termine sa verveine menthe ébloui et cafardeux comme un enfant après un feu d'artifice. Il ne pensait pas un jour être jaloux d'un chauffeur de taxi asiatique. Il ne pensait pas qu'une femme puisse encore le remuer au point d'infléchir cette tentation qui monte en lui chaque matin et que renforcent les tracas liés à l'âge. Pour elle, il recule volontiers l'échéance finale, le temps d'un festin. Ce réveillon sera le repas du condamné avant le plongeon dans l'étang, une corde autour du cou. À moins que la dame n'ait la tentation de fréquenter plus longuement sa cuisine – ce qui mettrait un sacré coup de frein aux projets de baignade du condamné.

Bill se nourrit de promesses tel un peuple affamé.

Gamin, il partageait son goûter pour attirer les filles. À onze ans, déjà, il s'imaginait avoir pour lui tout seul miss Juillet, la blonde sexy qui pose sur le calendrier suspendu derrière la caisse de la station-service sur la Dix-Neuvième Avenue. Boire son regard souligné de khôl et ce sourire incitatif rouge baiser, embrasser son cou, étreindre ses seins, écarter ses cuisses pour y contempler l'objet dérobé, croquer dans un fruit juteux, recueillir sur sa peau une coulée velours… Rien n'a changé. Sauf que la blonde est à présent châtain clair et termine l'année en beauté. Se nourrir, jouir, nourrir l'autre et contribuer à son plaisir, Bill voulait bien rester sur terre quelques jours de plus s'il avait une chance d'y parvenir encore.

Sa déesse lui rappelle cette gamine assise sur un banc du Sunset Heights Park, en robe blanche et socquettes. La perfide avait attendu qu'il passe devant elle à vélo pour lui décocher un sourire, manquant de le jeter à terre. Il n'avait pas eu ce jour-là le courage de revenir sur ses pas, rejoignant deux camarades de classe qui le précédaient sur leurs bicyclettes et qu'il comptait bien battre à la course. Combien de fois était-il repassé devant ce banc dans l'espoir d'y trouver la fille à socquettes ? Était-elle de passage à San Francisco ? Aussi, le jour où Bill avait aperçu sur un autre banc – celui de l'église – Maura Pricey en tailleur crème, gants blancs et bibi assorti, fort de ce premier flirt avorté, il n'avait pas attendu la fin de la messe pour venir dire à la demoiselle qu'il la trouvait charmante. Lorsqu'il s'était glissé à ses côtés, l'hostie fondait encore sur sa langue.

Bill a vieilli. L'homme n'a pas dit à la femme avec laquelle il va célébrer la plus sérieuse fête chrétienne qu'elle est très belle.

Seulement promis de la conduire demain au *Whole Foods Market* de Mill Valley.

Anne se laisse choir sur le lit. Sa première idée est de quitter l'hôtel. Puis, mordillant ses ongles, elle réfléchit. Qui pourrait bien vouloir la chasser ? L'accès aux chambres se fait par la réception ou par la petite porte donnant sur la piscine. Pour l'ouvrir, une carte magnétique est nécessaire. La lettre trouvée sur la table émane vraisemblablement d'une personne fréquentant l'hôtel ou le restaurant – un employé ou un client. En dehors de Julian, Anne ne connaît personne au *Phoenix Hotel*. Et le mignon barman n'a aucune raison de vouloir son départ – si l'on en croit la nature des messages qu'il a laissés sur le répondeur.

Ayant recouvré son sang-froid, elle s'est rendue à la réception de l'hôtel afin de savoir qui, en dehors du personnel chargé de l'entretien et du ménage, a pu accéder à sa chambre dans la journée. Cheveux courts, piercings et salopette, la réceptionniste hausse les épaules.

— *Nobody.*

La conclusion la plus évidente est que la personne ayant fait la chambre a trouvé l'enveloppe glissée sous la porte et celle-ci étant à en-tête de l'hôtel, elle l'aura déposée sur la table.

— *Are you OK with your room, now ?*

Anne répond par l'affirmative. Elle ne mentionne pas le contenu de la lettre.

De retour dans sa chambre, elle prend soin de verrouiller la porte, regrettant de ne pas avoir plié bagage. Bien que le chauffage couvre la plupart des bruits, le moindre son de voix ou cliquetis de serrure provenant de l'extérieur déclenche un sursaut, une accélération de son rythme cardiaque. Elle se douche sans tirer le rideau, espionnant la chambre depuis le miroir. Plusieurs fois, elle a la tentation de composer le numéro de Bill mais renonce, de crainte qu'il ne prenne la situation trop au sérieux et ne complique les choses. Réfugiée sous les couvertures, habillée de son jogging, elle finit par avaler un 1 mg de Temesta, puis un deuxième comprimé, avant de contacter la seule personne capable de débarquer chez elle à minuit sans poser de questions.

— C'est quoi, cette histoire ? Elle est où, la lettre ?

Julian ouvre l'enveloppe et jette un œil dubitatif sur la petite feuille.

— Pas cool.

Puis, il prend Anne dans ses bras et sourit :

— Quel que soit l'idiot qui a écrit ça, je ne le remercierai jamais assez.

Moins d'une heure plus tard, Anne dormait à poings fermés contre Julian, elle sous les draps, lui en caleçon sous la couverture. Le barman la veillerait jusqu'au lever du jour, respirant sa peau, caressant ses cheveux, imaginant leurs corps imbriqués l'un dans l'autre de multiples manières, bandant sans répit, s'interrogeant sur la façon dont il annoncerait à ses parents qu'il venait de trouver la femme de sa vie.

Penelope a toujours su lui rendre service dans les meilleurs délais. Aussi, c'est avec précaution que Bill dépose entre ses mains le four à pain dans son paquet cadeau défraîchi. Elle râle, elle ne sait pas quoi en foutre, mais ça lui fait rudement plaisir.

— C'est sur la table, dans la salle de réunion.

— T'es une reine, Peny.

— Fais gaffe. Ça tombe en morceaux tellement c'est périmé, ton affaire.

Bill s'est installé, le carton d'archives devant lui, une tasse de café chaud à sa droite. La boîte contenant quatre beignets constellés de sucre roux préparés pour l'occasion par Penelope (avec de la farine bio) a été repoussée à sa gauche. Loin des yeux, loin du ventre. Bill a sorti les lunettes ainsi qu'un de ces vieux carnets dans lesquels il a consigné presque toutes les affaires sur lesquelles il est intervenu. Celui-ci, il l'a retrouvé ce matin dans un coffre de rangement du house-boat – un miracle qu'il ne l'ait pas balancé.

Dans le carton, un vrai foutoir : le compte rendu du médecin légiste sans son annexe, les auditions des membres de la famille de la victime et du coupable

257

ainsi que celles de quelques témoins, le dossier concernant la garde à vue farfelue de Donovan Western venu spontanément voir la police pour se vanter de connaître le coupable « *une mouette toute déplumée* », la première déposition de Shamron Garrard datée du 25 décembre 1986, puis ses aveux recueillis le 26 décembre, jour de son arrestation. À cela s'ajoutent une trentaine de photographies : le cadavre de la victime – clichés pris sur le lieu du crime puis à la morgue –, le van incendié, les deux autres gosses ayant péri dans l'accident (Andrew Lukas et Neil Hayes) et les deux filles (Julia Lukas, la sœur d'Andrew, et Beth Mc Kinney). Accusées de complicité de meurtre, elles furent jugées non coupables. C'est elles qui conduisaient la Ford Mustang bleue appartenant aux parents de Shamron Garrard à bord de laquelle les trois garçons se trouvaient au départ de leur périple. Bill ignore ce qu'il est censé trouver dans tout ça ; ce qui pourrait justifier la détermination de sa déesse à croire à une erreur judiciaire. Peut-être l'absence de pièces à conviction ? Il porte la tasse à ses lèvres et souffle sur le liquide brûlant.

Deux heures plus tard, la pièce manquant au compte rendu du médecin légiste qu'il attendait est arrivée par fax, confirmant ses hypothèses. Non sans avoir pris de nombreuses notes sur les pièces principales du dossier et emballé dans un mouchoir puis fourré dans sa poche les quatre beignets de Peny – il serait malvenu de la vexer en laissant la boîte pleine –, l'ex-inspecteur Bill Rainbow quitte la salle de réunion de son ancien QG passablement contrarié.

Il a prévu de passer chercher Anne à son hôtel vers midi. Il lui reste donc assez de temps pour prendre livraison de leur commande à *Polarica* sur Quint Street et réfléchir à la façon dont il va lui annoncer la nouvelle. Le pick-up s'engage sur Potrero.

Le ciel est nuageux.

Bill soupire.

Anne a raison.

L'affaire Harlig a été bâclée.

Bill le sait.

Il en est l'unique responsable.

À l'arrière de son Estafette, Daniel enlace Anne avec prudence. En dépit de son désir, il s'aventure peu. Il ne caresse pas ses seins. À peine effleure-t-il ses fesses. Cette réserve agace Anne. Ses soupirs traduisent la torture à laquelle Daniel la soumet. Elle le désire avec l'impatience de l'enfant qui tend les deux mains par crainte de ne pas être servi. Daniel la désire, lui aussi. Un seul baiser les ravage, mais il lutte sans cesse contre l'attirance de leurs corps. Dans ce combat, il s'emporte parfois, serre trop fort la jeune fille. Il sait qu'elle n'a jamais fait l'amour, Anne le lui a dit. Et Daniel est un garçon raisonnable.

— Anne... Tu n'as que seize ans.

Anne voudrait mettre le feu à son pull.

— Anne, faire l'amour the first time, *c'est un moment important dans ta vie...*

Anne voudrait être nue contre lui.

— Tu comprends ? Je suis pas capable de faire ça... être le premier qui...

Bref, Daniel souhaite que celle qu'il désire avec ardeur couche d'abord avec un autre.

— Parce que je veux pas te décevoir.

Anne découvre l'embarras que la virginité peut occasionner à l'amour.

Un an après leur séparation, elle se laisse séduire par Joachim. Ils fréquentent alors le même club théâtre une fois par semaine. Joachim est très beau, on lui donne les rôles de jeune premier, il est fou d'amour pour Anne, il le lui a écrit dans une lettre. C'est lui qu'elle choisit pour son dépucelage. Il est décidé que cela se passera dans la chambre du jeune homme. Joachim enfile pudiquement un préservatif, assis au bord du lit. Il pénètre Anne aussitôt après s'être allongé sur elle. Elle a mal mais ne saigne pas. Durant la demi-heure qui suit leur rapport, elle est victime d'une crise de tétanie. Plus tard, Joachim la raccompagnera chez elle à mobylette sous une lune de glace.

Ce garçon a un beau sexe, droit et fuselé, l'esprit hautain et parfois trop lisse, trahissant des origines bourgeoises. Mais c'est un jeune homme maladroit en caresses. Qu'importe. À présent, Anne est prête pour le retour de Daniel.

Car Daniel va revenir la chercher.

Il l'a promis. Un jour, il arrivera. Comme Zorro. Mensonge.

Anne lui a sacrifié l'instant le plus précieux de sa vie de jeune fille. C'est à Daniel qu'elle devait s'offrir. Et aujourd'hui encore, à cause de cela, souvent, elle déteste les hommes.

Des coups frappés contre la porte. Une voix intime l'ordre d'ouvrir. Tirée du sommeil dans un sursaut, Anne s'est redressée dans le lit, le cœur battant. Julian a déjà quitté les couvertures. Il boutonne son pantalon, torse nu.

Julian, I know you're here ! Open the door !

Anne s'est levée. Elle dégage discrètement une partie du rideau qui cache la baie vitrée. Reconnaissant le visage de la femme qui tambourine ainsi à la porte, elle se tourne vers Julian.

— Qui est-ce ?

Le barman peine à enfiler ses chaussettes.

— C'est ma mère.

Dehors, la colère enfle. Parmi les mots d'anglais prononcés, Anne distingue *dirty bitch* et aussi *I told you to go away*.

— Julian, c'est elle qui a écrit le message.

— Je sais.

Une voix d'homme s'ajoute à celle de la femme. Le directeur de l'hôtel questionne l'intruse sur la raison de son emportement, tente de la raisonner. Le ton de sa voix est calme. Il a pour elle des paroles amicales. Julian enfile un tee-shirt et s'avance vers la porte. Anne s'interpose.

— Ne lui ouvre pas.

— Il faut que je lui parle.

Cliquetis de serrure. La femme blonde aperçue la veille près de la piscine fait irruption dans la pièce. Son premier geste est de gifler son fils avec une telle force que celui-ci perd l'équilibre et valdingue contre le lit. Elle se tourne alors vers Anne.

— Après le père, il vous fallait le fils !

Anne blêmit. Une furie la dévisage. Julian se redresse, comme étourdi. Elle écarte un bras pour tenir son fils à l'écart.

— Julian nous a parlé de vous dimanche. La cliente

française qui vient à San Francisco chercher son amour de jeunesse et qui forcément trouve que mon fils lui ressemble. J'ai tout de suite compris que c'était vous… Comme si vous n'aviez pas fait assez de mal à ma famille !

Elle s'approche d'Anne, rejetant ses cheveux en arrière d'un mouvement de tête.

— Foutez le camp d'ici !

Sous le maquillage apparaissent de petites taches de vieillesse.

— Et ne vous avisez pas de revoir Julian !

À l'époque, il ne dessoûlait que pour se rendre chez son avocat, celui de sa femme ou aux convocations du juge. Bill Rainbow avait demandé sa nouvelle affectation sur Marin County comme on prend le voile et suivait les affaires courantes avec résignation, une bouteille de bourbon serrée sous le cœur. S'il était contacté en début de matinée, l'affaire avait une chance d'être correctement traitée. Après 13 heures, l'inspecteur ne répondait plus de rien. Lorsqu'il avait été appelé le 19 décembre vers minuit pour un constat sur la route de Stinson Beach, il cuvait son whisky depuis le canapé du salon, comptant les secondes qui séparaient chaque clignotement de la guirlande électrique accrochée à la proue du house-boat. Il était arrivé sur les lieux de l'accident avec une Thermos de café pour moitié remplie d'alcool, un pan de chemise dépassant du pantalon. Trois jeunes avaient encastré dans un arbre un de ces vans typiques de la période hippie (blanc avec calandre et bande latérale vert pomme) à quatre cents mètres à peine de la caserne des pompiers. Le conducteur, Shamron Garrard, souffrait de brûlures au visage et aux mains ; il avait pu sortir de la camionnette avant qu'elle n'explose. Les deux autres gamins avaient eu moins de chance. Ils étaient morts carbonisés. Après les premières constatations d'usage, Bill était retourné se coucher.

C'est vers 16 heures le lendemain qu'il avait reçu un appel du shérif lui demandant de se rendre sur la route de Stinson Beach à l'endroit où un terre-plein surplombant la falaise permet aux touristes d'admirer le point de vue. Un type qui prenait des photos du panorama avait signalé la présence de ce qu'il pensait être un cadavre. C'est là, gisant entre les ronces à une dizaine de mètres du terre-plein, que se trouvait (Bill l'avait noté dans son carnet) *le corps d'un jeune homme de taille moyenne, brun, vêtu d'une chemise blanche et d'un pull marine, d'une veste en tissu à chevrons et d'un jean. Porte des chaussures à semelles lisses peu adaptées au sol escarpé.* Dans son carnet, Bill avait également noté à l'époque l'importance de l'écoulement de sang autour de la tête ainsi qu'une abrasion de la peau au niveau du cou, sans doute faite par le frottement d'un tissu. De cette preuve, il ne serait jamais question au procès. Elle était pourtant un des éléments à charge prouvant qu'il y avait eu agression et probable tentative de strangulation à l'aide d'une corde ou d'un foulard dont on avait retrouvé une fibre de coton dans la plaie. Cela était en contradiction avec les aveux qu'il avait extorqués à Shamron Garrard sur son lit d'hôpital – aveux sur lesquels le gamin reviendrait quelques jours plus tard – et dont Bill n'avait plus souvenir. Il n'y faisait mention d'aucun accessoire ayant servi à étrangler la victime.

« On s'est bagarrés, il a glissé, il est tombé et s'est cogné la tête sur une grosse pierre... »

De toute évidence, le gamin avait raconté ce que Bill voulait entendre pour éviter les baffes – l'ex-inspecteur avait la main leste et le gosse souffrait déjà atrocement de ses brûlures. Pour une raison qu'il ignore, l'inspecteur qui avait succédé à Bill sur l'affaire n'avait pas cru bon de réclamer l'annexe du compte rendu du médecin légiste dans laquelle figure un cliché de l'abrasion au niveau du cou, faite au labo. Il faut dire que cette annexe aurait dû figurer au dossier dès le départ – seulement, et ça, Bill vient de s'en apercevoir, elle lui avait été adressée personnellement au Sheriff Office deux jours après la découverte du cadavre. Une pièce que Bill avait égarée, parmi d'autres.

Les premières constatations du médecin légiste arrivé sur les lieux allaient, elles, dans le sens de la thèse d'un accident : le jeune homme aurait glissé depuis le terre-plein dont l'accotement n'était pas stabilisé puis il aurait chuté d'une dizaine de mètres. Sa tête aurait ensuite heurté l'indice n° 1, un rocher sur lequel on avait prélevé une touffe de cheveux ensanglantés (indice photographié et pièce présente dans le dossier), puis il aurait perdu connaissance et se serait progressivement vidé de son sang.

« La rigidité cadavérique permet d'estimer l'heure du décès aux alentours de 22 heures. »

À 17 heures, la nuit était tombée et la pluie emportait les indices qui n'avaient pas encore été collectés. Et Bill de rentrer chez lui au chaud, appelant chez sa future ex-femme toutes les demi-heures, laissant des messages de plus en plus incohérents sur son répondeur.

Le lendemain, Bill n'avait pas mis le nez dehors, incapable de se lever.

Ce n'est que deux jours plus tard qu'il avait recoupé les informations recueillies sur le propriétaire du véhicule accidenté, rapproché sa photo du cadavre trouvé sur la falaise, établi l'identité du mort et relié les deux affaires. Tout était allé très vite. Bill s'était rendu une première fois au Marin General Hospital pour interroger Shamron Garrard et entendre sa déposition – présente dans le dossier :

« On était en voiture avec Andrew, Neil, Beth et Julia, on rentrait à Bolinas. On a vu le van sur le bas-côté de la route. Il faisait nuit, les phares étaient allumés, mais le véhicule était vide. On est allés sur le terre-plein, on a regardé, on n'a vu personne. Alors on est montés dans le van, pour déconner. Comme les clés étaient sur le contact, on a démarré. Je me suis mis au volant. Neil et Andrew étaient derrière moi. Les filles suivaient dans la voiture. Au début, c'était marrant, ensuite, quand le van a commencé à prendre de la vitesse, j'ai compris que c'était une mauvaise idée qu'on avait eue. Parce que la boîte n'est pas automatique sur ces engins. Et je ne sais pas conduire avec un embrayage. J'ai réussi à prendre les premiers virages, c'était pas trop difficile, mais avec la vitesse, quand j'ai braqué, le van est sorti de la route. On a fait ça pour se marrer. On ne pensait pas à mal. On ne savait pas que le type qui conduisait était dans les ronces. Sinon, on serait allés le secourir. Mais on n'a rien vu du tout. Il faisait nuit… »

Dans les poches de Shamron Garrard on avait trouvé de la marijuana. L'audition des deux filles avait confirmé que ce soir-là, ils avaient tous consommé de l'alcool et de la drogue. Les gamins étaient connus des services de police de Marin ; ça dealait pas mal sur le secteur. Shamron était un de ces fils de hippies bourrés de fric qui habitaient Bolinas. Son père était à l'époque un poète renommé. Ses parents, lassés de Haight-Ashbury, avaient quitté San Francisco quelques années auparavant pour ce village de pêcheurs ; ils avaient acheté leur maison sur pilotis une bouchée de pain. Aujourd'hui, ces baraques valaient une fortune.

Daniel Harlig habitait Haight-Ashbury. Bill avait vite fait le lien entre les deux gamins et s'apprêtait à creuser dans le sens d'un règlement de comptes lorsqu'il avait reçu sa nouvelle affectation : la direction de la Marin Major Crimes Task Force. Une nomination qu'il devait à ce cher Augustus. Qui mieux que lui savait que le salut de Bill serait dans le travail ? L'inspecteur Rainbow avait alors lâché l'affaire et commencé à freiner sec sur l'alcool.

Le pick-up s'engage sous l'autoroute 101 en direction de Cesar Chavez Street. À présent, Bill voit clair dans cette enquête merdique. En relisant ses notes concernant la tenue vestimentaire de la victime (plutôt endimanchée) et en les recoupant avec le témoignage de la mère de Daniel Harlig, la thèse du deal qui aurait mal tourné ne tenait plus la route :

« Il était venu me rendre visite parce qu'il avait une nouvelle à m'annoncer. Mais mon fils est à peine entré à la maison qu'on a sonné. J'étais dans la cuisine, je ne sais pas qui était à la porte, j'ai juste entendu Dany me dire que c'était une erreur. Puis il m'a rejointe dans la cuisine, et il m'a dit qu'il avait oublié qu'il avait quelque chose d'urgent à faire. Il allait revenir dans une heure. J'ai trouvé ça bizarre parce qu'il était là depuis à peine cinq minutes. Il m'a embrassée sur le front, j'ai entendu la porte d'entrée se fermer, et je n'ai plus jamais revu mon fils. Il devait être midi. »

Un autre témoignage venait conforter la déposition de Mrs Harlig – témoignage que Bill se gardera bien de divulguer pour ne pas blesser Anne : celui de la petite amie de Daniel Harlig, Sydney Fairmont.

« Daniel est parti chez sa mère en fin de matinée. Il voulait lui annoncer la nouvelle : elle allait bientôt être grand-mère. »

De tout cela, Bill ne se souvenait pas. Avait-il seulement prêté attention à ce que ces femmes avaient dit ? Aujourd'hui, Bill ne peut nier l'évidence : il n'y a rien dans le dossier qui permette d'affirmer que la mort de Daniel Harlig et le vol de son véhicule soient liés. Un dernier coup d'œil à la prose du médecin légiste suffit : le décès de la victime est établi aux environs de 22 heures. Le vol du véhicule ayant eu lieu à 22 h 30, on pouvait à première vue supposer que les gamins avaient balancé la victime du terre-plein. Seulement, la blessure que présente la tête a occasionné un écoulement de sang, une perte de conscience immédiate suivie d'un coma. L'agonie aurait duré environ quatre heures. Si Daniel Harlig est décédé à 22 heures, sa chute mortelle a eu lieu plus tôt dans la soirée, vers 18 heures. Ce qui innocente Shamron Garrard.

Le pick-up tourne à droite sur la Troisième Rue. Bill a des sueurs froides. Comment a-t-il pu passer à côté de ça ? L'inspecteur qui lui avait succédé n'avait pas été plus futé. C'était pourtant marqué noir sur blanc. Il suffisait de savoir lire. L'un comme l'autre s'étaient bornés à rapprocher l'heure du décès avec l'heure du vol de véhicule. En 1986, les relevés de la police scientifique étaient rudimentaires. Il n'était pas encore question d'ADN. Pourtant, un prélèvement fait sur le corps de la victime au niveau du cou ainsi qu'une analyse de la fibre de coton fichée dans la plaie auraient permis d'établir la nature précise du tissu ayant occasionné l'abrasion de la peau et de révéler l'empreinte génétique de l'agresseur.

Shamron Garrard reconnu coupable avait écopé de quinze ans fermes. Il avait dix-huit ans le jour de sa condamnation. Contaminé en prison par une seringue infectée, le gamin était mort du sida en 1995. Ce drame avait dévasté sa famille. Les parents avaient vendu la maison, puis quitté la région. Ils s'étaient engagés dans la lutte contre le sida, rejoignant un temps une association basée à Los Angeles. Deux ans après la mort de son fils, jour pour jour, la mère s'était suicidée. Le père n'avait plus jamais écrit une ligne de poésie.

Les dégâts ne s'arrêtent pas là : les soupçons que Bill a laissé planer sur la réputation de Daniel Harlig à travers ses déclarations dans la presse à l'époque du procès ont aussi beaucoup blessé sa famille et valu à sa mère de nombreux séjours en maison de repos.

La négligence de Bill dans cette affaire est à l'origine d'un beau gâchis. Comment expliquer tout ça à celle qu'il a eu tant de mal à dérider ? Bill a besoin d'un verre. Il cherche dans sa poche le paquet de dragées à la réglisse. En avale deux et grimace. Il faudrait pendre le connard qui a inventé l'édulcorant.

Le pick-up Chevrolet s'engage dans Jerrold Avenue. Bill est à deux minutes de Quint Street et du traiteur. Le mieux qu'il ait à faire, c'est de se replonger dans le dossier avec un couteau économe. *Primo*, découvrir pour quelle raison Daniel Harlig a quitté si vite le domicile de sa mère alors qu'il est venu spécialement la voir pour lui annoncer une nouvelle importante. *Secundo*, savoir ce qu'il pouvait bien fabriquer quelques heures plus tard sur la route de Stinson Beach. *Tertio*, regarder les photos de la scène de crime à la loupe et rechercher dans le dossier toute mention ou description d'un tissu qui aurait pu servir à enserrer le cou de la victime. Les réponses sont là, parmi ses notes…

D'un coup de volant, Bill fait demi-tour pour venir garer le pick-up sur le parking d'un *KFC* situé à l'angle de Jerrold Avenue et de la Troisième Rue. S'ils ont de la bière, il y a des chances qu'elle ressemble à de la pisse de chien. Mais il lui faut ce verre. Bill ne veut pas se ratatiner.

La sonnerie du téléphone sort Anne de la douche.

— Mrs Darney ? Mr Harlig est arrivé. Je le fais patienter à la réception ?

Anne a cru qu'il s'agissait d'une plaisanterie de mauvais goût. Mais c'est bien Mr Harlig, Philip Harlig qui l'attend dehors, près de la piscine, le col de sa veste remonté sur les oreilles. Ils avaient rendez-vous à 10 h 30. Il est 10 h 30. Anne perd la notion du temps. Elle enfile presto son jogging, jette une serviette sur ses épaules, prend son blouson et rejoint le frère de Daniel, contrariée de se montrer sans maquillage et les cheveux mouillés.

Sous le patio aménagé pour le petit déjeuner, une bâche plastique freine les ardeurs du vent et les radiateurs à gaz ne réchauffent guère que les épaules. Anne remplit un gobelet d'eau brûlante pour son thé puis s'assied à la table où Philip s'est installé. Il s'est servi un café. Dans sa tenue spéciale « lever du lit », celle que souvent les hommes préfèrent car elle montre la femme sans apparat, Anne est singulièrement belle au naturel. Il pousse une assiette de viennoiseries *organic* vers elle.

— Tu n'as pas déjeuné, je crois.

Anne engloutit sans un mot un croissant recouvert d'un glaçage collant. Philip regarde autour de lui, circonspect.

— C'est surprenant que tu sois venue dans cet hôtel.

Anne confirme. Elle se demande chaque matin en claquant des dents ce qui a bien pu la conduire à choisir la formule *hébergement au grand air*.

— Oui, c'est un peu spécial le petit déjeuner dehors. Mais tu l'as fait exprès ?

— Quoi donc ?

— De venir ici.

Philip croise les mains sur la table et se penche en avant.

— Le *Phoenix Hotel* appartenait à mes parents. Ils ont revendu en 93 à des amis qui voulaient en faire un lieu plus branché. Je crois maintenant que l'établissement appartient à un groupe.

L'animatrice se brûle les lèvres avec le thé. Elle repose le gobelet, renversant une partie de son contenu.

— Tu ne le savais pas ?

À l'aide d'une serviette en papier, Anne éponge le thé sur la table.

— Daniel m'avait seulement parlé du *Red Victorian Hotel* sur Haight Street.

Philip réfléchit.

— Attends... En quelle année on s'est rencontrés déjà ? 84, c'est ça ? Est-ce qu'ils avaient déjà acheté ici ? Je ne sais plus. Ça a été un gouffre financier. La déco exotique des chambres, le papier à fleurs et le mobilier en rotin, tout ça c'est ma mère. Elle voulait gommer le côté *sixties*, les chaises en Skaï

273

et les commodes vermillon. Sydney travaillait ici à l'époque… Sydney, précise-t-il, la fiancée de Daniel.

Anne transforme la serviette imbibée de thé en boulette. Elle la cache sous le rebord de l'assiette à gâteaux.

Voilà pourquoi Julian avait trouvé un job de barman ici et pourquoi sa mère connaissait le manager. Daniel avait dû parler à Anne de cet hôtel. Il ne pouvait en être autrement. Une goutte d'eau glacée descend sur sa nuque ; elle rajuste la serviette-éponge à son cou.

— C'est toi qui lui as dit que j'étais ici ?

Philip soupire.

— Ton histoire avec Dany lui a fait beaucoup de mal.

Il se gratte sous le menton en grimaçant.

— Tu l'as appelée, la journaliste au *Chronicle* ?

Disposant les viennoiseries de façon symétrique sur la coupelle, Anne fait brièvement le récit de son entretien avec Susan Sward puis sa rencontre avec l'ex-inspecteur Rainbow sans préciser quelle sorte de deal elle a conclu avec lui.

— Il s'occupe de sortir le dossier aux Affaires classées. J'ai l'intuition que l'enquête a été menée à charge et que le jeune homme qui est mort en prison n'était pour rien dans le décès de Daniel.

Philip se renfrogne. La démarche d'Anne l'indispose. Il ne voit pas l'intérêt de remuer tout ça. Ça faisait un bail que la famille Harlig avait renoncé à se poser des questions sur la mort de Daniel.

— Tu perds ton temps.

— L'idée ne t'est jamais venue à l'esprit que Daniel serait encore en vie s'il était venu me rejoindre en France comme il l'avait prévu ?

Le frère de Daniel considère Anne puis baisse les yeux, embarrassé.

— Je ne sais pas si ce projet était vraiment sérieux, marmonne-t-il.

Anne sent que quelque chose lui échappe, comme l'ingrédient principal d'une recette qu'elle aurait fatalement oublié. Elle retire la dosette de thé de son gobelet avant qu'il ne soit trop infusé.

— J'allais oublier…

Philip farfouille dans une poche de sa veste. En sort un minuscule pochon en velours bleu qu'il pose sur la table avant d'en desserrer le cordon.

— Mon frère la portait à l'oreille depuis son retour de France.

Un bijou glisse dans sa paume. Une boucle d'oreille. La tige en argent se termine par une petite boule.

— Sydney n'a jamais su que ça t'appartenait, précise-t-il en éclaircissant sa voix.

S'ils n'avaient échangé aucune photo, Anne et Daniel s'étaient, en revanche, confié des objets symboliques censés les lier l'un à l'autre. Daniel possédait une boucle d'oreille de la jeune fille, Anne avait reçu l'écharpe mauve que le jeune homme portait autour de son cou et qu'elle égarerait deux ans plus tard dans le vestiaire de son club de gym ou bien dans les coulisses de son club théâtre, lieux qu'elle reviendrait fouiller à de nombreuses reprises, imaginant que l'écharpe referait surface telle une bouée submergée par une vague. Bouleversée, Anne était persuadée que la perte de l'objet fétiche signifiait la rupture des sentiments.

Philip pose la boucle d'oreille sur le pochon et le fait glisser sur la table vers Anne.

Retour à l'envoyeur.

Sa tasse de café est vide.

La dosette de thé dégorge dans une coupelle.

Anne a saisi le bijou entre le pouce et l'index, le tient devant ses yeux. Elle se revoit, mettant la boucle à l'oreille de Daniel, du frémissement de sa peau sous ses doigts, de leurs mots chuchotés comme l'on échange des vœux, les yeux brillants d'un feu ardent.

Était-elle à son oreille lorsque son crâne s'était fracassé sur un rocher ?

Un cri rauque à quelques mètres d'elle la fait sursauter : ils sont deux, comme tombés du ciel, le pelage noir et luisant, posés sur l'accoudoir d'un fauteuil près de la piscine, leurs pupilles cerclées de bronze lançant des éclats métalliques.

— Il ne faut pas regarder dans l'œil noir du corbeau, murmure-t-elle.

— Pardon ?

Anne remet le bijou dans le pochon et demande à Philip s'il a autre chose à lui dire. Une douleur au ventre lui coupe alors la respiration.

Ce matin, le réveil a été extraordinairement violent. Voir le fils de Daniel fuir le champ de bataille sous le regard glaçant de sa mère lui aura déchiré les entrailles.

Avec cette même ardeur que mettent les corbeaux à fouiller de leurs becs les interstices entre les dalles de pierre, les hommes picorent sa chair, sans répit.

Vers midi, Bill Rainbow ouvrait une portière pour laisser Anne grimper dans son pick-up sans rien laisser paraître de sa mauvaise humeur. À l'arrière, bien au frais dans la glacière, la précieuse livraison de truffes et gibier. Anne semble presque soulagée de prendre place dans le carrosse. Sa façon de garder une main sur le ventre, et ses joues couleur d'endive inquiètent un peu le chauffeur : un cordon-bleu qui n'est pas dans son assiette, c'est un réveillon brouillon en perspective.

— Vous voulez qu'on s'arrête dans une pharmacie ?

— C'est déjà fait, merci.

Elle noue une grosse écharpe de laine autour des lanières de son sac à main et jette son borsalino contre le pare-brise. Bill sourit. Il aime les femmes frileuses. Elles ont toujours besoin qu'on les réchauffe.

— Vous avez des nouvelles du Bureau des affaires classées ?

Gagner du temps. S'il livrait maintenant ses premières conclusions sur l'enquête, Anne aurait une vision objective de sa personne. Pour rien au monde Bill ne veut que cette femme sache avec quel genre de type minable elle va réveillonner. Mieux vaut lui raconter un bobard en attendant d'y voir plus clair, dégager presto un embryon de piste qui redorerait son blason. Pour l'instant, Bill sèche. Et la mauvaise bière servie chez *KFC* n'a pas étanché ce besoin d'alcool qu'accroît la présence de l'animatrice à ses côtés. Bill passe une main sur sa nuque.

— C'est en bonne voie. Je pense avoir le dossier après Noël.

La question d'Anne, alors, le désarçonne.

— Vous saviez que la petite amie de Daniel attendait un enfant ?

— Comment vous avez appris ça ?

— J'ai couché avec son fils il y a trois jours.

Médusé, Bill entend le récit fait sur un ton monocorde, comment Anne a rencontré le jeune barman, le jeu des ressemblances, le mot de menace trouvé hier soir, l'agression matinale de Sydney Fairmont.

— Pourquoi vous ne m'avez pas appelé quand vous avez trouvé la lettre de menace ? grogne-t-il.

Elle ne voulait pas l'embêter avec ça. L'ex-flic, renvoyé dans les cordes. Bill enrage. Il met le contact, contrôle la position du rétroviseur intérieur, ajuste sa ceinture de sécurité. Enfin, il se tourne vers Anne pour lui poser la seule question qui lui importe.

— Ça vous arrive souvent de coucher avec un inconnu ?

— Et vous ?

Bill réfléchit.

— Ça vous dit de déjeuner avec un bel Italien ?

Depuis que Bill a envoyé une photo de la *Cooking Goddess* prise sur Mission avec son téléphone portable, Joey ne tient plus en place. Si Bill est le président du fan club d'Anne Darney, Joey en est le trésorier. Le matin même, sachant que son ami organisait une rencontre, il a couru chez le coiffeur faire raccourcir le peu de cheveux qui courent encore sur la base de son crâne d'une oreille à l'autre.

À 13 heures, Joey Panforte les attendait sur une chaise recouverte d'un cuir moelleux chez *Sam's Anchor Café*, retranché derrière une des tables donnant côté mer, vêtu d'une chemise à carreaux assortie au soliflore bleu posé sur la nappe. Sur son front lisse se reflète le plafonnier décoré d'ancres de marine. Depuis que l'animatrice a fait son entrée dans le restaurant, Joey frôle l'autocombustion. Sa figure ovale constellée de taches de rousseur varie du rose loukoum au rouge piment et d'infimes billes de sueur se forment à la surface de la peau. Jamais Bill n'avait vu son ancien coéquipier dans un état pareil. Sauf peut-être le 17 octobre 1989, jour du tremblement de terre de Loma Prieta dans la baie de San Francisco – 7,1 sur l'échelle de Richter – survenu à 17 h 04 et dont l'épicentre était localisé dans les montagnes Santa Cruz, à environ 16 km au nord-est de la ville. Joey Panforte craint par-dessus tout que les murs ne lui retombent un jour sur la tête depuis l'effondrement de l'immeuble où il vivait avec sa famille sur Jackson Square. C'était l'un des rares bâtiments, avec sa façade en brique, à ne pas avoir brûlé pendant l'incendie du tremblement de terre en 1906. À l'époque de l'éboulement, le quartier était en pleine rénovation. Joey avait eu la vie sauve grâce à l'imposante table en chêne de la salle à manger sous laquelle, au premier grincement sinistre du plafond, toute la famille s'était jetée en plein dîner. Le séisme de Loma Prieta avait fait 61 morts et privé 1 800 personnes de leur foyer. Il avait aussi fichu à Joey la deuxième frousse de sa vie. Il ne risquait pourtant pas grand-chose au moment de la secousse puisqu'il pêchait avec Bill au bord de l'étang, à deux pas du bungalow. Durant trois jours, cependant, Joey avait insisté pour qu'ils dorment dehors, à la belle étoile, au cas où. Bill n'est pas près de l'oublier. Il régnait un froid terrible en cet automne et son poignet droit l'avait lancé comme si on le transperçait d'une pointe en fer.

Le tremblement de terre de Loma Prieta était aussi associé pour Bill à un triste souvenir : à 17 h 04, le cœur de son grand-père s'était arrêté de battre. Il lisait paisiblement sur un banc près du Victorian Conservatory of Flowers dans le Golden Gate Park lorsque le sol avait agité devant lui un parterre de fleurs jaunes. L'enfant né quatre-vingt-trois ans plus tôt dans les ruines fumantes de San Francisco n'avait pas survécu à un second tremblement de terre.

— Alors, comme ça, vous aussi vous rêvez de moi dans votre cuisine ?

Anne a ôté son blouson, dévoilant un pull noir porté sur un chemisier blanc avec un sourire délicieux. Elle vient de rajouter quelques bûches sur le feu de bois de Joey Panforte. Le pull moule parfaitement les épaules. Le col du chemisier est un écrin à son cou. Quelle que soit la façon dont sa déesse est vêtue, Bill a aussitôt la tentation de la déshabiller. Il retire son duffle-coat en soupirant.

— Asseyez-vous, Anne.

Puis il prend place aux côtés de son camarade, jouant des coudes.

— C'est déjà Noël, vieux. Allez, on va fêter ça. Bière pour tout le monde !

Une fois la température du corps de Joey redescendue à un degré convenable grâce aux pintes de bière fraîche, il est question du restaurant.

— C'est un ancien saloon qui a connu son heure de gloire pendant la prohibition, hein Bill ?

— Tout juste. Y avait une trappe secrète qui permettait aux bateaux de livrer du whisky discrètement à la clientèle. On s'encanaillait sérieux à Tiburon.

Il est aussi question du menu gargantuesque du réveillon qu'Anne et Bill concocteront demain.

— Je peux festoyer avec vous ?

— Hors de question.

Et aussi des dernières emplettes prévues l'après-midi.

— Vous avez besoin de moi pour porter les sacs ?

— Non.

Et enfin, de ce qui motivait la présence d'Anne à San Francisco.

— Dans les contes, c'est pas plutôt les princes charmants qui cherchent les princesses ?

— C'est pas un conte mais une tragédie, abruti.

Dégustant d'un hardi coup de fourchette une assiette de *linguini with manila clams* cuisinés au vin blanc, ail et huile d'olive, Joey trouve épatante l'idée de retrouver un amour de jeunesse sur un coup de tête. Curieuse de goûter à la saveur délicate de palourdes associée à celles de poivron, céleri, lait et lard, Anne a choisi de tremper sa cuillère dans un potage maison, le *Boston style clam chowder*.

— Alors, tu t'es remis sur l'affaire… Je peux te

donner un coup de main pour éplucher le dossier aux archives ?

Bill lève une main par-dessus son plat de *crab penne rigate* au fenouil, poireaux, tomates et crème.

— Pas la peine.

Il maîtrise la situation. Manquerait plus que Joey découvre quel boulot minable il aura fourni sur l'affaire Harlig.

Sur le ponton aménagé en terrasse, une mouette s'est posée à quelques mètres de la baie vitrée du restaurant. Bill observe la gymnastique de ses pattes qu'elle réchauffe alternativement sous son ventre. Contempler la fière gracieuse est comme une parenthèse dans cette journée où il s'insupporte. Il sent bien qu'Anne se force à sourire. Elle n'a presque pas touché à son plat. Joey se propose de le finir à sa place ; elle accepte avec soulagement.

Les deux hommes ont insisté pour qu'elle goûte au pharamineux *peanut butter pie,* une mousse de crème au beurre d'arachide couverte d'une ganache au chocolat parsemée de bonbons cassants à la cacahouète – dessert très populaire chez *Sam's Anchor Café.*

— Juste une bouchée.

La dame est prudente.

Avant de réclamer l'addition, Joey sort d'une poche de sa veste un cadeau inattendu. Il est emballé dans du papier kraft, relevé d'un ruban. Déniché à Berkeley, sur la mezzanine du magasin de disques *Raspoutine,* rayon musique de films.

— C'est pour vous, Anne. Exemplaire numéroté. Une des meilleures B.O. de John Barry.

Anne retire l'emballage de ses doigts habiles. Apparaît la reproduction de l'affiche d'un film des années 80.

— *Body Heat...* Jamais vu.

— De Lawrence Kasdan, le scénariste d'*Indiana Jones,* précise Joey. Avec Kathleen Turner et William Hurt. Film noir superbe ! D'ailleurs, vous lui ressemblez un peu.

— À William Hurt ? sourit Anne.

Bill se dit que son pote a rudement raison. Anne a cette démarche altière, ce même regard énigmatique. Il la verrait bien tout alanguie sur le ponton dans une petite robe blanche, un vent brûlant courant sur sa peau. Et il n'est pas le seul à se faire la réflexion.

— Vous avez de splendides épaules tout comme elle, et des cheveux qui ondulent comme ça, et aussi les mêmes petites fossettes quand vous souriez…

— On a compris, Joey.

— Enfin, voilà. J'espère que ça va vous plaire, le CD. Je voulais d'abord vous offrir *Vertigo,* insiste-t-il, parce que le film a été tourné dans la région, en pleine forêt de Muir Woods. Mais je ne suis pas sûr que vous aimiez la musique de Bernard Hermann. Surtout le générique du début – trop dissonant. Bon, le thème d'amour, alors là, oui, c'est beaucoup plus accessible et franchement il est splendide. Mais y a pas à tergiverser, John Barry, c'est le *king.* Et *Body heat,* c'est ce qui se fait de mieux dans le genre thriller qui transpire. C'est noirceur et moiteur absolues. On lui doit les plus belles partitions de James Bond, tout de même à Barry. Ma préférée, et de loin, il l'a écrite à une période de sa vie où…

— Joey ?

— Oui ?

Bill a sorti son portefeuille, un œil sur l'addition.

— Fin de l'exposé.

Avant de filer, les deux acolytes présentent leur précieux cordon-bleu au patron comme s'il s'agissait d'une spécialité culinaire, à grand renfort de superlatifs. Ce dernier tient à remettre à l'ambassadrice de la cuisine française une bourriche d'huîtres sur lit d'algues marines afin qu'elle connaisse la bonne disposition des fruits de mer de la baie de San Francisco, l'encourageant à revenir à la belle saison profiter de la terrasse sur le port et faire des balades dans la région.

Au moment où Bill lance la bourriche à l'arrière du pick-up, le son étouffé d'une sonnerie de téléphone sort d'une poche de son manteau. Le coup de fil contrarie légèrement ses plans.

— Anne, ça vous dérange si on fait un détour par San Rafael ? C'est à un quart d'heure d'ici.

Depuis le siège passager, agitant la main pour saluer une dernière fois Joey, Anne n'y voit pas d'inconvénient.

— Il est attachant votre ami, dit-elle. C'est singulier, cette passion pour la musique de films.

Debout devant sa vitrine de guitares serties de guirlandes, Joey assiste à regret à l'escamotage de la présentatrice de fiches cuisine. Une rencontre qui restera gravée dans sa mémoire comme un moment d'extase fatalement éphémère.

Bill appuie sur la pédale de l'accélérateur, le véhicule quitte Main Street.

L'ex-flic s'est absenté depuis dix bonnes minutes. L'habitacle de la Chevrolet s'est rafraîchi, les vitres se couvrent de buée.

Anne se demande combien de temps elle va pouvoir tenir le coup.

Des pensées malsaines l'assaillent dès que Bill cesse de lui parler cuisine.

Elle a glissé le CD offert par Joey dans le lecteur pour se changer les idées. Le thème langoureux joué au saxophone la ramène à l'absence de cet homme à côté d'elle, à sa façon particulière de la couver du regard, de la bercer de sa voix réconfortante, comme s'il espérait qu'elle finisse par pondre pour lui un œuf en or.

Dehors, les premières gouttes de pluie de la journée font s'épanouir les parapluies. Anne jette un comprimé anti-acide dans sa bouche puis remet ses gants, guettant l'apparition du duffle-coat de Bill à la sortie du Marin General Hospital. Au fond des bottines, ses pieds sont glacés.

Rien ne la retient ici à part cette quête de vérité dont tout le monde se fiche. Vingt ans que Daniel a basculé dans les ronces. Que croit-elle devoir à celui qui ne l'a pas honoré de sa promesse ? Qu'espère-t-elle entendre de la bouche d'un mort que les vivants ne lui auraient pas encore murmuré ?

Le front posé contre la vitre, Anne combat des pulsions morbides, reprenant de mémoire une par une les progressions des plats qui seront à préparer demain, les ordonnant par temps de cuisson ou de congélation. Il lui tarde d'en finir. Que Bill Rainbow fourre son nez dans le dossier de l'affaire Harlig. Aller jusqu'au bout. Trouver l'identité du coupable ayant privé Julian de son vrai père. Se donner une chance de tenir dans cette histoire autre chose que le rôle de la *dirty bitch*. Et rentrer à Paris, où personne ne l'attend.

Julian a appelé Anne un peu avant que Bill ne vienne la chercher à l'hôtel. Il voulait excuser l'attitude de sa mère qu'il décrit comme dépressive cyclique, ultra-possessive et très chiante mais dont il comprend mieux à présent les silences. Il ressentait surtout le besoin de partager avec Anne ce bouleversement provoqué par la révélation qui venait de lui être faite et dont elle était le déclencheur. Le jeune homme était en proie à des fantaisies ésotériques.

— Je ne savais pas qu'on pouvait tomber raide dingue de quelqu'un à cause d'un pourboire... Tu crois que c'est... que c'est mon vrai père qui t'a guidée vers moi ?

Partir d'ici au plus tôt.

— Si tu n'avais pas poussé ma mère à m'avouer la vérité, je serais encore le fils d'un connard de prof de sport !

Anne a déjà causé trop de dégâts au cœur de ce garçon.

— Je vais me barrer de chez moi. J'ai toujours rêvé d'aller à Paris.

Anne n'est plus cette adolescente ingénue ; ou peut-être l'est-elle encore, mais jamais plus elle ne croira aux élucubrations d'un jeune homme.

Prolonger son séjour à San Francisco si Bill peine à obtenir le dossier n'est pas envisageable pour la même raison qu'il lui serait difficile de changer d'hôtel : ce voyage lui a déjà coûté un mois de salaire en billets d'avion et hébergement (dix nuitées réglées d'avance). Si *Télé gourmande* la rémunérait en fonction de la notoriété de ses fiches cuisine, elle ne voyagerait pas en classe économique. En plus des mensualisations des charges et impôts, deux prélèvements automatiques de crédits sont ponctionnés chaque mois sur son compte bancaire ; Anne paye encore l'achat et l'aménagement de son appartement en 2002 – emprunt sans apport. Aussi se passe-t-elle de vêtements et accessoires de marque, ce qui révolte stylistes et coiffeurs de la chaîne. À moins d'un héritage – hypothèse peu probable, son père croulant sous les dettes –, Anne ne sera pas en mesure de s'offrir une cuisinière *Godin Souveraine modèle 1100, chromée brillant, couleur rubis* (230 kg de fonte, brûleur à gaz, plaque mijoteuse, friteuse électrique, gril viande électrique, grand four de 75 litres, étuve) avant quinze ans. L'idée de cuisiner demain sur le piano du house-boat de Bill est donc une perspective agréable. À la condition que son estomac résiste jusque-là, que les brûlures s'atténuent sous l'effet cumulé des pilules et comprimés à croquer goût cerise fournis par le pharmacien.

— Il faudrait vous faire examiner. Je vais vous indiquer les coordonnées d'un médecin.

L'adresse est dans son sac à main. Son grand-père maternel est mort d'un cancer du foie et son père souffre d'ulcères. Hérédité chargée. Elle ne sait des deux quel mal choisir.

À cinquante mètres, assis sous un abribus, un homme au front bandé attire son attention. Excepté une paire de baskets blanches et un sac en plastique qu'il porte à la main, tout en lui est chiche, usé, à l'image de son poncho. Une allure tristement familière qui lui rappelle ces SDF qu'elle croise chaque semaine rue de la Roquette en sortant de chez sa psy. Celui-là est maigre à l'excès, à l'écart de tout festin. Est-ce le disque de Joey ou la présence du *homeless* sous l'abribus qui met Anne si mal à l'aise ? Le CD est éjecté au profit d'un programme musical de chants de Noël sur l'autoradio. Anne reprend sa position initiale, le front en appui contre la vitre, lorsque son regard croise celui de l'homme sous l'abribus. Celui-ci s'est levé et traverse la route dans sa direction sans prendre garde à la circulation. Sur le poncho, les pans d'une écharpe se balancent par saccades au gré des enjambées. En quelques secondes, le *homeless* parvient au niveau du véhicule, tendant un bras pour atteindre la poignée de la portière. Dans un sursaut, Anne enclenche le verrouillage automatique et recule sur le siège. L'homme actionne la poignée plusieurs fois, sans succès, recule puis s'immobilise. Lançant un regard oblique à la passagère, il contourne lentement le pick-up. Anne pivote sur le siège. Son pouls s'accélère brusquement lorsque le visage émacié de l'homme surgit derrière la vitre côté conducteur. Il fixe Anne sans un battement de cils, les sourcils arqués. Sa peau couleur sable, ocre sous les paupières et les joues, souligne le dessin d'une barbe touffue. Le voilà qui grimace sous la pluie, passe une main dans sa tignasse avant d'approcher sa face de la vitre, y aplatissant les paumes. De la buée se forme sur le verre au niveau de sa bouche. Et la voix sucrée de Nat King Cole de murmurer le refrain de *Jingle bells* dans l'habitacle.

— Anne ? C'est Bill.

Elle s'est emparée de son portable dès la première sonnerie. La batterie commence à faiblir – impossible de trouver le chargeur hier soir. Elle l'aura certainement oublié à Paris.

— On a un souci… On a perdu Donovan. Il m'attendait à la réception avec les deux gars du shérif et cet idiot a réussi à leur fausser compagnie.

D'une voix à peine audible, Anne répond qu'ici aussi *on a un souci*.

— Y a un type bizarre qui m'observe derrière la vitre.

— Bizarre comment ?

— Pas net.

Prise d'un doute, Anne chuchote :

— Il ressemble à quoi, votre copain Donovan ?

La voix de Bill chevrote comme s'il marchait vite.

— Il est un peu spécial, barbu, pas très propre, le genre mystique un brin fada, mais très gentil.

Anne entend frapper des coups contre la vitre. Le *homeless* veut monter à bord du pick-up.

— Je crois que nous avons déjà fait connaissance, souffle-t-elle.

Dans sa grande mansuétude, Bill Rainbow avait oublié un détail. L'odeur de chien mouillé que dégagent les vêtements de son protégé. Assis entre Anne et lui, face à la route, le sachet plastique sur les genoux, reniflant dans son poncho, Donovan Western embaume l'habitacle.

— Ce que tu peux puer, Donovan ! Ils t'ont pas obligé à te doucher à l'hôpital ?

— Je répugne à ces coutumes barbares.

— Anne, vous devriez ouvrir votre fenêtre. On ne tiendra jamais jusqu'à Mill Valley.

Le pick-up Chevrolet s'engage sur Redwood Highway, en direction de Corte Madera. Bill décolère un poil. Ça ne lui a pas plu que Donovan décide de prendre le bus au lieu de l'attendre comme convenu.

— J'aime pas les rouquins du shérif.

— Tu sais que j'ai payé ta caution. Je me suis engagé personnellement à ce que tu te tiennes tranquille jusqu'à ce que tu passes devant le juge.

— Je sais, mon pote, mais ces gars-là me donnent mal aux dents.

Parvenu à Strawberry, la vieille Chevrolet décorée d'une large bande latérale marron bifurque à droite sur Blithedale Avenue. Depuis tout à l'heure, Anne se fait toute petite contre la portière, gênée par la présence de l'étrange animal ayant pris place à ses côtés et qui ne cesse de la dévisager.

— Je te connais, toi…

Donovan se penche soudain vers elle et hume son parfum.

— Bill, je la connais. C'est ma mouette.

— Non, Donovan. C'est pas ta mouette. C'est Anne Darney. Un fameux cordon-bleu venu par vol direct de Paris.

L'ermite badine avec sa voisine, ponctuant chaque phrase d'un mouvement de tête comme un enfant têtu.

— Mon ami a de mauvais yeux. Tu ne ressembles pas à un chef cuisinier. Tu ressembles à ma mouette, celle qui voulait se noyer. Avec le tourbillon, elle est revenue toute seule, comme une coque de noix.

L'ermite approche sa barbe. Il veut dégager les cheveux, voir de près le visage d'Anne. Elle le repousse de la main.

— Donovan, laisse-la tranquille… T'es vraiment fêlé.

— Je vais lui faire un nouveau totem. Et à toi aussi, Bill. C'est ta femme ?

Le conducteur éclate d'un rire nerveux. Il s'explique sur les raisons de la présence d'Anne à San Francisco. Mais l'ermite s'intéresse plus au contenu de la boîte à gants qu'aux propos de son Bon Samaritain. La boîte contenant des gâteaux chinois attire son attention. Anne l'avait glissée là hier après leur visite de Chinatown. Il a faim. Anne s'empresse de lui offrir un gâteau.

— Merci, jeune fille. Tu es une prière à la nature. Je vais aligner des cailloux pour toi.

Le gâteau est croqué, le papier mâchouillé avant d'être retiré de la bouche avec un rictus.

— Ce sont des gâteaux qui portent chance, dit Anne à voix basse.

Donovan prend l'air soupçonneux.

— Il y a un petit message à l'intérieur, précise-t-elle. Lisez-le.

De ses doigts osseux, l'homme déplie le papier mouillé de salive.

— Alors ? s'intéresse Bill. Tu vas gagner une grosse somme d'argent ?

Donovan hausse les épaules, remet le papier dans sa bouche et le mâche comme un chewing-gum, scrutant la route entre deux passages de balais sur le pare-brise.

— Ces phrases, mec, c'est de la vanité pure ; comme autrefois, à la sortie de l'église, on offrait au tronc des pauvres quelques poèmes sibyllins. Cet exercice ne sauvera pas le monde et n'enflera pas les esprits de sagesse.

Il se tourne une fois encore vers Anne, lissant son écharpe noire de crasse avec un air précieux.

— Tu te souviens de cette offrande faite au pauvre pêcheur ?

Bill voit bien que l'olibrius incommode sa déesse et qu'elle respire par la bouche. Rien ne tourne rond aujourd'hui. Espérer une éclaircie revient à penser que l'on pourrait caresser des poissons sous l'eau.

— Laisse-la tranquille, tu veux ? ronchonne Bill… Pas trop froid, Anne ?

Anne fait non de la tête. La température a rudement

baissé dans le pick-up depuis qu'ils roulent fenêtres ouvertes.

Mill Valley, enfin. La pluie s'est transformée en crachin. Ceinte de séquoias, encaissée au pied d'un relief montagneux, la ville est enveloppée d'une brume laiteuse. Apercevant sur un panneau indicateur le nom de Muir Woods, Anne demande s'ils sont loin de la fameuse forêt dont Joey et Bill lui ont parlé – celle du film *Vertigo*. L'ex-flic se propose de la conduire là-bas s'ils finissent leurs emplettes avant la tombée de la nuit. Donovan fronce les sourcils. Il mâche toujours son papier.

— Tu ne dois pas aller à Muir Woods, jeune fille.

— Pourquoi ?

Son regard se fait menaçant.

— À cause des ours.

Un rire sardonique s'échappe de sa gorge et déclenche aussitôt une quinte de toux. Le corps du pauvre homme est secoué de convulsions. Bill lui tape dans le dos. Fouillant dans son sachet plastique, Donovan articule :

— La vie est une course, une mécanisation. Pire : une répétition rituelle.

Il en sort une canette de soda à l'orange qu'il décapsule et porte à sa bouche. À l'intérieur du sac, Bill distingue un foutoir singulier de papiers d'emballage recyclables et de bouchons de bouteilles. Les spasmes s'estompent dans un soupir.

— Le nectar des dieux… Ce que j'aimais ça quand j'étais gamin ! Tu m'en apporteras d'autres, Bill ? Tu veux goûter, jolie mouette ?

Après avoir dépassé un bar dont le store rouge est décoré d'une guitare folk géante, parvenue à l'angle

293

de Throckmorton et Miller Avenue, la voiture ralentit au niveau d'un arrêt d'autobus. Donovan et Bill en descendent.

— Le bus est direct pour Stinson Beach. Ça ira ?

L'ermite observe d'un air méfiant la population paisible de Mill Valley.

— Je préfère marcher.

— Pas de blague. Tu as de quoi te payer un ticket ?

— *Ne craignez pas d'être lent, craignez seulement d'être à l'arrêt.*

— Donovan, tu veux bien cesser de nous bassiner avec tes phrases à la con ?

L'ermite recrache de sa bouche ce qui reste du papier et dévoile sa denture.

— Proverbe chinois. C'est ce qui était dans le gâteau, mon pote.

Bill fourre trois billets de 20 dollars dans une poche de son poncho en soupirant.

— J'en veux pas, Bill.

— Moi non plus, Donovan. Maintenant, tiens-toi tranquille. Plus de bêtises, et joyeux Noël.

En regardant s'éloigner la maigre silhouette de Donovan Western dans le brouillard, Bill réalise non sans désarroi qu'il vient de présenter à Anne les deux seuls amis qu'il possède. Un dingue de musique de film et un fêlé mystique.

Pas avec ça qu'il lui fera oublier son barman.

Il relève d'un coup de poing le pare-soleil et le pick-up s'enfonce à son tour dans un halo blafard.

Contournant la place principale de la ville, le pick-up dévoile à la passagère la singularité de la ville dans ses atours de décembre, la fumée des cheminées se confondant avec la brume. Habitations en briques rouges, toits en ardoises, boutiques encadrées de branches de sapin, des vitrines cossues affichent jouets et accessoires de luxe pour enfants, chocolats et cafés de prestige sertis de rubans rouges ou dorés. Sur la place, une ancienne gare 1900 a été aménagée en café-librairie. À l'entrée, une vieille horloge en fonte de la hauteur d'un réverbère indique 14 h 45. Anne extirpe de son sac à main l'appareil photo avec le sentiment d'avoir déjà vu cette horloge. Peut-être un modèle semblable s'est-il trouvé un jour dans la boutique d'antiquités de son père à La Baule ? À quelques mètres de là, assis sur un banc, un homme aux cheveux blancs se laisse bécoter par un énorme chien au pelage bleu-gris. Anne en fait également un cliché. Se dégagent de cette ville raffinement et sérénité. Les maisons basses se font discrètes, communiant avec la nature. Anne repose l'appareil sur ses genoux. Mill Valley lui donne envie de venir s'y lover comme un chat retrouvant son panier. Sans doute la mixité de l'habitat et de la forêt lui rappelle-t-elle certains villages de montagne dans les Vosges. Elle en oublierait presque cette nausée qui la tourmente depuis que l'ermite a mis un pied dans le pick-up.

— Désolé, Anne.

— Désolé de quoi ?

— De vous avoir imposé Donovan. Il n'était pas prévu qu'il sorte aujourd'hui de l'hôpital. Ils ont dû en souper de ses prophéties.

Anne s'étire, respirant l'air extérieur par la vitre entrouverte. Des effluves de feu de cheminée chatouillent ses narines. Senteurs de noisetier, de cèdre et de pin appellent le souvenir de ces rares dimanches passés devant la cheminée dans la maison de son père à Guérande.

— C'est un drôle de type. Vous le connaissez depuis longtemps ?

— Une vingtaine d'années.

Bill passe une main dans ses cheveux, dégageant son front.

— … C'est marrant, ça remonte justement à votre affaire. À ce moment-là, il délirait déjà pas mal. Il voyait des mouettes partout.

L'ex-flic est songeur. Anne se tourne vers lui, frottant ses mains pour les réchauffer.

— Son histoire de tourbillon me semble familière, dit-elle.

Bill réfléchit.

— Je pense que ça a un rapport avec la plage de Stinson Beach. Il y a un panneau qui explique aux nageurs comment faire pour ne pas être emporté vers le large. Il faut se laisser entraîner par le courant qui, à cet endroit, forme comme une boucle et vous ramène ensuite vers la plage.

Anne se redresse sur le siège et remonte la vitre.

— C'est ça. C'est plus ou moins ce que m'a raconté Julian.

Le pick-up ralentit puis s'engage sur un parking.

— Julian ?

— Le barman du restaurant de l'hôtel. Le fils de Daniel.

Anne s'est tue, découvrant l'entrée du magasin nimbé de brouillard. En forme d'arcade, une vigne vierge grenat court sur la façade. Bill retire la clé de contact.

— Ce Julian, il sert de bons cocktails au moins ?

Cet endroit ne ressemble pas à un supermarché. Anne ajuste le borsalino sur sa tête.

— La réponse à votre question est « je n'ai pas l'intention de le revoir ».

S'il y a une chose dont Anne est certaine, c'est que derrière le fils, se tiendra toujours la mère.

Whole Foods Market, 414, Miller Avenue.

L'animatrice n'a jamais rien vu de semblable.

Un supermarché du bio édifié sous le signe de l'épeautre, atelier du bon goût et du commerce équitable, offrant la même diversité qu'un *Safeway*, de la fleur fraîchement coupée au pain fabriqué sans gluten. À côté, la majorité des magasins bio français, leurs rayonnages frugaux et leur tempérament austère font pâle figure. Ici, on célèbre le bien manger avec faste et fracas. Le client est accueilli par une avalanche de fruits de saison non traités, proposés en vrac ou conditionnés en barquettes, prêts à consommer. Pyramide de clémentines flamboyantes, fagots d'endives aux pointes jaune d'or, pommes *organic* provenant des vergers avoisinants, choux-fleurs éclatants, choux rouges au relief farouche, dattes, noix et oranges remplissent les paniers en osier disposés sur les étals, narguant le cul bleu des navets, les têtes bien faites des poireaux disposés en épis croisés, et les cœurs gros des salades montées en chantilly. Présentés dans des paniers à bois, pommes de terre, potimarrons, topinambours et potirons sont un appel à la flambée et à la marmite.

Dès leur arrivée dans le magasin, Anne et Bill ont perçu les fumets de plats traiteurs cuisinés sur place, préparés sans additifs, proposés au poids et conditionnés à l'achat, oubliant instantanément l'odeur de vieille charogne dont leurs vêtements se sont imprégnés durant les dix-sept minutes qu'aura duré le voyage. Tous deux progressent dans le temple de la bonne bouffe telles des carpes se laissant promener au gré du courant, papilles en éveil. Des rayons ont été bannis les ingrédients considérés ici comme dangereux pour l'homme : graisses trans, édulcorants, conservateurs, colorants artificiels, insecticides.

— Si vous allez sur leur site Internet, vous trouverez des listes longues comme ça de ce qu'ils ne veulent pas dans leurs rayons. C'est assez effrayant tout ce qu'on peut trouver comme saloperies dans un poulet frit.

Tenant son panier encore vide, Bill se tourne vers Anne :

— Le seul truc qu'on pourrait leur reprocher, c'est d'avoir fait figurer le foie gras sur leur liste des *ingrédients inacceptables pour la nourriture*. La maltraitance des bêtes, l'idée qu'on force une oie à bouffer du maïs, ça leur plaît pas trop. Comme les produits testés sur les animaux. Ils ont aussi une liste qui concerne les cosmétiques.

— Ça fiche la frousse ce genre de liste, ponctue Anne d'un mouvement du menton.

Boulangerie, pâtisserie, épicerie, boucherie, poissonnerie, vins, fromages, céréales en vrac, produits pour le corps, elle virevolte d'un rayon à l'autre, saisissant par-ci, par-là un pot de miel parfumé au thym, des grappes de raisin chasselas requises pour la recette du foie gras en cocotte, deux plaquettes de beurre frais, un consommé de volaille indispensable à la préparation du cappuccino de cèpes, douze œufs pondus du jour, du sucre roux en poudre, de la glace à la pistache, un gros pot de crème fraîche liquide pour le soufflé glacé, des framboises surgelées du Val de Loire, des gousses de vanille en provenance de Tahiti, une pâte à brioche pur beurre pour le filet de biche, un assortiment de macarons nécessaire à la fabrication du vacherin, et du pain égyptien fourré au gingembre caramélisé pour accompagner les fromages.

— Ça vient de chez *Wild Flour Bread*, à Sebastopol. Il faut absolument que je vous y conduise un jour. Ils cuisent leur pain au feu de bois dans un four en brique.

Au rayon des épices, l'anis vert de Turquie exhale son parfum, la badiane du Viêtnam (utile pour la réalisation du fumet de crustacé de la langouste aux mangues) cache ses graines dans ses carpelles en forme d'étoile, les capsules vertes de cardamome (non blanchies chimiquement) renferment des graines noires évoquant un arôme des Indes auquel s'ajoute celui du clou de girofle – ce bouton séché de la fleur de giroflier qui fait merveille associé à la saveur de l'artichaut. Bio, sans traitement chimique, non ionisées, les épices semblent ici présentées comme de fameux trésors.

— Il n'y a plus de curcuma frais dans les *WFM* : le seul bio venait du Brésil par avion. Transport trop générateur de CO_2. Vous devriez essayer les infusions de badiane pour vos problèmes d'estomac…

Anne soumet ses achats à Bill. Acquis à sa cause, opinant du chef, il contemple les douces mains lorsqu'elles déposent le fruit de leur cueillette au fond du panier.

Anne n'a pas fait d'emplettes avec un homme depuis des années. Et faire les courses avec Bill est un bonheur. Tous deux connaissent la même exhalation : il a pour leurs achats une attention particulière, appréciant textures et parfums avec un plaisir sensuel, préliminaire au festin. Au quotidien, Anne fait ses courses chez *Franprix* et *Monoprix,* cernée de quadras smicards inscrits sur Meetic. De temps en temps, avec son petit panier, elle s'offre une *Biocoop*, une visite à *Lafayette gourmet* ou à la grande épicerie du *Bon Marché.* Jamais elle ne fait le tour des épiceries fines du quartier au bras d'un gentleman.

Ne jamais avouer à Bill la banalité des plats qu'elle se prépare hors caméra.

L'odeur de chien mouillé s'est estompée dans le pick-up. Anne a repris position, collée contre la portière, l'appareil photo sur les genoux. Elle a photographié la devanture du magasin, demandant à Bill de poser pour elle avec les sachets en papier recyclé – il ne s'est pas fait prier. Après avoir déchargé les achats, l'homme s'est glissé derrière le volant avec allégresse.

— Allez hop ! Au frais !

Un quart d'heure plus tard, les produits étaient à leur place dans la cuisine du house-boat et les huîtres réservées au sec sur le ponton. Le temps d'avaler une tasse de café pour l'un et une tisane pour l'autre et Bill remettait son duffle-coat.

— Toujours partante pour Muir Woods ?

Seize heures quarante. Le pick-up remonte sur Panoramic Highway, une route escarpée ondoyant à travers les séquoias décapités par le brouillard. Une couverture sur les genoux – Bill lui a conseillé d'en emporter une à cause de la fraîcheur des bois –, Anne est absorbée par la contemplation des arbres.

— C'est étrange.

— Quoi ?

— Cette route. J'ai déjà eu cette sensation tout à l'heure à Mill Valley. L'impression d'être chez moi. Elle ressemble beaucoup à une nationale creusée dans une forêt de sapins que l'on franchit pour passer des Vosges à l'Alsace. La route des crêtes. Avec les mêmes virages en épingles et en contrebas, les premières vignes qui s'étendent sur les collines.

— Par temps clair, d'ici, on a une vue plongeante sur la baie.

Le pick-up tangue, écrase des branchages sur les bas-côtés. Anne porte une main à son ventre.

— Vous voulez que je ralentisse ?

Elle fouille dans son sac à main, en sort une boîte de cachets. En avale deux. La déesse a le mal des transports. Bill aurait dû remettre leur sortie de tourisme écolo à demain. Mais l'idée de passer quelques heures de plus avec elle lui semblait meilleure que de rester chez lui à contempler un réfrigérateur gavé de nourriture après l'avoir ramenée à l'hôtel comme on rapporte un smoking de location.

— On est bientôt arrivés. Vous devriez peut-être manger quelque chose.

Bill se penche vers la boîte à gants.

— Un gâteau chinois ?

Elle sourit. Anne casse la coque d'un biscuit ; les miettes tombent sur la couverture.

— Celui-ci est pour vous.

Elle tend un morceau au conducteur. Ses doigts tremblotent contre sa barbe – effet probable d'une chute de tension. Le sucre, ça va lui faire du bien. Bill referme les lèvres sur le gâteau. La saveur de vanille se conjugue avec celle du jus de citron, du beurre et de la levure chimique. Anne casse un autre biscuit et en avale la moitié avant de dérouler les petits papiers, en commençant par celui de Bill.

— Alors ?

La déesse est circonspecte.

— Qu'est-ce que j'ai tiré ?

— *Le sage te dit qu'il est mauvais de mélanger affaires et sentiments. On tentera de te séduire en affaires afin de t'attirer dans un piège. Attention à ta corde sensible, celle qui pourrait te faire chuter. « Soyez frères dans la vie commune, mais étrangers dans les affaires. »*

Bill lève les sourcils, professoral.

— C'est un sage conseil. Je tâcherai de m'en souvenir. Et vous ?

Anne repousse une mèche de cheveux derrière son oreille gauche.

— Vous voulez savoir si je mélange affaires et sentiments ?

Bill sourit. Réponse inutile. Il est certain que oui. Une femme qui cuisine les pieds de porc en tartine et embroche les canards ne s'embarrasse pas de ce genre de principes.

— Je voulais savoir ce qu'il y a dans votre gâteau.

Anne baisse la tête sur son petit papier et lit d'une voix douce :

— *Tu recevras, cette semaine, des nouvelles d'un ami intime, ou d'une personne de ta famille que tu n'as pas vue depuis longtemps. L'événement te remplira de joie.*

Anne froisse le papier dans sa paume sans faire de commentaire. Quelqu'un la regarde sans doute de là-haut et se tape sur les cuisses, se délectant de sa bonne blague.

— Donovan a raison à propos des *fortune cookies*, tempère Bill pour dissiper le malaise. C'est du blabla pour touriste.

Parc national de Muir Woods. Le ruissellement d'une rivière en amont se confond avec le bruissement des feuilles sur les cailloux. Chacun s'est acquitté à l'entrée d'une somme de 5 dollars. L'air humide saisit les deux derniers visiteurs à travers leurs vêtements.

Prudente avec ses bottines, serrant autour de ses épaules la couverture que Bill lui a conseillé d'emporter, Anne progresse sur le chemin assombri par les hautes cimes des séquoias aux formes coniques, vieillards encore souples, dépourvus de branches basses, exhibant leurs racines. S'écartant du sentier, elle vient caresser les rides d'une écorce rousse, chasse de la main une fougère, hume le parfum des trèfles, appuie ses cuisses contre une barrière en bois pour mieux entendre le murmure de la rivière. Régulièrement, elle tourne le visage vers son guide, offrant le trouble de son regard que souligne le rebord velours du borsalino. Bill joue son rôle d'ambassadeur des Eaux et Forêts avec cette rigueur propre au citoyen américain toujours prêt à donner de son pays une image gratifiante.

— Le spécimen le plus imposant est le General Sherman. On le trouve dans un autre parc des États-Unis.

De la vapeur s'échappe de sa bouche.

— Il a une circonférence de plus de 30 mètres et

son poids est estimé à 1 200 tonnes. Ça peut vivre jusqu'à 3 000 ans, ces machins-là...

Bill a mis sa vieille casquette. Il ne faudrait pas trop traîner. Ses vieux os craignent l'humidité. Surtout son poignet droit. Et il en aura rudement besoin demain, pour cuisiner. Parvenue au fameux tronc scié sur lequel sont inscrites les principales dates de l'histoire des États-Unis d'Amérique, Anne indique d'un doigt une strate, murmurant *ici s'écrit la date de ma mort*. Puis elle lui tend son appareil en souriant.

— J'aimerais que vous me preniez en photo. S'il vous plaît.

Ses lèvres sont couleur framboise. Si elle n'a pas la blondeur de Kim Novak, elle en a la beauté troublante. La lumière est faible et la photo sous-exposée.

— Vous avez froid, Anne, il vaudrait mieux faire demi-tour.

En redescendant vers le parking, ayant atteint le croisement d'un chemin qui mène vers une boutique de souvenirs et une cafétéria, Anne ralentit.

— C'est nouveau ce bâtiment, non ?

Bill confirme. Aucune chance qu'il apparaisse dans le film d'Hitchcock.

— Ils ont fait quelques aménagements ces dix dernières années. Lorsque je venais ici enfant, l'accès au parc était gratuit.

Anne tourne la tête, en levant un doigt en direction du parking.

— Le parking, il n'était pas comme celui-là. Il était plus petit et plus bas sur la route.

L'ex-flic s'étonne de la mémoire visuelle de sa déesse. Il serait incapable de savoir si le parking a été filmé. Pourtant, il a vu *Vertigo* une paire de fois.

— Vous êtes cinéphile ?

La réponse d'Anne est comme il les aime :

— Non, je suis célibataire.

En quittant Muir Woods, Bill constate que sa passagère est bel et bien frigorifiée. Il décide de s'arrêter au premier carrefour.

— Retirez vos gants.

Il prend les doigts gelés dans ses mains.

— Faut faire circuler le sang.

Anne se laisse faire.

— L'hiver, quand j'étais petite, murmure-t-elle, mon père mettait mes doigts dans sa bouche pour les réchauffer.

Bill approche sa barbe des doigts rougis par le froid, y pose ses lèvres tièdes puis les presse contre son visage. La peau est veloutée comme une crème glacée.

— Stinson Beach. Ce n'est pas dans cette direction qu'on a retrouvé le van de Daniel ?

Bill lève les yeux pour suivre le regard de la passagère.

Le pick-up est arrêté exactement sous le panneau indicateur.

Ils sont à moins de 7 miles de la scène du crime.

Et la nuit commence à tomber.

Anne n'avait pas imaginé être si près de l'endroit où Daniel a trouvé la mort ni même envisagé la possibilité de s'y rendre, quitter le royaume assoupi de Muir Woods pour aller vers le tumulte de l'océan. Le véhicule a pris la direction de Shoreline highway. Les bois s'éclaircissent et bientôt, le bord de mer est en vue. Bill roule vite. Anne s'accroche à la poignée au-dessus de la portière.

— C'est étrange… s'interroge-t-elle, j'aurais juré que la falaise se trouvait plus près des bois.

— Dans *Vertigo*, la scène du baiser entre James Stewart et Kim Novak a été tournée au bord de la falaise que l'on rejoint par cette route. Mais le montage de la séquence donne l'impression que Muir Woods est à deux pas.

L'océan est d'humeur brutale et son teint laiteux. Des flots d'écume se jettent contre les rochers comme ensorcelés. Le ciel a viré du gris au mauve, découpant au flanc de la falaise d'étranges figures ourlées de lichen. Anne est subjuguée par le spectacle de ce duel d'ombre et de clarté qui cependant laisse Bill indifférent.

— Vous êtes certaine que c'est une bonne idée d'y aller maintenant ? Il va faire nuit, on pourrait revenir demain.

Perdue dans ses pensées, fixant la route sans relâche, Anne ne prête plus attention à son voisin.

L'horizon s'assombrit bientôt sur l'océan, et la falaise entaillée par la route montre ses entrailles de roches noires. Anne n'a jamais été sur une scène de crime. Et cette perspective provoque en elle une crispation nerveuse de tous ses membres. Le moindre cahot sur la route, le plus faible tangage du pick-up déclenche un sursaut. Anne agrippe le bras droit de Bill, lui suggère de ralentir.

— Je vous assure que ma vitesse est tout à fait normale.

Elle secoue la tête.

— Ça va trop vite. Ça va trop vite.

Le crépuscule semble pousser la baie vers son déclin, drapant ses contours d'une brume violette. Le véhicule freine enfin sur un terre-plein qui surplombe l'océan à moins d'une centaine de mètres. Bill coupe le moteur.

— On y est.

L'homme descend du véhicule le premier. Un vent fort le contraint à boutonner son manteau et à laisser la casquette dans sa poche. Il contourne la voiture et vient chercher la passagère qui demeure prostrée sur son siège.

— Vous ne descendez pas ?

Circonspecte, Anne ne sait comment exprimer le doute qui la tétanise.

— Vous êtes sûr que c'est ici ? bredouille-t-elle enfin.

Le premier réflexe de Bill est de hausser les épaules.

Puis, par acquit de conscience, il fait quelques pas en direction de la falaise, grimpe sur le talus formé de gravillons et découvre un chemin de terre tracé dans l'escarpement qui se meurt sous un buisson de ronces. Se pourrait-il qu'il ait confondu ? De retour dans la voiture, il retire ses gants.

— Ce n'est pas là qu'on a trouvé le corps, murmure-t-il. C'est plus bas, à cinq minutes d'ici... Anne, il faut m'expliquer.

— Vous êtes déjà venue à San Francisco.

Réponse négative de la tête.

— Vous êtes déjà venue ici.

— Jamais, je vous le jure.

Anne est d'une pâleur extrême. Depuis que le pick-up a repris sa route, elle s'est réfugiée contre la portière. Bill renifle dans une manche de son manteau.

— Comment expliquez-vous que vous sachiez où votre gars a été tué ?

— Je ne sais pas où ça s'est passé. J'ai simplement eu l'intuition, la sensation que vous vous étiez trompé. Ça ne ressemblait pas à l'idée que je m'étais faite des lieux.

L'ex-flic n'est pas convaincu. Et il n'aime pas qu'on le prenne pour un imbécile. Si c'est le cas, il peut balancer à la flotte toutes les médailles qu'on a voulu lui épingler sur le paletot. En revanche, Bill Rainbow veut bien admettre qu'il est le plus couillon de tous les flics mis au rebut. Parce qu'il est fort probable que sa *Cooking Goddess* le balade depuis un bon bout de temps.

— Et à quoi ça ressemble, alors, à votre avis, l'endroit où il est mort ?

Anne lève les yeux sur le pare-brise :

— À ça.

Sur le bas-côté de la route, juste avant un virage, apparaît un terre-plein à une cinquantaine de mètres devant eux. Perchés sur le talus bordé par une barrière métallique, deux corbeaux semblent attendre leur visite.

Anne a enfoui le menton dans son écharpe. Bill la conduit en la tenant fermement par un bras. Le terre-plein est légèrement pentu et les cailloux glissants. Une plate-forme en terre battue a été aménagée sous le niveau de la route. Pour y parvenir, ils doivent enjamber le talus de terre noire que picorent les corbeaux plumes au vent. Leurs cris font écho au vacarme de la mer. Une centaine de mètres plus bas, l'océan se déchaîne, projetant des voiles d'écume contre les rochers. Des rafales soulèvent les cheveux d'Anne qui peine à rester debout. Bill lui jette un regard oblique et l'abandonne, descendant de quelques mètres sous la ligne de buissons d'épines qui bordent le terre-plein.

— Vous vouliez voir la scène de crime ? crie-t-il pour couvrir le bruit du ressac. Eh bien, regardez ! C'est là ! C'est là qu'il est tombé, votre chéri !

Un doigt pointe un rocher en contrebas, à peine visible sous la brume.

— Là, vous voyez ? Il s'est ouvert le crâne sur ce rocher ! Et il est mort ! Vous êtes d'accord ? Ou est-ce que je me trompe encore ?

Bill revient vers Anne qui semble totalement perdue.

— Alors maintenant, déesse, vous allez me dire pourquoi vous êtes venue me demander d'ouvrir une affaire classée dans laquelle vous êtes de toute évidence impliquée.

Anne est parcourue d'une onde incontrôlable.

— Qu'est-ce que vous aviez dans la tête en venant me voir, hein ? insiste-t-il, qu'est-ce que vous attendiez de moi ? Que je découvre que c'est vous qui avez flanqué ce gamin dans les ronces ?

Le ciel est maintenant plus sombre que l'intérieur d'une grotte. Sur la falaise baignée d'une brume aux contours moirés, les phares du pick-up ébauchent deux faisceaux lumineux, accrochant au passage de leur vol le plumage luisant des corbeaux.

— Allez-y ! Montrez-moi comment vous vous y êtes prise. Il se tenait à peu près là, c'est ça ?

— Bill, je vous en prie...

— Et vous avez fait quoi : vous vous êtes rapprochée de lui, comme ça ?

Bill ramène Anne contre lui, la tenant solidement par la taille. Les yeux gris-bleu sont baignés de larmes.

— Lâchez-moi !...

— Mais bon Dieu, qu'est-ce qu'il a dit qui vous ait mise tellement en colère ? Parce qu'il faut être sacrément énervé pour tuer la personne qu'on aime.

Bill serre Anne trop fort. Il fait trois pas vers le précipice, l'obligeant à regarder dans le vide en direction du rocher heurté par Daniel.

— Qu'est-ce que votre chéri a dit ? Qu'est-ce que Daniel a dit qui vous a poussée à le tuer ?

Bill ramène à lui son visage trop brutalement. Un cri s'étouffe dans la gorge d'Anne. Il a un rire nerveux.

— C'est pourtant évident. C'est le truc qui rendrait dingue n'importe quelle fille...

Il lui hurle à l'oreille.

— Sa copine est enceinte ! elle est enceinte de Julian !

Les yeux d'Anne se voilent.

Bill approche sa bouche de ses lèvres, goûte à leur velours glacé.

Comme un embrasement de tous ses sens.

Anne a perdu connaissance.

Le dessert

L'homme est assis à côté de son épouse, dos droit, genoux serrés, les mains sur les cuisses, paumes tournées vers le plafond de la salle d'attente. Il porte un caban noir en drap de laine usé sur un sous-pull marron. Enroulée dans un parka matelassé beige, la femme est arc-boutée contre son mari, les mains également posées sur les cuisses mais cette fois, paumes repliées l'une sur l'autre. Leurs visages affichent cette expression d'effroi propre à ces parents qui viennent d'apprendre qu'un de leurs enfants est entre la vie et la mort. Autour d'eux, des patients en attente de soins respirent dans leur poing, farfouillent dans des sacs, se lèvent pour aller glisser une pièce dans le distributeur de café, discutent à voix basse, expédient des messages depuis leurs téléphones ou somnolent contre le dossier de leur siège, un œil sur l'écran du téléviseur allumé dans l'angle de la pièce. Familles hispaniques équipées d'énormes bouteilles de jus de fruits et de paquets de chips format XXL, gamins afro-américains à capuches et bretelles venus en tribu soutenir le plus sanguinolent de la bande, couple de lesbiennes pas très clean grimées en GI, petit vieux *middle class* au bord de l'agonie, les urgences prennent des allures d'arche de Noé en cette veille de réveillon. Mais Bill ne voit que le couple d'Asiatiques face à lui. Ils ont probablement le même âge. Quel drame peut bien engendrer de tels ravages sur des visages ? Lui-même n'en mène pas large. Et s'il a retiré son pull, croisé les bras sur son manteau, c'est pour mieux dissimuler sa tension, freiner l'excès de transpiration associée à l'anxiété.

Après avoir repris conscience dans la voiture, Anne avait vomi. Puis, elle s'était enfoncée dans une espèce de torpeur, yeux mi-clos, incapable de répondre aux questions de Bill. Il l'avait alors conduite à San Francisco, Potrero Avenue, au Mission Emergency Hospital, prévenant Tom Crystal de son arrivée. Le médecin l'attendait à l'entrée des urgences, ses guiboles dessinant un V depuis le marchepied de son fauteuil roulant, la blouse rejetée derrière le dossier. Avec les années, le crâne s'est totalement dégarni et la carrure d'ancien surfeur a fondu, donnant à la silhouette du praticien la forme d'une grosse allumette.

— Elle est tombée ? Sa tête a heurté quelque chose ?
— Non.
— Tu lui as flanqué une baffe ?
— Surtout pas !

Tom avait soulevé une paupière de la patiente allongée sur un chariot réglé à mi-hauteur.

— Elle est en état de choc.

Depuis, Anne est entre les mains de son pote à roulettes.

Et Bill de se morfondre.

La dernière fois qu'il a piqué une colère avec une femme, elle en est morte. Les jumelles ne l'ont pas oublié. Elles étaient présentes lorsque ça s'est passé, toutes menues dans leurs chemises de nuit. Paola Beijo avait certes le cœur fragile mais il battrait encore si Bill n'avait pas poussé la nounou des filles contre le radiateur de la cuisine pour l'écarter de son chemin. Elle tentait d'empêcher Bill de parler à son ex-femme. On ne se dresse pas devant Bill Rainbow quand il a éclusé une bouteille de bourbon, seul dans son pick-up, attendant d'être assez saoul pour se confronter à celle qu'il considérait encore comme sa légitime. Paola Beijo ne souffrait que d'une petite bosse derrière la tête. Mais c'est son cœur que Bill avait frappé. Malformation congénitale. Arrêt cardiaque provoqué par un stress. Coups et blessures ayant engendré la mort sans intention de la donner. Décès accidentel. Sa *grosse bêtise*, comme dira le juge. À l'époque, cette histoire était passée inaperçue. Les pages du *San Francisco Chronicle* étaient noircies d'une actualité plus sanglante : la liste des victimes du serial killer en provenance de Los Angeles, Richard Ramirez, *the night stalker*. Bill avait été condamné à une peine de dix-huit mois de prison avec sursis, suspendu durant toute la période du procès puis muté sur Marin County. Tout ceci aurait été peanuts si sa *bêtise* ne lui avait également fait perdre le droit de garde de ses enfants. Bill n'a pas vu les petites passer d'une pointure à l'autre. Une mesure de justice lui a interdit d'approcher les jumelles jusqu'à leur majorité à moins que celles-ci ne soient accompagnées d'un adulte. Les rencontres se résumaient à quelques heures dans le Golden Gate Park deux dimanches par mois, entrevues auxquelles, la plupart du temps, les filles se refusaient. Et leur père de rester seul sur un banc à compter les tulipes.

Il ne faut pas que la situation lui échappe.

Il ne faut pas qu'on le pousse à bout.

Bill échangerait volontiers sa vieille casquette contre un verre de whisky.

Prendre plutôt une dragée à la réglisse dans une poche du manteau. Pas si loin, une femme lutte contre quelque chose de plus sournois que son besoin d'alcool. Dieu seul sait ce qu'Anne a vécu...

Quelque part, si Bill avait correctement fait son boulot, ils n'en seraient pas là tous les deux. Il y a certainement quelque chose dans le dossier qui permette de comprendre ce qui vient de se passer sur la falaise avec Anne. D'expliquer pourquoi elle était en mesure de reconnaître le lieu du crime. Et Bill a bien l'intention de tirer ça au clair. Savoir à côté de quoi il est passé, voilà vingt ans.

— Inspecteur Rainbow ?

Tous les regards se sont tournés vers Bill. Ramenant contre lui pull et manteau, il se lève. Bill rejoint son vieux copain en râlant.

— Tommy, je t'ai déjà dit de plus m'appeler inspecteur. C'est plein de gosses avec des flingues là-dedans.

Tom Crystal fait pivoter son fauteuil.

— Bah ! Qu'ils nous fassent un carton, les trous du cul ! Ça fera un peu d'animation. L'ambiance ici est d'un ennui mortel. Viens par là, flic de mon cœur, j'ai deux mots à te dire.

Garé derrière la paroi en verre de la salle d'attente, entre deux ficus aux feuilles jaunies, Tom délivre son diagnostic.

— Superbe spécimen français en assez bon état de marche.

Tom approche les doigts de sa main gauche de ses narines.

— Huile essentielle de rose musquée. Rien que du naturel. C'est une vraie brune.

— Tommy, arrête tes conneries.

Le médecin donne une tape à son camarade, déployant son bras, lequel paraît étonnamment long par rapport à l'envergure du fauteuil, tel un goéland sur roulettes.

— Rainbow, tu as tiré le gros lot. Faudra tout de même surveiller son estomac. Elle souffre d'hyperacidité gastrique et à terme, elle va nous faire un ulcère.

Tom Crystal gratouille son nez, grimaçant.

— Y a juste un petit problème. Je la trouve très agitée. Je crois qu'elle délire un peu, ta nana.

Bill s'inquiète.

— Elle t'a dit quelque chose ?

Le visage de Tom se durcit.

— Elle te trouve très excitant, mec !... Non, sérieusement, j'en sais rien. Elle s'obstine à délirer en français, c'est mesquin.

Bill est attiré par un mouvement dans la salle d'attente. Le couple d'Asiatiques s'est redressé : un médecin vient de les rejoindre, accompagné par deux inspecteurs des Mœurs, Anna Martinetti et Wes Adams. Bill avait déjà quitté le Vice lorsque le duo avait intégré le service. S'ils sont là, c'est pour du costaud. Pas une histoire de type qui se bousille les cervicales en glissant sur une savonnette. Machinalement, Bill observe la scène à travers la vitre.

— Dis-moi, Tommy, est-ce qu'il est possible que quelqu'un ait pu vivre quelque chose de vraiment terrible dans le passé au point de l'oublier ?

— Tu veux parler d'amnésie post-traumatique ? C'est un phénomène d'occultation mentale courant, notamment chez les victimes d'enlèvement et de séquestration et aussi chez les sujets jeunes. La souffrance peut amener une personne à nier la réalité, à l'enfouir au fond de son subconscient.

— Ça pourrait expliquer sa syncope.

— Tu as dû faire voir à ta copine quelque chose qui a ramené un très très vilain souvenir… Une photo de George Bush le jour de son investiture ?

La femme au parka beige vient de s'effondrer sur son siège. Dans la pièce d'à côté, les nouvelles sont graves. Bill fait passer son manteau d'un bras à l'autre.

— Et il est possible de vivre avec « ça » pendant combien de temps ?

— Tant que rien n'est fait pour ramener le souvenir du traumatisme à la surface, ça peut durer des années ; il faut un choc émotionnel violent ou une bonne séance d'hypnose.

Le mari est emmené par les deux inspecteurs. Martinetti fait claquer les talons de ses bottes sur le balatum. Ça sent le drame familial à plein nez.

— Je peux la voir ?

Tom hausse les épaules.

— C'est la belle au bois dormant. Je lui ai donné un sédatif. On va la garder en observation au moins jusqu'à demain. Ensuite, on ferme pour le réveillon.

Tom se penche vers son ami, gourmand.

— J'ai prévu un grand raout avec les nouvelles recrues. J'organise un concours de pose de cathéter. La plus habile devient ma suceuse officielle.

Bill a toujours admiré le courage de son pote paraplégique. La perte de l'usage de ses jambes a pas mal affecté sa vie sexuelle, amplifiant cette obsession du cul devenue défouloir.

— Bon. Merci, Tommy. Tu m'appelles ?

Tom fronce les sourcils, remuant sur son siège.

— Ça me démange au niveau de la fesse gauche. Tu veux bien me gratter, Bill, s'il te plaît ?

Et l'ex-flic de pousser d'un coup de pied le fauteuil de Tom Crystal, l'envoyant rejoindre un extincteur au bout du couloir.

Sa main va sous le pull de la jeune fille. Il saisit sa taille. Pose son visage contre son ventre. Ils sont étendus à l'arrière du minibus. La nuit est tombée. Anne ignore s'ils écoutent encore de la musique. Daniel lui parle. Sa voix est douce. Il embrasse à peine sa peau, griffe son cou avec sa barbe toute fraîche. Daniel repart demain pour San Francisco. Il est déjà prêt, il a son billet sur la figure. Pas elle. Anne s'abandonne encore à ce jeune homme qui picore son âme. Anne sait que c'est lui, le garçon pour la vie. Elle est à lui, elle a cette étoffe délicieuse pour se vêtir, sourire, elle a Daniel contre sa bouche.

Il dit qu'ils ne doivent pas se revoir. Ne pas essayer de poursuivre leur relation, d'un continent à l'autre, de façon épisodique. Il est le grand réaliste. Il chuchote :

— Anne, you're only sixteen... *Tu as encore rien vécu.*

Elle se tait. Elle ne comprend pas le sens de tout cela. Elle sait simplement qu'elle s'en fout, à seize ans, de ne rien avoir vécu.

— Tu as les études, et c'est plus important.

Il ne veut pas qu'elle prenne de risques. Anne ne

sait pas ce qu'il entend par là. Mais elle veut bien le croire, elle veut bien croire tout ce qu'il lui dit, si ça peut lui redonner son sourire.

— Nous allons pas nous revoir pendant longtemps, ni écrire, ni téléphoner...

Anne caresse les lèvres de Daniel, les yeux fixés sur le col de son pull noir ; elle voit bien la frontière entre la laine et la peau.

— Tu comprends ? Si on fait pas ça, on souffrira. Je sais que je craquerai. Je viendrai te voir et bousiller ton avenir, our future.

Anne n'a jamais supporté le contact avec les fibres de laine. Ça la démange horriblement. Daniel ordonne les choses dans sa tête. Il essaye d'aller jusqu'au bout. Il pense à ses études. Il ne veut pas reprendre l'hôtellerie familiale. Il a des projets, d'autres projets. Ils n'étaient pas censés en arriver là.

— Mais quand ce sera le moment, quand tu seras prête, quand je serai prêt, je viendrai te chercher. Anne, un jour, tu verras. Je serai là.

Des larmes brûlent les yeux de la jeune fille. Elle ne sait pas ce que cela veut dire « quand tu seras prête ». Elle imagine que Daniel évoque sa virginité, celle qu'elle aurait tant voulu lui offrir, et dont il n'a pas voulu. Il embrasse son visage sans respirer, s'imprègne de cette fille qu'il va bientôt quitter.

Une bruine envahit le village assoupi. Ils sont sortis du véhicule. Daniel entoure les épaules d'Anne. Leurs pas les mènent vers la maison où la jeune fille devrait être endormie depuis minuit. Sa montre indique cinq heures moins dix. Mais qu'importe l'heure du déchire-

ment. Daniel et Anne vont casser tout ça. Ils vont, avec conviction, appuyer sur le bouton, faire tout exploser.

Dans l'obscurité, Anne voit la maison se rapprocher. Daniel marche tête baissée. Le bitume luit sous ses chaussures. Il lui a donné l'écharpe qui embrassait son cou, elle lui a fait don d'une boucle d'oreille, un petit point rond qu'il a aussitôt mis à l'oreille. Ils croient encore à la magie des babioles. Anne ne ressent pas encore la douleur propre au déchirement, seulement la montée d'une nausée. Parvenue à la maison, elle se blottit contre Daniel dont le visage n'a jamais été aussi pâle. Cinq heures sonnent à la cloche de l'église. Ils sont soudés, front contre front.

— J'y arrive pas.

Il n'y arrive pas. À briser l'étreinte. Reculer. Abandonner Anne sur un trottoir. Des larmes glissent sur ses joues.

— Je ne peux pas.

Leurs vies se sont additionnées. Daniel s'écarte à peine d'Anne qu'une vive douleur au ventre lui arrache un cri. Ils demeurent ainsi, enlacés devant la maison, collés par la sève de l'amour.

Puis, il y a cette lumière, au troisième étage de la maison – la chambre des parents. Ils ne dorment pas. Ils ont sans doute réalisé au milieu de la nuit que leur fille n'était pas dans son lit. Leur fille, elle est en bas, dans les bras de Daniel, avec des pleurs de garçon sur la bouche.

— Daniel.

— Je ne peux pas...

— Va-t'en.

— Je ne peux pas...

— Va-t'en.

Anne pousse contre son torse. Daniel vacille, recule, recule encore, vaillant petit soldat remis sur le droit chemin, puis, son regard, ce pauvre sourire, tout disparaît. Daniel a pivoté. Il fait deux pas. Trois pas. Un quatrième. Il doit remercier Anne de l'avoir ainsi poussé, Anne qui a mis là ses dernières forces, qui chavire contre le mur de la maison. Le crépi mord ses doigts. Elle serre plus fort les paumes. À présent, ce sont ses propres larmes sur son visage. Sa vision se trouble. Entre ses sanglots, elle murmure des encouragements que Daniel ne peut entendre. Il est à vingt mètres, immobile sous un réverbère, sa silhouette tendue vers la lumière. Il a relevé la tête, entrouvert la bouche pour boire la pluie. Il passe une main sur sa nuque.

Pourquoi n'avance-t-il plus ?

Pourquoi ne la laisse-t-il pas toute seule ?

Et puis il y a ce bruit derrière Anne qui la fait sursauter.

— Qu'est-ce que tu fais là ? C'est à cette heure que tu rentres ?

La première gifle cogne l'oreille gauche et provoque un sifflement aigu. La seconde lui remet les idées en place. Elle n'a qu'une hâte, éloigner son père de là. Il ne doit pas voir Daniel et Daniel ne doit pas le voir lever la main sur elle. Anne se précipite à l'intérieur de la maison, grimpe l'escalier, ouvre la porte de sa chambre, ôte chaussures, pull et pantalon, et se couvre entièrement de la couette. L'écharpe mauve de Daniel enserre son cou. Ses joues sont brûlantes. Le père a frappé fort. Mais cette douleur n'est rien à côté de ce qui s'est installé là, dans ses entrailles, bien au chaud, avec ses petits crocs.

Bill a mis quelques bûches à flamber dans le poêle. Un vieux 33 Tours de Chet Baker tourne sur son axe. C'est l'album *Riverside* dont les séances d'enregistrement s'échelonnent du 30 décembre 1958 au 19 janvier 1959. Chet était alors sous contrat chez *World Pacific Records*. Trois collaborateurs de Miles Davis se trouvent également sur l'album : le bassiste Paul Chambers, Philly Joe Jones à la batterie et Bill Evans au piano. *Alone together, It never entered my mind, September song, You and the night and the music...* Bill s'est installé sur le canapé avec sabots et lunettes de vue. Sur la table basse, quatre club-sandwichs, une bière et les éléments rapportés ce matin de l'affaire Harlig. Le borsalino d'Anne, oublié dans le pick-up, est posé à côté du dossier, tel un grigri porte-poisse.

Son poignet droit le lance.

L'espoir d'innocenter Anne fond comme du beurre dans une poêle.

Plusieurs points confirmeraient plutôt sa culpabilité.

Bill a relu le compte rendu du médecin légiste faisant état de cette fameuse marque au cou indiquant une contention, un frottement de tissu dont une fibre a été prélevée dans la plaie.

« Cette fibre de coton mauve n'appartient à aucun vêtement porté par la victime. »

L'indice avait-il été conservé au labo ? Était-il seulement encore exploitable ? Pouvait-on aujourd'hui imaginer tirer une information de l'ADN présent sur cette fibre ? Peu probable. Bill imagine la scène. Anne se retenant à Daniel en tirant sur l'écharpe qui entoure son cou puis dans un accès de colère, tentant de l'étrangler. Mais il a toujours un problème avec ça : on n'a retrouvé ni foulard ni écharpe sur le lieu du crime. Et d'après la liste des vêtements que portait Daniel ce jour-là – établie d'après la description fournie par sa copine et ce qu'il portait réellement sur lui lorsqu'on l'a découvert –, il n'y avait pas d'écharpe. Anne devait donc l'avoir emportée avec elle. Cela concorderait avec l'empreinte partielle de chaussure relevée sur le terrain indiquant qu'une personne aurait marché dans le sang – empreinte qui s'était avérée inexploitable.

« La tête de la victime a été soulevée ; des traces de sang situées plus haut dans la chevelure indiquent que le crâne a été manipulé. »

Anne serait descendue voir si Daniel était encore en vie et aurait emporté l'écharpe. Mais pourquoi avoir pris un tel risque ? Et qu'avait-elle fait ensuite ? Avait-elle délibérément abandonné Daniel à son sort ? La lecture du témoignage de Mr Alexander Stone, garde forestier demeurant à Stinson Beach, pouvait apporter un premier élément de réponse.

« Il devait être pas loin de 6 heures parce que la nuit tombait. J'étais à environ 4 miles de Stinson Beach quand j'ai baisser la vitre pour jeter ma cigarette. Je me souviens, il y avait beaucoup de vent. À ce moment-là, j'ai entendu des cris aigus. J'ai d'abord pris ces cris pour ceux d'une femme. J'ai tourné la tête et j'ai vu une Estafette garée sur le bas-côté et deux corbeaux sur le talus. Mais je ne me suis pas arrêté. Sur le coup, je me suis dit que c'étaient les oiseaux qui avaient poussé ces cris et que le vent dans la falaise avait amplifié le son, créant une illusion auditive. Ça m'arrive souvent dans la forêt. Quand j'ai lu deux jours plus tard dans la presse qu'on avait retrouvé un gamin sur la falaise, j'y ai repensé. Ça m'a fait froid dans le dos. J'aurais dû m'arrêter. Les cris étaient sûrement les siens. J'aurais pu sauver ce petit gars. »

Plus vraisemblablement, les cris que Mr Stone avait perçus étaient ceux d'Anne appelant au secours. Bill avait écarté ce témoignage dès le début de l'enquête pour la simple raison qu'il ne correspondait pas avec l'heure présumée du décès établie à 22 heures, en omettant les quatre heures d'agonie.

Deux autres témoignages pouvaient concorder avec l'hypothèse qu'Anne était bien à San Francisco ce jour-là : *primo*, celui de Mrs Harlig. La mère de Daniel avait entendu son fils parler à quelqu'un sur le pas de la porte vers midi. Qui d'autre qu'Anne, se présentant par surprise au domicile de ses parents, pouvait bouleverser Daniel au point de le faire déguerpir aussi vite, renonçant à révéler à sa mère sa grande nouvelle ? *Secundo*, le témoignage d'une voisine des Harlig, Mrs Connie Shorter. Elle avait aperçu le van de Daniel quittant Cole Street à la même heure.

« Il y avait quelqu'un à côté de lui. Mais je n'ai pas bien vu si c'était un homme ou une femme à cause du pare-soleil rabattu sur le pare-brise. »

Bill n'avait pas non plus jugé ce témoignage important dans la mesure où il n'établissait aucun lien entre la présence de Daniel chez sa mère vers midi et son assassinat dix heures plus tard sur Shoreline Highway. L'ex-inspecteur soupire. Dans son malheur, Anne avait eu beaucoup de chance : elle était tombée sur le plus crétin des flics de la baie de San Francisco.

Il s'empare du borsalino et le fait tournoyer sur son index gauche. Comment avait-elle pu repartir du lieu du crime sans être vue ? Et comment avait-elle rejoint San Francisco ? Marcher jusqu'à Stinson Beach était la solution la plus évidente. La ville était à moins de 4 miles. Mais comment avait-elle regagné la City ? Il n'y a plus d'autocar après 17 heures. Avait-elle fait du stop ? Avait-elle dormi à Stinson Beach ? En 1986, sa déesse était à peine âgée de dix-huit ans. Elle ne devait pas être bien épaisse ni assez riche pour se payer l'hôtel. De toute évidence, Anne avait bénéficié d'une aide.

Tout en décapsulant une deuxième bière, Bill se penche sur l'audition de Donovan Western – mis en garde à vue le 23 décembre 1986, soit quarante-huit heures avant Shamron Garrard. Sa première piste. Donovan s'était présenté de son propre chef aux autorités de Marin County, se vantant de connaître le coupable. La lecture de ce témoignage qui, à l'époque, lui était apparu totalement farfelu s'avère à présent troublante. Bill souligne trois phrases au stylo-feutre, serrant le capuchon entre ses dents :

« J'ai sauvé une mouette de la noyade. Elle avait du sang sur les plumes, je l'ai nettoyée, maintenant, elle va bien mieux. Elle m'a fait une offrande. »

L'homme s'est redressé sur le canapé.

Les stores baissés sur la baie vitrée transforment la pièce en salon ordinaire, oublieux de l'océan. Le 33 Tours craque comme des biscottes sur *'Tis Autumn*. Bill recrache le capuchon sur la table, laissant échapper un juron.

Foutu Donovan !

Si la théorie que Bill échafaude est la bonne, il est probable que ce qu'il considère comme l'arme du crime soit encore à Stinson Beach. Il se pourrait même qu'il l'ait eue à portée de main.

— Bill ? C'est Mat'…

L'appel du fils de Martin Falter, son ex-coéquipier, le dérange en pleine réflexion.

— Salut, fils. Ça boume ?

La voix de Matthew est voilée, comme s'il couvait une grippe.

— Je donne un coup de main à Martinetti et Adams. Ils enquêtent sur un meurtre.

Les deux inspecteurs entrevus dans la salle d'attente du Mission Emergency Hospital. Une affaire pas guillerette. Le père a battu sa fille à mort.

— Lui est chauffeur de taxi. La gamine faisait des études à Berkeley.

Un instant, les visages ravagés du couple d'Asiatiques reviennent en mémoire à Bill.

— Pour arrondir ses fins de mois, elle faisait des passes sur Tenderloin. Ce sont des Asiates. Le père a découvert le pot aux roses en reconduisant des clients qui sortaient d'un spa. Les types avaient fait des photos de la gosse en pleine activité manuelle... La petite n'avait pas froid aux yeux.

— Qu'est-ce que je peux pour toi, Mat' ?

Matthew éclaircit sa voix.

— J'ai en face de moi une femme qui prétend être une amie à toi. Elle dit aussi qu'elle a bien connu mon père. Le *China Health Spa*, ça te dit quelque chose ?

Le bras du tourne-disque revient dans son logement. Bill blêmit. L'image de la chambre du Lotus aux murs maculés de sang où Martin Falter s'est tiré une balle se juxtapose avec celle de Zhu chantonnant le refrain d'une chanson pop cantonaise, agitant doucement ses petits seins.

Anne quitte Bussang deux jours après Daniel. Deux jours dont elle ne garde aucun souvenir. De retour à Nancy, elle ressent cruellement l'absence de Daniel. Sa chambre la protège du regard des autres ; elle se calfeutre. Sur sa chaîne stéréo passe l'album de Foreigner avec la chanson dédicacée. Elle sanglote, héroïque.

Anne adresse un courrier à Daniel une semaine après leur séparation. Seulement ces mots : « Appelle-moi. » La jeune fille a encore un certain ascendant sur son amoureux et le téléphone sonne un soir vers 20 heures. Daniel souffre de cet excès de faiblesse ; il regrette d'avoir dérogé si vite à la règle qu'il s'était fixée. Daniel ordonne de ne plus écrire. Ils devront poursuivre leur vie chacun de leur côté, comme si de rien n'était, et youpi. Anne promet. Il n'y aura pas d'autres entorses au règlement.

Elle sait qu'il lui faudra tenir plusieurs mois sans Daniel. Un an. Peut-être deux. Puis il viendra, fidèle à sa promesse. Son sentiment est nu, sa nuque courbe, Anne va goûter aux délices de l'abandon.

Ses retrouvailles avec Éric sont une épreuve dont

elle décide rapidement de s'affranchir. Anne avoue à son petit ami sa rencontre avec un autre garçon, la disparition de sentiment amoureux à son égard et l'impossibilité dans laquelle elle est de lui jouer la comédie. Éric ne laisse rien paraître. Il lui dit seulement être touché par son aveu et douter pouvoir s'en remettre un jour. Depuis le canapé du salon des parents du jeune homme, leurs visages baignés par le soleil de janvier, Anne et Éric ont grandi soudain, avalé tout rond le dernier morceau de leur adolescence.

Cette séparation l'avait certes soulagée, mais les bras d'Éric lui apportaient un réconfort dont elle avait décidé trop vite de se passer. Si Anne ne supportait plus le mensonge de cette étreinte, l'épreuve de la solitude allait être plus destructrice. Son quotidien se résumait à une absence : celle de Daniel. La nuit rendait ce manque plus pénible encore. Son corps avait faim de ses caresses et de sa bouche. Anne portait en elle Daniel dès le réveil ; il hantait ses jours tel un fantôme, la regardait s'habiller, se maquiller, déjeuner, l'accompagnait au lycée dans l'autobus et ils arrivaient généralement en retard au cours de géographie.

La certitude d'avoir vécu quelque chose d'exceptionnel abrasait son sens des réalités. À cette période, la maladie de sa mère empirant, sa grand-mère avait décidé d'en appeler à Dieu. Mamie s'installa définitivement chez sa fille, s'arrogeant la chambre d'amis ; la prière devint obligatoire avant chaque repas et la lecture de la Bible remplaça les soirées télé. Touchée par la disgrâce, la mère d'Anne était une sainte, une martyre, l'élue de Dieu en Meurthe-et-Moselle, et lorsque le monde serait prêt à entendre ce miracle, elle guérirait. Le Ciel et la grand-mère d'Anne communiaient admirablement. Sa mère se sentait plus forte et son père aussi inutile qu'une vis sans écrou.

Un vendredi soir, alors qu'il revenait de la librairie avec ses livres de comptabilité, la grand-mère d'Anne pria son père de déguerpir car sa présence n'était plus indispensable auprès de son épouse. Le combat devenait inégal. Aucun mari n'est de taille à abattre une belle-mère catholique.

Dieu, Anne lui aurait bien flanqué un coup de pied au cul si seulement elle avait cru un instant à son existence. Mais elle avait son trésor, son Daniel, sa boîte de Pandore. Dieu avait moins d'importance, il ne faisait que passer dans la cuisine aux heures des repas.

L'amour talisman se transforme bientôt en peau de chagrin. Anne finit par livrer à ses camarades le secret de son cœur, fière d'être cette fille élue par Cupidon – et sur laquelle tous les autres garçons vont se casser les dents. Seule, son amie Isabelle croit à la fable de Daniel. Isabelle écoute trop les disques de Bob Marley en fumant des Camel.

Le regard des autres salit le bonheur de sa vie. Pire. Certains camarades bien intentionnés analysent le comportement de son amoureux. On galvaude Daniel. Il devient séducteur des neiges, collectionneur de flirts à gogo. On s'étonne de la naïveté d'Anne aux confins de la bêtise, on ne cherche pas midi à quatorze heures, elle s'est laissé berner, Anne est une andouille. Elle entend, rentre les épaules, retient son souffle, s'inflige cette autre peine qui consiste à voir son idéal fustigé par autrui et renonce à rallier quiconque à sa cause. Ainsi, en quelques mois, Anne perd-elle l'essentiel de ses relations. Elle croit être seule à connaître la véritable saveur de l'amour.

Anne prêche pour un mirage.

Au printemps, la jeune fille tombe malade. Le docteur Vigneulles lui prescrit du magnésium. C'est l'époque où la grand-mère sert Dieu à plein temps, un foulard sur la tête, Bible sur les genoux, recevant des télégrammes du divin par le truchement de versets. Depuis son fauteuil roulant, la mère attend la guérison miracle, et le père – après avoir lu une petite annonce dans la Gazette de l'Hôtel Drouot *– vend la librairie d'art de la rue de la Source pour s'installer au 79 de l'avenue du Général-de-Gaulle à La Baule, au-dessus d'un magasin d'antiquités dont il rachète le fonds de commerce. Il devient urgent pour Anne de se protéger. Elle se replie sur elle-même, va directement de sa chambre au lycée et du lycée à la salle de bains sans passer par les boums. Elle se ferme aux intempéries. Blottie contre son âme, Anne inspire, Anne expire.*

Elle tient en l'état une année. Le réveillon approche. Bientôt, Daniel va surgir, la prendre dans ses bras, la faire grimper dans son Estafette.

Le 31 décembre, les amis du club théâtre ont organisé une fête dans une pizzéria, rue Stanislas. Ce soir-là, elle porte une jupe fendue et des collants brillants. Elle évite de croiser le regard de Joachim qui s'intéresse à elle depuis qu'ils se donnent la réplique dans L'Aigle à deux têtes. *Daniel, elle croit le voir fendre la foule, à chaque instant. Il va surgir, venir vers elle avec deux coupes de champagne au milieu de ses amis qui, au douzième coup de minuit, crieront et s'embrasseront. Anne se tient à carreau, genoux croisés, s'efforce d'être belle, assise sur une banquette de restaurant.*

Daniel ne vint pas cette année-là.

Ni les autres années.

Le réveillon du Nouvel An est pour Anne la célébration de son abandon.

Le 1ᵉʳ janvier, Anne décidait de bouffer du garçon. Il y en aurait beaucoup. De quoi oublier Daniel, si toutefois cela était possible. Anne commencerait par coucher avec Joachim. Puis elle se salirait aussi la tête, laissant toucher son corps par des garçons non désirés, ouvrant sa bouche à d'autres bouches, cherchant la consolation. Des visages sans nom. Des lèvres plus ou moins douces. Des portières de voiture que l'on tient ouvertes. Des sorties de boîtes de nuit. Les mains baladeuses des barmen des Caves du Roy, *place Stanislas. Des célébrités artistiques locales qui croquent volontiers de l'étudiante filiforme. Des garçons pubères plus hauts que son père. Des célibataires vendeurs de cuirs, trop parfumés et maniaques, affichant à l'entrée de leur chambre à coucher un panneau sur lequel est écrit : « Terrain de chasse. Privé. Défense d'entrer. »*

À dix-huit ans, Anne ne pesait pas grand-chose. Elle aurait pu s'envoler dans un courant d'air. Anne et sa mère concouraient pour le premier prix de maigreur. La maman allait bientôt gagner.

Deux années venaient de s'écouler. Anne avait vu glisser dans le sablier chaque petit grain. Deux années de torpeur durant lesquelles, chaque nuit, elle s'effondrait sous le poids du sommeil après avoir guetté le bruit d'un caillou jeté contre la fenêtre, la silhouette d'un jeune homme derrière les rideaux, un Daniel venu pour l'enlever à sa collection de garçons, à la maladie de sa mère et au bon Dieu sans confession.

Longtemps après, où qu'elle aille, Anne avait encore ce réflexe. Imaginer qu'il surgirait au coin d'une rue, d'une allée de supermarché. Daniel la retrouverait un jour, quelle que soit son adresse, la ville où elle ferait sa vie, puisqu'il l'avait promis.

À moins qu'elle ne se décide à faire le voyage elle-même, un 20 décembre, après avoir embrassé le front humide de sa mère et vidé son livret de Caisse d'épargne de jeune fille trop sage.

La nuit avait été rude.

Son passage aux bureaux du Vice s'était avéré plus pénible qu'il ne se l'était imaginé et Penelope n'était pas là pour lui faire un café. Bill avait eu du mal à convaincre Matthew que son père fréquentait le *China Health Spa* uniquement pour ses bains chauds. Il avait aussi bataillé ferme pour tenter d'éviter à madame Lin les tracas liés aux vicissitudes de son commerce. La patronne avait mis les pieds dans le plat, pensant éviter la fermeture de son établissement pour prostitution en pariant sur d'antiques relations. Cette fois, son business ne s'en remettrait pas. Dans cette histoire, Bill avait aussi bien failli y laisser des plumes ; une chance que Matthew ait été appelé en renfort sur l'affaire. Martinellli aurait été moins coulante avec le retraité. Les femmes inspectrices ont vite fait de coller en taule le client régulier sans chercher à savoir si le gars a reçu par le passé quelques belles médailles dans la police ou si les massages qu'on lui prodigue sont les derniers remparts de tendresse avant le naufrage.

Sur le tableau de bord, le borsalino a repris sa place. Manque plus qu'une loupiote pour qu'il clignote. Potrero Avenue, Bill a hâte de retrouver sa déesse. Pour se faire pardonner son emportement, il lui a acheté des fleurs – un bouquet de roses abricot, la même couleur que ses joues lorsqu'elle passe à la télévision. Au réveil, et parce qu'il n'avait pas dormi ses six heures de sommeil réglementaires, il s'est senti plus las que jamais. Son poignet droit le faisait souffrir. Pas eu le courage de se préparer un breakfast ni d'aller courir.

De son côté, Anne s'est réveillée vers 7 heures. Tom Crystal lui a rendu visite avant la fin de sa garde. Il a ensuite appelé Bill pour lui demander s'il ne voyait pas d'inconvénient à ce qu'elle reste au lit encore quelques jours, le temps pour Tom de la convaincre qu'elle est destinée à vivre une grande histoire érotique avec un médecin chauve. Bill en a alors conclu qu'Anne était sortie d'affaire.

Reste à savoir ce qu'il va décider : aller au bout de la vérité au risque de confondre Anne, ou bien se taire. Pour l'instant, il n'en a aucune idée. Si sa déesse s'avère être coupable d'un meurtre, crime passionnel ou pas, il serait logique de lui demander des comptes. Mais pour ça, au regard des fautes qu'il a commises au cours de sa navrante existence de flic, Bill n'est pas convaincu d'être la personne appropriée.

Ce n'est qu'une fois devant la porte de la chambre avec le bouquet de fleurs, lorsqu'il découvre la pièce vide, que Bill cède au découragement. Vaine tentative pour la joindre sur son portable. Renseignement pris auprès du personnel, Anne Darney a quitté l'hôpital aux environs de 9 heures.

— Elle n'était pas censée sortir à midi ?

— La patiente nous a signé une décharge.

Anne avait deux heures d'avance sur lui. Et en deux heures, elle pouvait en faire des bêtises.

Le premier réflexe de Bill est de rouler jusqu'au *Phoenix Hotel*. Mais la cliente a déjà réglé sa note.

— Vous n'avez pas idée de l'endroit où elle a pu aller ?

La jeune femme à l'accueil lève un sourcil, faisant bouger le piercing logé dans l'arcade.

— Elle m'a demandé de lui appeler un taxi parce que le numéro qu'elle avait ne répondait pas. Elle m'avait tout l'air d'aller prendre l'avion.

Bill rejoint d'un pas lourd le parking de l'hôtel. Anne a filé sans au revoir ni merci. S'il doutait encore de sa culpabilité, cette fuite est un aveu grossier.

— Monsieur !

L'homme se retourne. La fille au piercing agite un bras dans sa direction.

— Nous avons son manteau ! Il vient d'être livré par le pressing !

Le vêtement sous sa housse plastique a rejoint le bouquet de fleurs sur le siège passager. Direction l'aéroport. Bill a appelé Matthew. Lui seul peut l'aider. Bill voudrait accéder aux listings des passagers des prochains vols pour Paris. Mais Matthew fait le difficile.

— Écoute, Bill, avec ce qui s'est passé hier, c'est peut-être pas le moment de me demander de fourrer mon nez là où je risque de trouver des emmerdes. C'est qui au juste, cette Anne Darney ? Une pute que tu veux mettre au vert ?

Bill s'était énervé un poil, manquant de provoquer un carambolage sur l'autoroute 101. Celui qu'il appelle

« fils » depuis plus de vingt ans, dont il a financé en grande partie les études et qu'il a protégé de vérités pas correctes au sujet de son père avait tort de se montrer si peu respectueux envers une ambassadrice de la gastronomie française.

— Tu ferais mieux de me trouver fissa les infos que je te demande sinon, à minuit, je serai dans ton salon déguisé en Père Noël, une bouteille de whisky à la main et un flingue dans l'autre pour faire un carton sur les médailles de Papi devant les gamins en pyjama. Et si cela ne suffit pas, j'exploserai le four à pain de Cherry en le balançant dans la cheminée !

Bill sait trouver les arguments quand il le faut. Un quart d'heure plus tard, il avait confirmation qu'aucune passagère du nom d'Anne Darney n'était prévue sur les vols à destination de la France en ce 24 décembre.

Vers 13 heures, Bill avait repris la route pour Sausalito avec des crampes d'estomac et une furieuse envie d'alcool. La douleur au poignet empirant, la conduite devenait pénible. Il avait rappelé Tom Crystal pour avoir l'assurance qu'Anne n'était ni agitée ni angoissée à son réveil.

— Elle avait plutôt l'air d'une nana qu'on vient d'opérer des ovaires et qui prend conscience qu'elle ne pourra plus jamais pondre de morpion.

Une chose était claire : sur la falaise, Anne avait recouvré la mémoire. Elle savait la vérité sur la mort de Daniel. Et elle pouvait très bien d'un instant à l'autre décider de fuir vers un autre État, de se livrer à la police, ou de se foutre en l'air.

Consternant.

Pour la première fois, en descendant du pick-up sur le parking de Yellow Ferry Harbor, le manteau d'Anne jeté sur l'épaule, un borsalino dans une main et un bouquet de roses fanées dans l'autre, Bill Rainbow s'abandonne au sentiment de manque que cette femme lui inspire.

Ce réveillon de Noël prometteur s'annonçait maintenant comme le plus sinistre de son existence. Voilà vingt-quatre heures, il croyait encore au miracle, à la fin d'une mise en quarantaine opiniâtre, à la performance de l'alcoolique repenti, au miracle des dragées à la réglisse, aux bienfaits de la naturothérapie, au blabla bouddhiste, à la lumière de l'autre côté de l'étang : il avait vu une déesse traversant l'océan tomber toute crue dans son assiette. Que lui restait-il ? Des babioles. Un manteau gris oublié dans un hôtel et un chapeau de femme abandonné sur un tableau de bord. Bill passe devant la rangée de boîtes aux lettres et s'engage sur le ponton de bois qui zigzague entre les habitations flottantes.

Il sait ce qui lui reste à faire.

Balancer tout ça à la flotte.

Fermer la maison.

Emporter toute la bouffe et le vin au bungalow, faire une grosse fricassée et se saouler à mort avant de rejoindre la dame de l'étang avec une corde en nylon autour du cou, reliée à un gros caillou.

— Bonjour, lieutenant Rainbow.

Elle est là, sous un ciel gris laiteux, le menton enfoui dans son écharpe, les mains dans les poches de son blouson. Anne est assise sur le coffre en bois à l'entrée du house-boat, une valise, son sac à main et un paquet à ses côtés. Le plus malaisé pour Bill est de cacher son émotion. Sortir de son pantalon les clés de la main gauche sans flanquer une partie de son chargement à l'eau ne s'avère guère plus évident.

— Je peux vous aider ?

Anne a son sourire doux, celui qu'on fait aux enfants. Délicatement, elle s'empare du chapeau et du bouquet, remarquant les fleurs fanées.

— Elles ont soif, vos roses.

Bill s'est figé devant elle. Il se laisse dépouiller.

— Bonjour, Anne. Vous êtes très belle.

— Bill, je sors de l'hôpital.

— Vous êtes très belle.

Les clés entrent dans la serrure. Bill soupire.

— Pourquoi vous ne m'avez pas attendu ce matin ? Le médecin vous a bien prévenue que je viendrais vous chercher ?

Elle s'excuse. Elle voulait rentrer à l'hôtel se doucher et plier bagages.

— Je n'aime pas les hôpitaux. C'est à cause de ma mère.

Bill pousse la porte de la main droite, tenant le manteau de l'autre, occultant son poignet en souffrance.

— Vous avez apporté votre valise ?

Le regard d'Anne est en partie caché par la frange de ses cheveux. L'idée de passer une autre nuit au Phoenix Hotel lui était très désagréable.

— Il faut que je trouve un autre hôtel pour ce soir.

Bill sourit. Il a une petite idée de l'endroit où elle pourrait dormir.

— Faudra penser à recharger votre portable. J'ai essayé de vous joindre toute la matinée.

— Je sais. Mon chargeur est resté à Paris.

Il saisit le bagage d'Anne et le porte à l'intérieur avec la satisfaction béate du pêcheur qui rentre chez lui, un magnifique brochet luisant dans sa besace.

Lorsque Bill avait hurlé à ses oreilles sur la falaise, la serrant à l'étouffer, tout était revenu brutalement à sa mémoire.

Le van de Daniel franchissant le Golden Gate Bridge. La traversée de Mill Valley. La forêt de Muir Woods qu'il tenait tant à lui montrer. La route qui serpente le long de la falaise et le silence troublant de Daniel. La dispute sur le terre-plein au moment où il s'était décidé à lui dire enfin la vérité.

— Pardonne-moi, mais ma vie est avec Sydney.

Anne s'est revue ôter de son cou l'écharpe qu'il lui avait confiée deux ans auparavant, entourer la nuque de Daniel tout en couvrant son visage de baisers et de larmes, refusant sa décision, le suppliant de quitter cette fille.

— Anne, c'est fini. Sydney est enceinte.

Elle s'est souvenue du désespoir qui l'avait alors déchirée, de ses hurlements et de ses poings jetés contre Daniel, de la force que la colère déchaînait en elle, ramenant ces jours et ces nuits d'attente, cette solitude abyssale, ces garçons étreints par dépit, anéantissant son projet de vie ailleurs, avec lui, loin d'une mère mourante, d'une grand-mère frappadingue et d'un père en fuite.

— Vous aviez raison, Bill. Daniel est mort par ma faute. Mais c'était un accident. Daniel a voulu se débarrasser de moi en me poussant en bas de la falaise. Pour ne pas tomber dans le vide, j'ai saisi les pans de son écharpe.

Elle s'y est agrippée machinalement, faisant pivoter Daniel sur le côté par un effet de contrepoids, le précipitant à sa place sur les rochers. Installé dans le fauteuil aux accoudoirs usés, Bill fait tourner une tasse de café entre ses mains.

— Pas de témoins, un chemin peu accessible en contrebas de la route, c'est l'endroit idéal pour se débarrasser d'une fille plutôt encombrante comme vous.

Anne a repris place sur le canapé, coudes repliés sur le ventre. Elle décrit les instants où, hagarde, elle s'est laissée glisser jusqu'à Daniel, écorchant ses bras et ses genoux, pour tenter de lui porter secours.

— Il y avait du sang qui coulait derrière sa tête. Il semblait ne plus respirer. La nuit tombait, j'étais totalement perdue.

Anne a appelé à l'aide mais personne n'est venu se garer sur le terre-plein. Elle a alors pris la décision de fuir, retirant l'écharpe du cou de Daniel – unique preuve susceptible d'indiquer sa présence sur les lieux.

— Son frère Philip l'aurait forcément reconnue. Il savait que Daniel me l'avait donnée à la fin de son séjour à Bussang.

Tranquillement, Bill s'occupe à l'assemblage des pièces du puzzle, découvrant les détails manquants. Il imagine sa déesse, une vingtaine d'années à peine, jetant des regards effarés autour d'elle, tombant nez à nez avec les corbeaux du talus, gras comme des dindes, répondant à ses cris par des croassements.

— Et ensuite, qu'est-ce que vous avez fait ?

— Je ne savais pas conduire, j'ai laissé le van sur le terre-plein. J'ai marché sur la route jusqu'à la ville la plus proche.

— Stinson Beach.

Anne porte une tasse de thé au bord de ses lèvres.

— Il faisait nuit quand je suis arrivée. Et très froid aussi. Il n'y avait personne dans la rue principale. Je me suis dirigée vers l'arrêt d'autocars mais le dernier était passé depuis longtemps.

— Qu'est-ce que vous aviez fait de vos bagages ?

Elle s'était présentée à Cole Street directement après être descendue d'avion. Daniel l'avait trouvée là, devant la porte du domicile de ses parents, avec sa petite valise et une écharpe mauve parfumée à la vanille. Il avait compris que cette fille ne le laisserait jamais tranquille.

— Daniel a déposé ma valise à un hôtel dont ses parents venaient de prendre la gérance, soupire Anne.

— Le *Phoenix Hotel* ?

Elle acquiesce.

— Votre nom doit certainement encore figurer sur les registres.

— Non. Il avait donné un autre nom que le mien. Je m'en suis aperçue lorsque j'ai demandé ma note à l'époque.

Bill hoche la tête.

— Un petit malin. Il avait prémédité son coup. Personne ne devait pouvoir le relier à vous. Où avez-vous passé la nuit ?

Il y avait bien un hôtel non loin de la route principale de Stinson Beach, mais Anne n'y était pas allée.

— J'avais du sang sur les mains. J'ai marché vers la plage.

Elle se souvient encore d'avoir traversé un parking envahi de mouettes.

— C'était étrange... Les oiseaux s'écartaient à peine de mon chemin sans même un battement d'ailes. Ils paraissaient endormis. J'avais l'impression qu'à tout moment, un rien pourrait les effrayer, que les mouettes allaient s'envoler en poussant leurs cris et attirer l'attention sur moi.

Anne a marché jusqu'à la mer. La nuit était claire, on pouvait distinguer l'écume à la surface des vagues.

— J'ai retiré mes chaussures, mon jean, et je suis entrée dans l'eau jusqu'aux cuisses pour laver mes mains et ma figure.

Anne frissonne. Bill sourit.

— L'eau ne devait pas être bien chaude.

— C'était comme une brûlure.

— C'est à ce moment-là que vous vous êtes débarrassée de l'écharpe ?

Anne confirme. L'objet était caché dans son sac à main.

— Elle était couverte de sang. Je l'ai jetée à la mer.

Anne s'est tue. Ce souvenir engendre en elle un trouble palpable. Le silence encombre bientôt le salon. L'ex-flic repose sa tasse sur la table basse, à côté d'un vase en terre cuite rempli d'eau fraîche où des boutons de rose redressent la tête.

— Je vais faire du feu.

L'homme rejoint le poêle et y jette du petit-bois. Puis, il écrase des feuilles de vieux journaux entre ses

349

paumes. Sur une des pages, Anne entrevoit Obama au jour de sa victoire. Le visage radieux se rétracte avant d'être roulé en une boule compacte.

— Vous n'avez pas fait que jeter l'écharpe, Anne.

Accroupi devant le poêle, Bill craque une allumette. Des brindilles crépitent au cœur des premières flammes.

— Une petite histoire : celle de la jeune fille qui avait tenté de mettre fin à ses jours en se laissant emporter au large par le courant.

Une deuxième allumette est jetée sous le petit-bois et le papier.

— Seulement, à cet endroit de la plage, il existe un fameux tourbillon. Et la mer vous a ramenée à votre point de départ. Vous avez dû vous échouer sur le sable.

Anne s'est levée pour faire quelques pas le long de la baie vitrée. Dehors, une brume vient caresser la surface de l'eau bleu marine. Bill glisse une première bûche dans le poêle.

— Ce que vous ignoriez, déesse, c'est qu'il y avait quelqu'un sur la plage. Quelqu'un qui vous a vue vous jeter à l'eau. Ce quelqu'un vous a secourue et vous a ramenée chez lui. Une cabane de pêcheur trois étoiles, derrière les dunes.

Anne croise les bras. Son regard se perd sur l'océan. Elle murmure :

— Les couvertures avaient la même odeur de chien mouillé. L'odeur de votre copain.

— Donovan Western.

Le feu a pris, roussissant les poils de barbe de Bill.

— Venez vous réchauffer.

Agenouillée près de Bill, Anne observe les flammes, mains tendues vers le poêle.

— J'ai passé la nuit dans cette cabane auprès d'un vieux poêle comme celui-ci. Votre ami avait fait griller des pommes et des châtaignes. J'en ai mangé un peu. C'était étrangement bon. Il me fichait tout de même un peu la trouille à cause de son regard et des propos bizarres qu'il tenait. Je n'ai pas réussi à dormir. J'avais froid et j'entendais des sirènes de pompier.

— La caserne de Stinson Beach. Les pompiers ont été appelés pour éteindre l'incendie qui avait pris dans le van de votre chéri.

La chaleur qui se dégage du poêle s'accompagne du parfum bucolique des essences de pin.

— Le lendemain, je suis montée dans le premier autocar qui m'a conduite aux environs du Golden Gate Bridge. De là, j'ai pris un autre autocar pour San Francisco. J'ai récupéré ma valise à l'hôtel vers midi. Daniel avait payé la chambre. Je n'ai donc pas eu à me servir de l'argent que j'avais emporté. J'ai fait appeler un taxi et j'ai repris l'avion pour Paris.

Bill enfourne une deuxième bûche.

— Et vous êtes rentrée chez vous ni vue ni connue.

— Je suis tombée malade dans l'avion.

En dépit de sueurs froides et d'une forte fièvre, Anne a tenu bon jusqu'à la fin du vol. Mais une fois dans l'aéroport, elle a été victime d'un malaise en se rendant aux toilettes. C'est là qu'elle fut retrouvée inconsciente. Trois jours plus tard, elle ouvrait les yeux dans un hôpital parisien avec une pneumonie.

— À mon réveil, je n'avais aucun souvenir de ce qui s'était passé. Je ne comprenais rien à ce qui m'arrivait : pour moi, je n'avais jamais quitté Nancy.

Bill se tourne vers Anne.

— Vous n'aviez pas conservé de preuves de votre voyage ? Quelque chose qui aurait pu vous mettre la puce à l'oreille ? Les billets, le tampon sur votre passeport...

Anne secoue la tête. Dans les toilettes de l'aéroport, quelqu'un l'avait délestée de son sac à main. Et le contenu de sa valise était le même qu'à son départ. Anne n'avait rapporté aucune boule neigeuse ni décapsuleur en forme de *cable car*. Contacté par la police, M. Darney était venu rechercher sa fille, persuadé qu'elle avait fait une fugue mais n'avait pas eu le courage de dépasser les boutiques *duty free*.

— Mon père ne m'a jamais considérée comme une personne ambitieuse.

Anne retire ses bottines et allonge les jambes, rapprochant ses pieds du poêle.

— Vous savez tout.

L'ex-flic s'est redressé, faisant craquer ses genoux.

— Et l'écharpe ?

— Quoi, l'écharpe ?

— Savez-vous ce qu'elle est devenue ?

Anne frotte ses cuisses du plat de la main.

— Je suppose qu'elle a été emportée vers le large.

— Elle est revenue s'échouer sur la plage, tout comme vous. C'est là que Donovan l'a récupérée.

Anne lève les yeux sur Bill.

—... Pour Donovan Western, cette écharpe était une offrande, un cadeau adressé par *sa mouette* – celle qu'il avait vue venir à lui sur un parking au milieu de ses congénères, telle une apparition mystique. Lorsqu'il avait eu vent du meurtre sur Shoreline Highway, il en était naturellement venu à faire le lien avec la jolie jeune fille sur la plage. Mais personne ne l'avait écouté. À commencer par moi... Votre écharpe est probablement encore autour de son cou, noircie par vingt années de crasse.

Bill referme la lucarne du poêle.

— Fin de l'histoire.

À genoux, une femme immobile attend d'être fixée sur son sort.

L'homme regarde sa montre et soupire.

— Anne, il faut s'y mettre. On ne sera jamais prêt à temps.

Puis il s'incline vers elle pour l'aider à se relever.

— Prenez ma main.

Ils ont déjeuné rapidement d'une omelette et d'une salade accompagnées de toasts de pain de mie complet. À 14 heures, le 33 Tours *Blue Train* de John Coltrane – enregistré le 15 septembre 1957, label *Blue Note* – tournait sur le vieil appareil et Anne accrochait autour de sa taille un tablier en coton noir orné d'une énorme aubergine.

— Désolé, je n'ai que ça. Vous voulez le mien ?

Sur le ventre de Bill, un gros œuf à la coque se détache sur un fond rouge tomate. Anne sourit.

Bill a convenu que le dîner de réveillon primait sur les suites éventuelles à donner à l'affaire Harlig, histoire de freiner les ardeurs de cette femme pétrie de culpabilité et de remords, prête à enfiler son manteau tout propre et à bondir presto dans le bureau du shérif pour lui avouer le crime d'une jeune fille. Si elle estime n'avoir rien à perdre, Bill va tenter de la convaincre du contraire. Et le partage de ce repas de Noël pourrait bien remettre un peu de couleur à ses joues, relever son moral d'une pointe d'insouciance.

Quatorze heures cinq. Ordonnancement de la préparation des plats. Avec un temps de prise de trois heures minimum, les desserts sont déclarés prioritaires. D'abord, le *Soufflé glacé à la mandarine*. Répartition des tâches. Pendant que l'une porte à ébullition 20 cl d'eau avec 180 g de sucre, l'autre met les pignons à griller au four, puis pèle les mandarines à vif.

— Vous avez une terrine ?

— Là, sous le plan de travail.

— Vous allez y disposer les mandarines pelées et on va les napper de quatre cuillerées de sirop et de liqueur.

— Combien de cuillerées pour la liqueur ?

— Quatre aussi. Je m'occupe des jaunes d'œuf.

Anne se penche sous le plan de travail pour y attraper un saladier.

Quinze heures. Tandis que Bill fouette énergiquement la crème liquide de la main gauche, Anne incorpore délicatement au mélange les jaunes d'œuf et le sirop.

— On en verse un tiers dans le moule et on répartit quelques quartiers de mandarines et des pignons grillés.

Quinze heures dix. Démarrage du *Sapin au chocolat noir et griottes*. Les ingrédients sont disposés devant les cuisiniers. Bill allume le four à 180° tandis qu'Anne fait fondre au bain-marie 100 g de chocolat noir avec beurre et eau. Les feuilles de brick sont déjà préparées sur le plan de travail, attendant d'être badigeonnées de chocolat fondu.

— Je vous laisse les couper en huit et les disposer sur la plaque de cuisson ?

Bill déroule le papier sulfurisé. Déjà, les tâches s'ordonnent en fonction des postes : à lui, le four. Pour Anne, la cuisson au feu vif.

Quinze heures trente. Tandis qu'Anne verse la mousse de chocolat parfumée au whisky et au zeste d'orange dans une poche à douille avant de la placer au congélateur, Bill fait une première vaisselle.

Quinze heures quarante. Bill s'aperçoit qu'on n'entend plus de musique sur son house-boat et extirpe de sa pochette l'album *Song for my father* d'Horace Silver enregistré en 1964 – toujours sous le label *Blue Note*. De retour à la cuisine, il a un regard ému en découvrant Anne de dos, la taille soulignée par les liens du tablier, le mollet altier et la croupe rebondie, occupée à réaliser un nouveau sirop parfumé aux gousses de vanille grattées. Dire que le verso de sa déesse lui fut caché pendant toutes ces années ! Combien de perspectives nouvelles dans le domaine des combinaisons chimiques et organiques lui sont enfin dévoilées.

— Bill, il faudrait sortir les glaces pour le vacherin.

En trois enjambées, l'homme a rejoint le congélateur.

Seize heures. Anne repousse une mèche aux reflets dorés derrière l'oreille, vérifiant qu'ils ont bien disposé à portée de main les ingrédients indispensables à la préparation des *Langoustes aux mangues*. Elle a entortillé ses cheveux autour d'une baguette chinoise trouvée dans le tiroir des couverts, dégageant sa nuque. Bill multiplie les passages entre la table de travail et l'évier, un torchon sur l'épaule, cherchant prétexte pour se pencher sur le cou de la cuisinière et respirer le parfum de sa peau.

— On y va. Il nous faut 2 litres d'eau bouillante salée au gros sel.

Bill s'y attelle. Ouverture du robinet. La douleur à son poignet l'oblige à reposer la marmite dans l'évier. Penaud, il avoue son handicap au chef qui l'envoie tout de go s'enduire la peau de pommade anti-inflammatoire et lui réclame une bande médicale. Dix minutes plus tard, les langoustes sont plongées dans l'eau bouillante et Anne s'empare du poignet douloureux. Avec soin, elle enroule la bande sans trop la serrer, la nuque penchée sur son ouvrage. Bill ne résiste pas à la tentation de retirer la baguette chinoise des cheveux et se fait gronder.

Seize heures seize. À l'aide d'une paire de gros ciseaux à crans, Anne découpe les crustacés en deux avec la carapace et la tête en prenant soin de ne pas les casser, puis Bill extrait le corail, le passe au tamis et le mélange à une cuillerée à soupe de beurre. Anne poursuit son découpage en sectionnant les bords piquants du corps et les pattes fines.

— Pour retirer la chair des pattes, vous vous souvenez de l'astuce, Bill ?

— Le coup du rouleau à pâtisserie ?

— *Yes*. Ensuite on attaque le fumet.

Anne est tellement investie dans son activité qu'elle a oublié de contacter un central de réservation en vue de dénicher un nouvel hôtel. Bill s'abstient de la déconcentrer en mentionnant ce détail.

Seize heures quarante-six. Sous le prétexte fallacieux de savoir si la *french cuisinière* a apprécié son cadeau, Joey Panforte dérange Bill en plein boum en appelant sa ligne fixe.

— On n'a pas le temps, vieux. On est très occupés.

— Ah bon ?

— Je dois retirer les demi-langoustes de la casserole et ôter l'intestin.

— C'est chouette.

— Après on attaque le filet de biche. C'est moi qui vais ficeler la viande.

— T'es qu'un veinard, vieille raclure !

Confuse, détournant la tête de son ouvrage (le concassage des os de biche), Anne réalise qu'elle a laissé le CD offert par Joey dans la boîte à gants du pick-up. La chaleur combinée du four et des feux vifs tournant à plein régime l'ont rendue aussi rouge que les langoustes cuites. Bill doit penser à l'hydrater. Après avoir souhaité un joyeux Noël à Joey, il retire deux bières du réfrigérateur. Lorsqu'il se retourne, Anne a escamoté son pull. Elle est en débardeur assortie à l'aubergine de son tablier. Vêtement conçu pour dévoiler la beauté de ses épaules, le galbe de la poitrine. L'homme est déconcerté. Il se pourrait bien que ce soir, après des années vécues dans l'impiété, à mentir à sa mère, au prêtre et à la Sainte Vierge, à jeter son chapelet dans les toilettes pour pisser sur le bon Dieu et mieux l'offenser en glissant une main dans la culotte des filles sur les bancs de l'église, il se mette à croire aux miracles et au petit Jésus.

— Merci, c'est gentil : je meurs de soif.

Bill Rainbow ne tient plus qu'une bière bien fraîche

par le goulot. L'autre est portée contre les lèvres brûlantes de la cuisinière aux bras nus.

Dix-sept heures dix. La guirlande éclaire le pont dont les contours disparaissent sous un crépuscule vaporeux. La température extérieure est tombée à cinq degrés. Le champagne et les huîtres ont été mis dehors à rafraîchir. Bill a rajouté des bûches dans le poêle. La cuisine chante les saveurs de gibier, d'ail et de vin rouge d'une sauce onctueuse, effaçant celles du fumet de crustacé. Des échalotes cuites dans le beurre rejoignent bientôt les girolles et les cèpes parsemés de persil, estragon et cerfeuil, prenant le pas sur les effluves de jus de viande.

— Je vous laisse mettre les champignons sur une planche, les couper au couteau et ensuite ajouter le foie gras.

Anne donne des signes de fatigue. Assise sur un tabouret, un coude sur le plan de travail, elle boit le reste de sa bière à petites gorgées, essuyant son front du plat de la main. Ils ont encore *les Huîtres gratinées aux champignons et à la truffe*, le *Cappuccino de cèpes aux noix de Saint-Jacques* et le *Foie gras en cocotte* à attaquer mais les progressions des deux plats les plus complexes sont bien avancées. Bill manie le couteau avec moins de dextérité que d'habitude. Si l'action de la pommade a réduit la douleur, le poignet droit reste sensible à certaines torsions.

— Anne, si vous voulez vous reposer dans la chambre…

Elle secoue vaguement la tête en guise de refus.

— Il faut que je rompe la brioche. On va l'étaler en rectangle sur une planche avec un peu de farine pour accueillir le filet de biche. J'attends que vous ayez fini votre farce… On montera les lasagnes de pain d'épices aux coings à la dernière minute.

Le courage de sa déesse plaît à Bill. C'est bien la première fois qu'une femme refuse de s'allonger sur son lit sans que cela porte atteinte à sa fierté masculine. Tout à l'heure, posant une main sur sa taille, il a perçu un frémissement de sa partenaire. Il brûle de goûter les sucs de sa peau échauffée par l'effort. Frotter sa barbe contre son cou nacré. Retirer ce soutien-gorge dont les bretelles noires, apparentes sous le débardeur, le narguent. Bill saurait parfaitement remplir cette fonction primaire : soutenir ces seins, céder à leur tiédeur.

Dix-sept heures quarante. 500 g de cèpes salés et poivrés, deux échalotes et une gousse d'ail en chemise étuvent dans une casserole. Anne s'est endormie sur le canapé. Depuis un tabouret de la cuisine, en coupant les pommes de terre, Bill contemple les traits relâchés de son visage – dans son sommeil, Anne semble tristement apaisée. Une fois lavées, les pommes de terre tombent dans un litre de consommé de volaille. Bill va laisser mijoter une heure avant d'ajouter un demi-litre de crème, cuire cinq minutes et émulsionner, rectifier l'assaisonnement et réserver au chaud, dans l'étuve. Pendant la cuisson, guettant un signe de réveil sur le canapé, un mouvement de paupière, un soupir prolongé, il fouettera un demi-litre de crème fleurette, additionnera 25 g de caviar, poivrera et placera au réfrigérateur. Puis il coupera le magret fumé en petits dés avec un sentiment de solitude croissant, attentif aux murmures des casseroles.

Dix-huit heures cinquante. Bill a glissé un nouveau disque sur la platine. C'est un album d'Herbie Hancock datant de 1965, *Maiden Voyage*. Accroupi à côté d'Anne, il caresse ses cheveux, souffle sur ses paupières. Elle vient d'ouvrir les yeux et observe Bill penché sur elle. Anne appuie les paumes de ses mains sur son visage tout en étirant ses jambes sous la couverture – Bill a été en chercher une tout à l'heure dans la chambre. Il s'est aussi permis de retirer les bottines.

— J'ai dormi longtemps ?

— Assez.

Anne se redresse, jetant un œil inquiet en direction de la cuisine.

— Quelle heure est-il ?

L'homme lui chuchote à l'oreille, détachant chaque mot.

— Bientôt l'heure de passer à table.

Il était trop tard pour réserver un hôtel. Et Bill s'offrait de dormir sur le canapé. Anne accepte d'être hébergée pour la nuit sur la maison flottante embaumée d'odeurs de cuisine, décrétant que le canapé lui convient parfaitement.

Grimpée à l'étage pour prendre une douche et se changer, Anne admet qu'elle aurait mieux fait de se taire. Bill a imaginé ici un abri confortable. La chambre, aussi large que haute, donne sur une baie vitrée ouverte sur l'océan. La charpente a la forme d'une arbalète. Le bois, tout en bardage, est peint en blanc. Parfois, on note quelques écarts grisés ou bleutés, assortis à la couette marine jetée sur le lit dont la tête rectangulaire est recouverte d'un tissu en lin. Sur les murs, de larges lattes sont posées à l'horizontale, créant un effet de perspective qui agrandit l'espace. Simplicité clinique. On croirait cet endroit aménagé par un couple de médecins. La salle d'eau, tout en longueur, est décorée de mosaïque blanc-bleu surlignée d'une singulière frise à la grecque. Des serviettes de bain sont rangées dans de grands paniers d'osier, glissés sous un lavabo jouxtant la douche. Au sol, un plancher aux lattes de pont de bateau en bois brut verni se révèle presque chaud au contact des pieds nus. Anne se glisse sous le jet d'eau brûlante avec délectation, faisant coulisser la paroi de verre opaque.

Elle redescend une demi-heure plus tard l'escalier de bois, vêtue d'une robe au tissu gris perle et à manches courtes dont l'empiècement en satin matelassé organise les fronces dans un plissé luxurieux, valorisant ses rondeurs. Elle a chaussé une paire d'escarpins et enfilé un collant noir prenant fin à mi-mollet. Ses chevilles sont offertes. Un sautoir en argent parachevé d'un cœur en cristal taillé – offert par sa mère pour ses quinze ans – accroche des reflets irisés à son cou. Un bijou qu'elle portait le soir du 31 décembre, à Bussang. Anne avait imaginé cette tenue pour un autre homme. Un amour de jeunesse mûri au soleil de San Francisco. Pas un ex-flic du Vice, gastronome mais irritable, impressionnant par sa carrure de prime abord mais doux comme de la farine. L'arthrose au poignet droit complète le dessin. Comme elle avait aimé le genou douloureux de Daniel sous la neige, elle trouve émouvante la façon dont Bill a posé son bras sur ses cuisses et laissé Anne lui faire un bandage. Cette faim d'exister par la douleur des autres, de panser les plaies, la fille du libraire de la rue de la Source ne s'en remettrait jamais. Ne pas avoir accompagné sa mère au seuil de la mort avait inscrit en elle un instinct coupable.

En quittant l'hôtel ce matin, fuyant sa propre mise en abyme, Anne avait l'intention de prendre le premier avion pour Paris. Elle avait tenté de joindre Mr Lee depuis la chambre d'hôtel mais le numéro du chauffeur sonnait dans le vide. Il lui avait fallu se rabattre sur un autre taxi. C'est en passant devant la vitrine d'un libraire gay sur Castro qu'elle avait changé d'idée et demandé au taxi de bien vouloir l'attendre un instant. Elle était entrée dans la boutique pour en ressortir cinq minutes plus tard, portant un paquet avec précaution. Le cadeau de Noël de Bill Rainbow. Partir sans lui dire au revoir aurait été cavalier de sa part mais tellement plus aisé. L'idée de concocter le festin qu'il avait imaginé pour eux était certes plus réjouissante que la perspective d'un plateau Air France le soir du réveillon. Mais confier le récit de la mort de Daniel à un flic – même à la retraite – était une épreuve dangereuse. Il exigerait d'elle des aveux détaillés dont il évaluerait la vraisemblance. Et Bill Rainbow avait parfois l'humeur redoutable.

Anne avait eu tout le temps du trajet jusqu'à Sausalito pour se convaincre de la mansuétude dont Bill ferait preuve à son égard. En l'apercevant à l'entrée du ponton, allant d'un pas lourd dans sa direction, le manteau sur l'épaule, tenant son chapeau et un bouquet de roses qui lui était de toute évidence destiné, Anne avait cédé à l'envie de regarder cet homme différemment des autres. Plus tard, dans la cuisine, chaque frôlement de leurs corps susurrait ce qu'elle rechignait à entendre depuis leur première rencontre.

Sur le comptoir séparant la cuisine du salon, Bill a disposé sets de table, assiettes et couverts. Une douzaine d'huîtres parées d'un zeste de citron vert patientent sur un lit de glace pilée. Des bougies ont été allumées et deux coupes de champagne servies, agrémentées de quelques mûres. Manque un sapin.

Chaque année, dans son salon, Anne décore un sapin.

Les babioles qu'elle accroche aux branches sont les mêmes que celles qu'elle suspendait au sapin familial, dans la maison de Nancy. Depuis le fauteuil roulant, sa mère la regardait faire, une boîte de guirlandes sur les genoux. Des angelots cousus de laine et de coton, des rennes en bois peint et métal, des étoiles à paillettes dorées, des pommes de pin aux ombrages blanchis, la plupart des objets étaient fabriqués maison et portaient la marque de la main habile d'une maman capable jadis d'enfiler le fil le plus fin dans le chas minuscule d'une aiguille. Aux derniers mois de sa vie, sa tête retombant sans cesse sur l'épaule, Anne orientait le fauteuil de biais de telle façon que sa mère puisse assister à son travail, poussant des plaintes satisfaites. Après son décès, la jeune femme cessa de décorer le sapin. Son époux, Mathieu, avait réussi à la convaincre de redonner sens à Noël quelques années plus tard. Anne avait alors été rechercher dans le grenier de la maison les précieuses décorations. Gâtées par les moisissures, certaines avaient péri dans un feu de cheminée le soir du réveillon.

— Au risque de me répéter, vous êtes très belle.

L'homme qui a retiré son tablier est adossé à la baie vitrée. Il a regardé Anne descendre de la chambre et détaillé la coiffure (un chignon laissant libres quelques mèches autour du visage). Il apprécie la robe au tombé fluide, suit les lignes sombres de ses jambes allongées par les escarpins, jalouse la position stratégique du bijou. Mais quelque chose ne va pas. Son visage affiche contentement et contrariété, accentuant le dessin des rides au coin des yeux. Dans sa main, un téléphone portable. Le sourire d'Anne se teinte d'appréhension.

— Un problème ?

Bill incline le front, fixant ses chaussures.

— *Los Angeles by night*, ça vous tente ?

Ajustant la boucle de la ceinture à sa taille, Bill répète une troisième fois sa question. Anne le rassure. En l'état actuel, les préparations ne pouvaient s'altérer. Mises au frais, elles seraient incorporées, dressées ou réchauffées doucement au moment opportun. Le foie gras en cocotte se cuisinait au dernier moment, ainsi que les huîtres gratinées. C'était jouable.

— Vous ne m'en voulez pas, Anne ?

Les moteurs de l'avion engendrent des vibrations de la carlingue. Un steward passe entre deux rangées de sièges pour refermer les coffres à bagages. Anne appuie la joue contre le fauteuil – le chignon la contraint à placer sa tête de côté. Pourquoi en voudrait-elle à Bill. Grâce à lui, elle allait connaître du pays. Ce ne serait peut-être qu'un aller-retour à Los Angeles, mais c'était déjà formidable.

— Nous serons de retour demain en début d'après-midi.

Certes, Bill n'a pas le physique de George Clooney. Il possède l'assurance d'un homme sachant donner du plaisir aux femmes et le toucher sensuel d'un ébéniste. Bander son poignet, tenir ses doigts aux articulations marquées aura éveillé chez Anne plus qu'un sentiment de compassion, et le découvrir habillé en dimanche a déclenché en elle un réflexe de séduction. Bill a changé de tenue après avoir pris une douche rapide. Il porte une chemise en popeline blanche que souligne une cravate en soie marron, un pantalon prince-de-galles rétro et des derbies noires. Ses genoux touchent le siège devant lui. Il semble nerveux comme un premier communiant, aussi mal à l'aise qu'un flic en smoking à une soirée de bienfaisance.

— Vous savez, Anne, je n'ai jamais fait ça de ma vie.

— Sauter dans un avion à la dernière minute ?

— Laisser tomber un festin en tête à tête avec une femme sublime pour aller réveillonner avec des personnes qui ne sont même pas de ma famille.

Anne sourit. Bill a une manière bien à lui de complimenter.

— Mais ils sont aussi importants à vos yeux que vos parents, c'est ce que vous m'avez dit ?

Bill hoche la tête.

— Alors, ça vaut le coup.

L'avion s'immobilise sur le tarmac, prêt à décoller. Une brume épaisse efface en partie la piste. Anne vient contre l'épaule de Bill. De l'air chaud enveloppe ses chevilles nues.

— Vous voulez toujours aller en prison ? murmure-t-il en saisissant doucement sa main droite.

Anne lève les yeux vers Bill.

— Il y en a de plus confortables à Los Angeles ?

Bill sourit. Ses doigts compriment ceux de sa voisine.

— Déesse, je vous ai menti au sujet du dossier de l'affaire Harlig. Je l'ai récupéré plus tôt que je ne le pensais et à vrai dire, je suis dessus depuis deux jours. Et il n'y a rien qui puisse d'une manière ou d'une autre permettre de prouver que vous étiez sur le lieu du crime. De toute façon, ajoute-t-il comme une évidence, ce gars-là l'a bien cherché. Vous n'avez fait que vous défendre.

Anne glisse un bras sous celui de Bill.

La confirmation qu'elle espérait tombe sur elle comme un nuage de crème.

Bill vient de l'absoudre.

De la libérer d'un coup de tous ses crimes.

Que Daniel continue de brûler en enfer.

L'avion prend son envol dans le vacarme des moteurs poussés à pleine puissance.

Il est 21 h 10.

Anne ne reverra pas San Francisco.

On sert du champagne aux passagers. Bill a levé sa coupe.

— *It's Christmas time !*

Anne suit le mouvement. Depuis le décollage, elle est lumineuse. Elle ne cesse de plaisanter. Ses mains papillonnent, accompagnent chacun de ses mots, ouvrant d'invisibles papillotes. Et elle rit. Son rire est nerveux, les tonalités haut perchées. Il fait paraître Anne plus jeune, accentue l'écart d'âge entre elle et Bill.

— Tchin-tchin !

Elle entrouvre les lèvres. Le champagne glisse dans sa gorge. Son estomac ne semble plus guère lui causer de tracas. Bill aurait dû la faire grimper dans un avion dès leur première rencontre. Une femme aussi joyeuse à ses côtés, il n'en a guère vu ces dernières années sans avoir à mettre la main à la poche. Elle veut tout savoir de Mr and Mrs Augustus et de leur fille chez laquelle ils vont réveillonner. Bill la contente, précisant que Katty vient de divorcer et que la proposition de se joindre à sa famille pour réveillonner est peut-être intéressée.

— Elle était dingue de moi quand j'avais vingt-quatre ans. Ça fait des années qu'on ne s'est pas revus. Elle est peut-être comme vous, nostalgique de son grand amour de jeunesse...

Anne lève un sourcil contrarié. Elle tourne le gobelet de champagne entre ses doigts. Premier signe de jalousie. Bill se penche contre sa nuque et y dépose un baiser.

— La dernière fois qu'on s'est embrassés, Katty lisait *Mickey Magazine* et m'offrait des cœurs taillés dans du raphia. Elle doit avoir six ans de plus que vous !

Ils ont réclamé une deuxième tournée. Une hôtesse remplit les gobelets. À cause des turbulences, Bill et Anne se sont collés l'un à l'autre. Au travers du hublot, Anne regarde tomber la pluie sur une aile de l'avion. Bill est songeur. Il pense à l'ironie de la situation. Depuis son divorce, jamais personne n'avait pensé à l'inviter pour le réveillon. Il fallait que ça tombe ce soir, alors qu'il avait enfin de la compagnie – et de la bonne. Sa dernière visite chez Robert Augustus aura réveillé la fibre paternelle du vieil homme...

Durant les cinq années ayant suivi la mort du père de Bill, l'inspecteur Augustus passait Noël auprès du garçon, de sa mère et de ses grands-parents. Il découpait la dinde, disait les bénédicités. Ce à quoi s'était toujours refusé le père de Bill. L'inspecteur Augustus et Mrs Rainbow partageaient les mêmes convictions religieuses, tous deux issus d'une éducation catholique radicale. C'est sur ce point que Bill s'est toujours appuyé pour réfuter l'idée qu'ils avaient eu une liaison. L'un et l'autre croyaient bien trop au purgatoire pour s'y précipiter – surtout la mère de Bill. Connaissant Robert, Bill savait qu'il n'aurait pas résisté longtemps aux charmes de sa mère si celle-ci avait lâché une minute son bon Dieu. Sa rencontre avec Martha avait mis fin à ces Noëls hypocrites au bout de six années. Désormais, Allison Rainbow serait de plus en plus seule au réveillon, perdant d'abord ses parents, puis, la raison.

Anne repose son gobelet sur la tablette et se blottit contre Bill.

— C'est peut-être un signe.

— Quoi ?

— Que deux femmes désirent être à vos côtés ce soir.

Bill gratte sa barbe, embrouillé. Sa déesse n'a de cesse de le surprendre. Voilà qu'elle raisonne comme Donovan.

Dans les couloirs les conduisant vers la sortie de l'aéroport, Bill avait pris Anne par la main. Maintenant, le taxi roulait en direction de Covina, dans la banlieue de Los Angeles, à 25 miles environ, et Bill tenait toujours la main de sa déesse.

Ce n'était pas le moment idéal. Le chauffeur puait la sueur, une épouvantable musique Bollywood s'échappait des haut-parleurs et la pluie redoublait de vigueur sur le pare-brise. Il y aurait pour Bill des nuits plus belles, chaudes et radieuses, des voitures plus confortables et des perspectives plus bucoliques mais aucune vécue avec un tel sentiment de trac et de félicité mêlés, un peu comme lorsque, après avoir frotté la table basse du salon, se dégage l'odeur parfaite du meuble ciré qui ramène aussitôt l'image paternelle. Effroi et félicité. Comme lorsque Bill enfourne un morceau de *cupcake* à la vanille dans la bouche de sa mère et qu'elle émet un soupir de contentement. Panique et délice, comme lorsque Bill touchait les vers de terre gluants qu'il retirait du seau rempli d'appâts et regardait son grand-père les empaler sur les hameçons, vérifiant qu'ils étaient transpercés deux fois pour éviter

de les perdre trop vite dans l'eau. Cet homme qui dispa-
raissait à l'aube derrière un bouquet de roseaux, gibecière
pendue à l'épaule, sa canne et sa boîte à pêche dans une
main, réapparaissait au crépuscule devant la cheminée du
bungalow, croisait des bûchettes sur un lit de sarments de
vigne, puis faisait chauffer du whisky dans une casserole
en cuivre sur les premières flammes avant de le flamber
et de le verser sur du vin blanc mis dans une cocotte,
ajoutant les têtes des poissons pêchés et leurs parures,
de l'ail et du thym. Ce grand-père était ce miracle de la
vie auquel le petit Billy s'était accroché jusqu'à sa mort,
un jour où la terre avait tremblé. Cet homme lui avait
appris la façon dont on appâtait un hameçon, comment
sortir une carpe de l'étang. Il lui avait aussi appris à se
méfier des catholiques car il détestait la mère de Bill et
ses bondieuseries.

— La pire connerie que ton père ait faite, c'est
d'épouser une catholique.

Il n'appréciait guère non plus son ex-femme.

— La pire connerie que tu aies faite, Billy, c'est
d'épouser une catholique.

Cet homme qui refusait de monter dans le break Ford
familial sous prétexte qu'un chapelet pendait au rétroviseur intérieur avait enseigné à Bill comment déchiffrer le
visage d'une divinité aquatique aux longs cheveux blanchis dans les circonvolutions des algues et de la vase au
bord de l'étang. Cet homme lui avait enseigné comment
embrasser une fille sur la bouche et ce que devait faire
la langue, appuyant ses explications d'une démonstration,
la tête coiffée d'une cloche à fromage en verre. Mais le
grand-père de Bill ne lui avait pas appris à demander la
main d'une femme. Bien qu'il ait épousé sa grand-mère,
il détestait l'idée du mariage au moins autant que les

catholiques, les communistes et le capitalisme. Bill s'était donc débrouillé tout seul la première fois. La seconde, il en serait de même.

— Anne, épousez-moi.

— Pardon ?

— Épousez-moi.

Anne rit en pinçant ses narines. Dans le rétroviseur, le chauffeur indien s'intéresse à la conversation d'une oreille distraite.

— Il existe une loi dans notre pays : une fois mariés, les conjoints ne peuvent s'accuser mutuellement d'un crime.

Bill est sérieux. Anne a cessé de rire.

— Si vous m'épousez, Anne, étant votre mari, je ne suis plus dans l'obligation de révéler ce que je sais à votre sujet.

— Mais tout à l'heure, vous disiez qu'il n'y avait rien dans le dossier qui...

— Un vieux flic est toujours un flic. Un jour ou l'autre, Anne, croyez-moi, je vous dénoncerai. Alors, c'est oui ?

Derrière son volant, le conducteur semble perplexe. Ses yeux roulent dans leurs orbites.

Anne s'approche du visage de Bill.

— Et si j'avais vraiment tué Daniel ?

— Vous avez tué Daniel. Votre histoire de contrepoids, c'est de la fantaisie pure.

Leurs lèvres se frôlent.

— Et si j'avais laissé mourir ma mère ?

— Elle était condamnée.

— Et si vous n'étiez pas mon genre ?

— Épouse-moi, Anne. Épouse-moi...

C'est une villa à dominante vert pastel au milieu d'un lotissement sur Fenimore Avenue. Parfaite imitation du style Queen Anne de la fin XIXe. Encerclée de quelques mètres de gazon court taillé, elle est éclairée par de mignons lampadaires comme à Disneyland. Des dizaines de bougies brûlent sur les rebords des fenêtres. Deux escaliers en pierre blanche mènent sous un porche décoré de guirlandes vermillon. La pluie s'est arrêtée lorsque Bill et Anne s'extirpent du véhicule et viennent sonner, vers 23 heures. Le heurtoir de la porte en bois massif provient d'une authentique demeure. Il est en bronze, sans doute XIXe, et représente deux corbeaux face à face, croisant leurs becs, entrelaçant leurs queues. Les yeux sont incrustés d'hématite.

— Cette maison appartient aux parents de Katty. C'est un quartier tranquille ici. Des retraités, pour l'essentiel. Ils ont tous une piscine dans le jardin.

L'intérieur de la maison est aménagé avec le même souci du détail. L'entrée est meublée d'un sofa d'angle en velours noisette, les murs tapissés de tissu olivâtre, contrastant avec les soubassements en bois patinés à l'ancienne. Cadres et objets décoratifs sont d'esprit rétro. Des enfants dégringolent en riant l'escalier qui dessert les deux étages supérieurs et accueillent les invités, hurlant à tue-tête *Happy Christmas*. Anne n'est pas à l'aise. Bill entoure ses épaules d'un bras rassurant.

Parvenue au premier salon, elle discerne bientôt les visages hospitaliers de la famille Augustus réunie autour d'un sapin bardé de boules et de rubans argentés. Il y a de la musique, des chandeliers allumés sur la cheminée et une trentaine d'invités. Des plats chauds et froids déjà entamés sont répartis sur les buffets : cailles aux raisins flambées au cherry, sandwichs de pain de seigle au *cole slaw* et *pecorino*, cuisses de poulets frits en chapelure, assiettes norvégiennes de harengs marinés aux oignons, pommes de terre et cornichons, tartelettes au fromage et saumon, verrines aux fruits frais, les mets ne sont ni trop simples, ni ostentatoires. Bill pousse doucement Anne devant lui, glissant une flûte de champagne dans sa main droite.

— Katty, je te présente Anne…

C'est une brune ravissante et approximativement du même gabarit. Elle porte une robe à manches longues en satin bleu pâle assorti à ses yeux. Une mèche de cheveux anormalement disposée à gauche fausse la raie tracée au milieu du crâne et révèle un léger stress de la maîtresse de maison. Son sourire accompagne l'accolade.

— Soyez la bienvenue, Anne. Je suis heureuse de vous connaître.

Un à un, chaque membre de la famille vient les saluer. Son frère Collin et sa belle-sœur Fran – arrivés de New York –, puis Martha Augustus. Ronde, trapue,

Anne lui trouve une ressemblance avec sa grand-mère. Elle s'accroche au plateau de petits-fours et glousse lorsque la compagne de Bill saisit un blini tartiné de crème fraîche, aux câpres, petits oignons et caviar.

— Bill nous a parlé de vos talents de cuisinière. J'espère que vous trouverez les plats à votre goût.

Son mari, Robert, qui semble tant apprécier Bill, est venu embrasser Anne comme s'il s'agissait de sa future belle-fille. Ses joues sont chaudes. Il tient les mains d'Anne entre deux paumes moites, puis cligne d'un œil et prononce avec un fort accent américain les seuls mots français qu'il doit connaître.

— *Ah ! Paris ! La France... Quiche lorraine... Voulez-vous coucher avec moi ?*

Les films américains sont bien le reflet de cette spontanéité à la limite du ridicule, que les Européens ont bien du mal à goûter.

Anne n'aime pas être touchée.

Ni observée.

Encore moins embrassée.

Cela lui donne des aigreurs d'estomac.

Mais ce soir, sous l'effet d'un champagne bu en altitude et de baisers exaltés partagés avec Bill sur le trajet en voiture, elle oublie ces désagréments acides, se plie naturellement aux coutumes locales, se laisse emporter, dirigée par la maîtresse de maison, jusqu'à la cuisine où elle est assaillie de questions d'ordre culinaire. Katty bat des cils ingénus tout en nettoyant une tache apparue sur sa robe à l'aide d'un torchon de vaisselle mouillé.

— J'ai prévu une épaule d'agneau pour demain midi. Vous restez avec nous pour le déjeuner, bien sûr... Vous n'auriez pas un truc pour que je ne fasse pas trop cuire ma viande ? Je suis nulle pour la cuisson. C'est plutôt mon ex-mari qui s'en chargeait...

Anne mord l'intérieur de sa bouche. Elle panique dès que Bill n'est plus dans son champ de vision et suggère à Katty de s'offrir un thermomètre à viande avant de rejoindre près du sapin celui qui voulait déjà l'épouser avant de la rencontrer. Il discute avec Robert. Anne se dresse sur la pointe des pieds pour atteindre une oreille et glisser :

— Ne me laisse pas toute seule.

Plus tard, entourée des trois enfants de Katty et de ceux de son frère cadet, Collin, Anne, revenue à la cuisine, tourne une spatule dans une sauce au chocolat. Le nappage de la bûche. On tire sur les pans du tablier en Vichy bleu enfilé par-dessus la robe, on se frotte à ses jambes, on pose des tas de questions sur son métier, on s'interroge sur la taille de la France par rapport aux États-Unis, on avale des caramels fourrés, on se frotte les yeux, on veut mettre un doigt dans la sauce pour goûter, cette fois, Anne est bien trop occupée pour chercher Bill.

De son côté, accroupi devant la cheminée, Bill rajoute du bois dans le feu. Il s'est désigné pour cette tâche, satisfait d'entretenir une nouvelle flamme et d'ouïr ses crépitements. À moins d'un mètre, amolli dans un fauteuil, un cigare à la main, Robert Augustus commente le résultat des dernières élections, assurant Bill que dans moins de dix ans, toutes les voitures américaines seront électriques, équipées de moteurs hybrides et que « tous les petits Négros feront travailleurs sociaux à Chicago ou avocats en droit civil ». Il tarde à Bill de conduire sa déesse dans la salle de bains du premier étage pour céder au chantage de leur attirance mutuelle. Ces baisers échangés dans le taxi sur fond de musique Bollywood ont éveillé en lui un désir pressant.

Aux environs de 23 h 30, Anne, entourée de six enfants, entrera dans le salon, tenant une bûche pâtissière de 70 centimètres de long. Au même instant, après qu'une fillette lui aura ouvert la porte et aura été projetée d'un coup de poing contre le mur, le Père Noël fera irruption dans la pièce, devant l'incrédulité des convives et la stupéfaction de Katty. Il sortira de sa hotte une arme de poing, mettant en joue la maîtresse de maison.

Il n'attendra pas pour ouvrir le feu que les enfants aient retiré l'emballage de leurs cadeaux.

Katty s'écroule sur le tapis du salon, tenant son ventre. Robert Augustus, livide, se lève du fauteuil et reçoit la deuxième balle sous la mâchoire dans un geyser de sang. Des cris d'effroi traduisent la panique des convives. Anne, figée à trois ou quatre mètres de Bill, tient la bûche au chocolat devant elle, entourée des enfants.

Anne, exactement dans la ligne de visée du Père Noël.

Machinalement, Bill porte une main à son flanc gauche, mais son arme de service a depuis longtemps quitté l'étui. Il lui faut quelque chose. Un projectile pour désarmer le tueur. Le tisonnier suspendu de l'autre côté de la cheminée est hors d'atteinte. Bill tend alors sa main bandée vers le feu pour saisir une bûche incandescente.

Il rate de peu le bras tenant l'arme.

On entend alors la troisième détonation.

Il y a des éclaboussures de crème sur la robe d'Anne. Le plateau qu'elle tient bascule, découvrant une tache rouge sur la robe. Anne s'effondre doucement sur elle-même, retenue par les enfants. Alors que son costume prend feu, l'agresseur provoque une panique générale en tirant plusieurs fois en direction de Bill, lequel s'est mis à couvert derrière le fauteuil où gît Robert. Dans la bousculade, quelqu'un fait chavirer le sapin. Toujours de la main droite, Bill cherche une autre bûche dans le feu, le bandage noirci par les flammes. Il ne voit pas l'une des guirlandes accrocher le lustre et l'arracher du plafond, le précipitant sur son crâne, éclatant son arcade.

DES PRÉCISIONS CONCERNANT
LE NOËL SANGLANT À LOS ANGELES

Lorsque les tirs ont débuté, des convives sont sortis en courant de la maison. Une voisine, Mrs Huntington, raconte qu'un adolescent s'est enfui en hurlant : « Il tire sur ma famille ! » Le feu a pris à 23 h 35. Lorsque les pompiers sont arrivés sur place pour éteindre l'incendie, on entendait encore tirer. Trois personnes auraient froidement été abattues. Puis, emporté par sa frénésie, le tueur aurait visé l'assemblée.

Une adolescente de seize ans a été blessée au dos et une jeune femme de vingt ans s'est brisé la cheville en sautant du premier étage de la maison. Dans les décombres de la demeure incendiée, les pompiers ont découvert d'autres cadavres dont ceux de deux enfants. Selon les déclarations du responsable du service de police judiciaire du comté de Los Angeles, certains corps trop calcinés n'ont pas, dans l'immédiat, permis aux autorités de savoir si les victimes ont péri à la suite des tirs ou de l'incendie. Une autopsie des corps devrait être pratiquée durant les prochaines quarante-huit heures.

À 00 h 45, le criminel, toujours vêtu de son habit

de Père Noël, était retrouvé à quelques miles de la scène de crime, gisant sur un trottoir, baignant dans son sang, une balle dans la tête, la jambe droite en partie brûlée. Après avoir commis un des massacres les plus horribles de l'histoire de la Californie, Charles Leland Hopkins, quarante-cinq ans, ingénieur au chômage, divorcé de Katty Leland Hopkins, s'était suicidé. Il avait sur lui une importante somme d'argent en liquide ainsi qu'un billet d'avion pour le Costa Rica.

L'addition

Donovan Western repose son verre de soda à l'orange sur la table, observant l'homme lui faisant face sur la banquette. Son vieux copain flic semble hagard. Les traits du visage sont tirés, le col de la chemise boutonné asymétriquement, le bandage noir de suie au poignet menace de se délier et plusieurs petits pansements ferment la suture à l'arcade sourcilière gauche. Bill n'a rien commandé à manger. Il se contente de boire une bière au goulot.

— Mange, Donovan.

Dans l'assiette, des huîtres gratinées et des pommes de terre sautées. Une forte émanation d'ail et de beurre frit estompe celle des vêtements de l'homme des bois. Le patron du *Sand Dollar* a placé les deux clients au fond du restaurant, près de la porte de service, laquelle est entrouverte à cause de l'odeur fameuse de chien mouillé. À l'entrée, imperturbables, un contrebassiste, un pianiste et un saxophoniste improvisent sur des standards de jazz, passant de *Sophisticated Lady* à *Sentimental Journey* sans changer de tempo.

— Mange, bon Dieu !

L'ermite n'a pas touché à son plat. Il se tient raide dans son poncho.

— Pourquoi veux-tu me nourrir ?

Bill frotte sa barbe contre le bandage, tête basse.

— Faut que tu passes l'hiver.

— Je me nourris chaque jour des paysages et de leur gravité paisible.

— Arrête ton boniment.

— Bill Rainbow, sache que je ne mérite pas ton amitié.

— Ça m'est égal.

— J'ai utilisé les dollars que tu m'as donnés pour m'acheter des Converses.

Une jambe maigre se soulève. Sous le revers troué d'un jean élimé, une Converse noire à semelle blanche donne à son pied la forme du fuselage d'un avion. Donovan Western porte les mêmes vêtements depuis son arrivée à San Francisco en 1974. Mais il change de chaussures trois fois par an.

— Mange, je te dis. Ça va refroidir.

Donovan soupire. Ses paumes sont posées à plat devant lui.

— La vie est un drame si nous nous attendons à ce qu'elle ne finisse jamais. Il en va de même pour l'amour, mon pote.

Bill pince son nez puis renifle. Des poches couleur miel se sont formées sous ses yeux imbibés de larmes.

— Elle me manque.

— Ce qui manque n'existe pas. Qui vit selon le manque ignore ce qu'il a sous la main.

Bill passe trois doigts dans ses cheveux ternis par l'absence de soin.

— Allez, mange. Les huîtres gratinées froides, c'est pas digeste.

— Je vais empiler des cailloux sur le sable et tracer des cercles jusqu'à l'océan pour qu'elle revienne.

Bill secoue la tête.

— Elle ne reviendra pas, Donovan.

— J'ai guéri des poissons, Bill. Je peux souffler dans les plumes d'une mouette.

— Alors, souffle.

— Tu dévalorises la puissance du reiki.

— Je te demande pardon.

— Ce n'est rien. Je voudrais du pain, s'il te plaît.

Bill a poussé la corbeille près de l'assiette. Deux mains saisissent les coquilles une par une et les portent à la bouche. Donovan mange en silence. Sa barbe reçoit l'aumône de quelques gouttes de sauce à l'ail. La vieille écharpe en coton enroulée autour de son cou fait office de serviette. D'une couleur indéfinissable, usée par les frottements de la barbe, elle est bien là, depuis ce matin de décembre où l'ermite l'a cueillie sur la plage tel un fruit précieux, après que la mer l'a rejetée.

Bill n'a pas dormi depuis deux jours. À son retour de Los Angeles, il a évacué de son house-boat les vestiges d'un festin manqué. Il n'a rien conservé des denrées périssables en dehors des quelques agrumes et légumes. Les huîtres, il les a flanquées à l'eau. Les trois desserts mis au frais au congélateur, l'homme les a regardés fondre dans l'évier en quelques heures. Le caviar et la truffe, il en a fait cadeau à Joey.

Dans la chambre, les affaires d'Anne – la valise et un paquet cadeau glissé dans un sachet plastique –

murmuraient sa présence. Bill s'est assis sur le lit, a ouvert le paquet, retiré sans hâte le papier. À l'intérieur, un livre bilingue de cuisine signé par deux chefs français et le manager d'un bar à Shanghai. Sa couverture irisée rose fluo évoque le design rugissant des boutiques gay sur Castro. *Œufs de petits pois au caviar, Minipommes d'amour renversantes, Coque au chocolat et fruits de la passion, Huîtres et perles du Japon à la framboise, Shooter melon pastèque épicée, Macaron mixé à l'encre de seiche et crème de poireaux, Velours de tomates, Barbe à papa alcoolisée deux saveurs (piña colada et mojito)*, les recettes de snackings et cocktails proposées sont sophistication, séduction, sensualité, extravagance et provocation. Un CD de musique *lounge* inécoutable est inclus dans la couverture. La première page est dédicacée.

Pour Bill Rainbow.
À notre insensée rencontre.
Puisse votre vie connaître encore mille festins.
Tendrement vôtre.
Anne Darney.

Le livre n'a pas quitté le lit bleu aux draps froissés. Bill tente chaque soir d'y trouver refuge, de s'étourdir dans la contemplation des photographies aux ambiances nocturnes croquées par la lumière.

Anne lui avait offert plus qu'un cadeau pour Noël.

Ce bouquin de recettes était une injonction à partager avec elle d'autres instants.

Bill s'est contenté de la mener vers la mort.

Franchissant les fenêtres qui donnent sur Shoreline

Highway, un rai de soleil transperce la salle du restaurant de part en part, réveillant l'éclat de vieilles lampes de bateau en laiton fixées aux murs. Donovan trempe ses ongles avec délices dans le rince-doigts. Longuement, il les essuie sur l'écharpe. Puis, sur les premiers accords de *Laura*, il rote.

— Maintenant que je me suis nourri, je vais t'embrasser.

L'homme se lève. Les pieds de la chaise crissent sur le plancher. Bill est voûté sur la banquette, le visage fermé. Donovan lui tend les mains.

— Debout, mon pote.

L'homme des bois insiste.

— Debout ! Embrassons-nous.

— Pas maintenant, Donovan. Tout à l'heure.

— Si tu savais ta place, tu ne demanderais pas plus à ton existence d'avoir un sens qu'à l'eau de mer de te désaltérer.

— Je suis fatigué...

— Ne fais pas l'imbécile, Bill Rainbow, sinon je viens habiter chez toi.

L'homme assis se redresse alors, déplie sa carcasse et, dans un soupir, se laisse étreindre comme un enfant.

Ce matin, au Holy Cross Catholic Cemetery de Colma, parmi la centaine de personnes venues assister aux funérailles de l'ancien chef de la police de San Francisco, Bill a vu Maura au bras de son mari. Leur dernière rencontre remonte à septembre 1995. Ils étaient accompagnés de leurs avocats pour évoquer la possibilité d'une révision du montant de la pension alimentaire versée aux jumelles. Maura avait souhaité que celle-ci soit fortement réduite. Son grossiste en bulbes de tulipe et autres plantes vertes gagnait suffisamment de fric pour qu'elle se permette de couper le dernier lien entre le flic et ses filles. Bill avait accepté, serrant les dents. Viendrait un jour où il léguerait tous ses biens à ses filles – et Maura n'aurait plus son mot à dire. Son ex-femme resplendissait alors d'une toute-puissance maternelle, objet fascinant et obsédant pour cet homme mis à nu, dépouillé de sa paternité.

Au cimetière, rien de cette splendeur ne semblait avoir subsisté. Maura portait un pantalon noir au tissu fluide sous un manteau en cachemire. En dépit du froid, sa gorge se dévoilait jusqu'à la naissance de seins anormalement dressés sous un chemisier de soie charbon. Sa bouche, dont le dessin farouche avait jadis attiré Bill comme un papillon se jetant dans le faisceau d'une lampe de poche, était gonflée et déformée. La blancheur de sa peau dont la douceur n'avait d'égal que le velours d'une crème s'était ternie au cours d'expositions répétées aux U.V. Cette chevelure auburn épaisse et dense où Bill plongeait les doigts pour mieux en apprécier la douceur n'était plus qu'un bataillon de mèches raides éclaircies artificiellement et lustrées de laque au parfum dérangeant. Maura combattait ses soixante ans avec l'obstination absurde et désespérée d'une femme oisive. Les années avaient œuvré à la dévastation du couple, à la conversion de Maura en étrangère. Plutôt que de l'apaiser, ce constat avait majoré l'amertume de Bill. Puis, les paroles d'un prêtre s'étaient dispersées dans un ciel camouflé de nuages.

Dans le massacre de Covina, Martha Augustus n'a pas seulement perdu un époux. Ce soir-là, Charles Leland Hopkins s'est acharné sur sa belle-famille. Un fils, une belle-fille et deux de ses petits-enfants ont péri sous les balles ou dans les flammes. Martha prend l'avion pour New York où se déroulent les obsèques – son deuxième enterrement en trois jours. Bill l'a conduite à l'aéroport, l'aidant à porter sa valise jusqu'au comptoir d'enregistrement.

— Comment est-ce qu'un homme peut en arriver là, Bill ? Comment peut-on en arriver à tuer des petites filles ?

Une version jazzy de *Over the rainbow* résonne sous les faux plafonds. Martha fouille ses poches, décontenancée.

— Je crois que j'ai perdu mon passeport...

Avec précaution, Bill extirpe passeport et billet d'avion du sac à main de Martha. La veuve de Robert Augustus est étourdie depuis que son homme n'est plus à ses côtés pour lui en faire la remarque. Sa fille Katty, gravement blessée, est sortie du coma. Elle vient d'être transférée au San Francisco General Hospital.

— Tu iras la voir, Bill ?

L'homme promet. Katty a subi une ablation du foie et de la rate — opération ayant entraîné une poussée infectieuse sévère. Son état demeure préoccupant. Martha rajuste la lanière de son sac à l'épaule et lève haut la tête pour embrasser un géant barbu.

Elle est partie, trottinant au milieu d'une foule indifférente à son martyre. Ce qui maintient la vieille femme d'aplomb se résume à trois prénoms : Gabriel, Downey et Monica, les enfants de Katty. De la maison calcinée, ils n'ont rien emporté, si ce n'est des cauchemars mettant en scène le Père Noël, Croquemitaine et leur papa.

Lorsqu'il s'assied sur son canapé et commence à fermer doucement les yeux, bercé par le roulis du house-boat, Bill aussi voit des choses terribles.

Alors, il se lève et va se servir un verre.

Lundi 5 janvier, le programme culinaire du dimanche matin a repris sur TV5 Monde. Ce sont des rediffusions de fiches cuisine. Anne, en réchauffé. Une autre jolie fille viendra bientôt remplacer sa déesse, mettre les mains à la pâte, jeter son décolleté en pâture. Mais Bill coupera l'image. Puis il passera beaucoup de temps à choisir parmi ses disques le 33 Tours approprié à la lecture d'une encyclopédie du feu de bois ou d'un ouvrage consacré à la pêche à pied, une bouteille de whisky posée sur la table.

Mardi 20 janvier, Bill n'a pas suivi la cérémonie d'investiture du quarante-quatrième président des États-Unis. L'annonce faite par la FDIC, dans la nuit du vendredi 30 au samedi 31 janvier de la fermeture de deux nouvelles banques régionales, constituant les cinquième et sixième banqueroutes de l'année et confirmant ainsi le rythme soutenu des faillites bancaires, n'a guère eu plus d'impact sur son moral. L'homme se pare d'indifférence, le cul d'une bouteille contre le cœur.

Chaque matin, il va courir au bord de l'océan, chasser de son corps l'excès d'alcool du jour précédent. Puis il retrouve Joey à la terrasse du *Sam's Anchor Café* pour déjeuner et entendre parler de ce compositeur français déjà nommé aux oscars l'année dernière et dont son ex-coéquipier est dingo. Un musicien avec un nom qui évoque la cuisine. Pas de bol.

— Je viens de me procurer *The curious case of Benjamin Button*. Tu sais quoi ? C'est *Syriana* puissance quatre ! Je te dis qu'il va l'avoir cette année. Ou alors, c'est qu'il a la guigne, comme Thomas Newman... Thomas Newman, tu sais, le fils d'Alfred Newman, le frère de David et le cousin de...

— Randy.

— C'est ça, Randy Newman. Nommé neuf fois aux oscars, tu imagines un peu la tête du gars, le soir, quand il retire son smoking ? Sa femme doit pas être à la fête.

Généralement, une mouette se joint à eux avant la fin du repas et, d'un bec gracile, vient picorer à leurs pieds une ou deux frites tombées sur le ponton par inadvertance. Bill scrute en vain son œil, cherchant l'âme de sa déesse dans un crâne d'oiseau.

Ensuite, il s'occupe. Un soupçon de ménage dans la maison, cirage des meubles à la cire d'abeille, classement des disques. Vers 16 heures, il branche la guirlande extérieure, ferme le house-boat et rejoint le parking où somnole le pick-up. Il effectue ses achats à Mill Valley, choisit un plat traiteur au *Whole Foods Market* et croit voir Anne glisser des pots de crème fleurette dans son panier. Puis, il se promène à Blithdale Park et si le temps le permet, sur les conseils de Donovan Western, remontant Miller Avenue, il contemple durant vingt minutes le mont Tamalpais, le cœur et l'âme de Mill Valley.

— Il est celui qui nous a conduits ici tous les deux, Bill. Il est celui qui nous garde. Ses forces nous protègent des excès de l'urbanité. Il est source de joie et sérénité pour l'homme. Il est nourriture et foisonne d'une faune et d'une flore précieuses. Il est esprit, beauté et nature sauvage au cœur d'un monde obsédé par le capital et les jeux vidéo. Il est celui qui fera couler l'eau à la place du vin et étanchera ta soif, mon pote.

Alors, Bill contemple.

Puis il rentre à Sausalito manger son plat réchauffé dans une casserole, arrosé de bourbon, tout en regardant les épisodes d'une série policière au scénario improbable dans laquelle les inspectrices sont exceptionnellement bandantes.

Et chaque soir, il guette dans son verre le miracle du whisky transformé en eau minérale par le mont Tamalpais.

Parfois, Bill se demande à quoi auraient bien pu ressembler ces jours à vivre avec une déesse. À toutes ces heures qu'ils auraient peut-être partagées l'un à côté de l'autre, ici ou ailleurs.

Parfois, Bill retrouve Donovan sur la plage et avec lui, il trace des lignes sur le sable, empile des cailloux dans la forêt, s'interroge sur l'efficacité de son troisième œil, recherchant cet état de nature cher à son grand-père et à Jean-Jacques Rousseau.

Parfois, debout à la proue de son house-boat, il regarde l'océan.

Parfois, las de ne pas trouver le sommeil, son corps se relâche brutalement et Bill tombe d'épuisement sur le sol.

Parfois, lorsque des voisins ont l'idée saugrenue de faire un barbecue sur leur terrasse, Bill sent encore cette forte odeur de viande grillée : celle du cadavre de Robert Augustus prenant feu par les pieds.

Parfois, lorsqu'il a trop bu, Bill trouve sa déesse debout dans la cuisine, nue sous son tablier de lin, préparant une julienne de légumes.

Parfois, lorsqu'il revient de sa tournée des bars sur

Castro, elle surgit dans le pick-up, serrée contre la portière, coiffée du borsalino.

Trop souvent, une autre image survient. Celle d'un corps gisant au milieu des flammes, nimbé d'une fumée suffocante, le visage affichant un sourire figé.

Parfois, Bill ne fait rien.

Mettre une bûche dans le poêle ne lui viendrait même pas à l'idée.

L'ex-flic a entamé une correspondance par mail avec Claude Darney. Ils ont fait connaissance chez le coroner à Los Angeles, lorsque le père est venu rechercher le corps de sa fille. Bill avait tenu à être présent. Il souhaitait confier lui-même ce que l'autopsie avait révélé. La balle tirée directement dans le cœur avait bien causé la mort. Mais contrairement au diagnostic sommaire posé par Tom Crystal le soir de l'hospitalisation d'Anne au Mission Emergency Hospital, les maux d'estomac dont elle se plaignait n'étaient pas liés à un problème d'hyperacidité bénin. Anne souffrait d'une maladie beaucoup plus grave. Il lui restait peut-être six mois à vivre – un an tout au plus. Bill s'était dit que cette information pouvait abraser la douleur causée par la mort violente d'une personne aimée – bien que cela n'ait eu aucun effet notoire en ce qui le concerne. Les poings enfouis dans les poches de son manteau, Claude Darney avait hoché longuement la tête. L'homme semblait s'attendre au pire depuis longtemps.

Au fil de leurs échanges, Bill en a compris la raison. Sa déesse en avait bavé. Petite, Anne entretenait déjà un rapport ambigu avec la nourriture. Elle préparait des plats pour les autres mais n'avalait pas des masses de viande rouge. Tel un hamster, elle pouvait stocker à l'intérieur de ses joues des boulettes de poisson plus de quatre heures. Six cuillerées de soupe et son ventre gonflait comme un ballon. Anne avait appris la faim et gagné son premier prix de beauté en musclant son corps à la piscine ou au gymnase. Mais elle persistait à se cacher sous des pulls informes. Ça ne s'était pas amélioré après le décès de sa maman. Boulimie, pertes de mémoire, actes compulsifs, il lui arrivait d'imaginer des personnages et de se persuader de leur réalité. Son père donnait l'exemple des visites que sa grand-mère maternelle lui rendait encore à Paris et dont sa fille lui faisait le récit – une grand-mère décédée en janvier 1998.

De son premier voyage aux États-Unis en 1986, Claude Darney ne savait rien. Cependant, il s'est souvenu que cette année-là, à quelques jours de Noël, sa fille avait disparu de la maison sans donner de nouvelles. Elle avait simplement laissé une feuille en évidence sur la table de la cuisine : « Que maman ne s'inquiète pas. Je vais revenir. » Cinq jours plus tard, Anne avait été retrouvée sans connaissance dans les toilettes d'un terminal de l'aéroport de Roissy, son jean ensanglanté descendu sur les genoux. Un examen de ses mains et de ses ongles avait écarté la thèse d'une agression sexuelle. Contrairement à ce qu'elle avait affirmé à Bill, Anne n'avait pas contracté de pneumonie. Son coma était la conséquence d'une perte importante de sang provoquée par une tentative d'auto-mutilation. Une grave infection avait suivi, engendrant une stérilité. Parmi des chemins escarpés, Anne avait pris le plus abrupt.

Bill n'évoque jamais avec Claude Darney la raison pour laquelle Anne a fugué cette année-là.

Il ne parle jamais de l'affaire Harlig.

Encore moins de la culpabilité de sa fille dans la mort du jeune homme.

Le plus souvent, ils causent antiquités.

Martha aide les enfants de Katty à mettre leurs manteaux. Cet après-midi, ils ont rendu à Bill une petite visite. Tous les trois repartent, les poches remplies de dragées à la réglisse. La première fois qu'ils ont mis les pieds chez lui, Downey, six ans, a demandé si ça ne portait pas malheur de laisser monter à bord du house-boat une fille, louchant sur les bouclettes rouquines de sa sœur de quatre ans, Monica.

— Parce que sur les bateaux de pirates, les filles, ils en veulent pas.

Gabriel, huit ans, s'est inquiété de savoir si Bill avait prévu un système permettant de naviguer au cas où un cataclysme s'abattrait sur la baie de San Francisco et s'il y avait des soutes assez vastes dessous pour stocker de la bouffe.

— Y a pas de coque, bonhomme. C'est truffé de canalisations sous mon bateau.

— Et y a pas de gouvernail ?

— Non.

Ça l'avait rudement déçu.

— Mais on peut en fabriquer un si tu veux.

— Chouette.

Depuis, comme il y passe beaucoup moins de temps, Bill a aménagé dans la cuisine un petit atelier de menuiserie et il taille, coupe, sculpte, ponce. Et cela jusqu'à ce que plus aucune lumière provenant des autres bateaux ne se reflète sur l'eau.

Au printemps, quand Bill aura retrouvé le sommeil puis la volonté de freiner sur l'Aberlour, ils iront ensemble ouvrir le bungalow et passer quelques jours dans la forêt. Promis. L'idée de vivre dans une cabane sans électricité, ça excite les garçons. Monica a demandé combien de jouets elle avait le droit d'emporter et si on pouvait se baigner dans l'étang.

— On pêchera des poissons ?

— Si tu n'as pas peur d'embrocher des vers de terre.

— J'ai pas peur.

— Et moi, je pourrai t'aider pour le feu de bois dans la cheminée ?

— Probable, Downey.

— Tu me montreras la dame de l'étang ?

— Si c'est la pleine lune, oui.

En repartant, Martha a serré Bill dans ses bras, devenant soudain minuscule contre son ventre.

— Katty va bientôt quitter l'hôpital. Elle va venir vivre quelque temps à la maison. Oh ! À propos…

Martha se penche sur son sac à main en cuir verni. Apparaît une petite enveloppe portant l'inscription manuscrite *Pour Billy*.

— J'ai trouvé ça dans les affaires de Bob en rangeant son bureau. Je crois que cela concerne ta mère.

Ils sont repartis à bord d'un taxi avec le soleil couchant.

Bill les a regardés s'éloigner depuis le parking,

répondant d'un signe affectueux aux enfants qui agitaient leurs mains à l'arrière du véhicule.

Un vent glacé poussait les nuages vers les terres.

Mais Bill ne sentait contre ses doigts que le contact un peu rêche de l'enveloppe.

Allison Rainbow est tassée dans un fauteuil roulant au milieu du réfectoire. À travers la fenêtre qui donne sur le parc du Laguna Honda Hospital, menton dressé, elle suit le vol des oiseaux dans le crépuscule. La pièce est baignée d'une lumière orangée. D'autres patients ont été conduits là, sortis de leurs chambres pour quelques heures. Certains dorment, dos recourbé, d'autres regardent la télévision accrochée dans un angle de la pièce. L'image d'un journaliste commentant les chiffres alarmants du taux de chômage dans le pays est striée de parasites. Lorsque les infirmières viendront chercher les patients pour les ramener à leur chambre et leur administrer des médicaments accompagnés d'une soupe, elles ne se soucieront pas de savoir si le programme est terminé.

Bill est arrivé derrière sa mère sans faire de bruit. Pour ne pas l'effrayer, il a attendu d'être dans son champ de vision avant de prendre ses mains et de tirer une chaise vers lui.

— Salut maman. Ça gaze ?

Allison a les cheveux défaits et grossièrement brossés. On l'a vêtue d'un chemisier à rayures violettes qui accentue la maigreur de son corps. Une jupe en laine grise descend jusqu'aux mollets. Dessous, la peau vieillie apparaît couverte de taches. Des veinules azurent les tempes devenues aussi lisses que de la nacre.

— Tu es sapée comme la reine de Saba. Tu vas danser ce soir ? Vous allez faire une petite veillée ?

La mère observe son fils, en proie à la confusion. En revanche, la boîte que l'homme tient sur ses genoux lui est familière. Le regard s'éveille.

— J'ai faim !

— Ça tombe bien. Je t'ai apporté tes gâteaux préférés. Tu veux les manger ici où tu préfères qu'on aille dans ta chambre ?

— Ici, c'est bien.

— Bon. Je vais ouvrir la boîte.

— Ici, c'est bien, j'ai faim !

Les genoux d'Allison sautillent sur le marchepied du fauteuil. Ses mains agrippent la jupe. Elle semble affamée.

— Celui-ci est à la fraise et celui-là à la vanille.

Les deux gâteaux de chez *Kara's cupcakes* sont dégustés avec des gémissements de félicité. Bill remplit un gobelet en utilisant la petite bouteille d'eau minérale qu'il a pris soin d'emporter avec lui.

Il attend que sa mère soit rassasiée pour lui donner à boire.

Dans la maison sur Sunset, à l'intérieur de l'armoire de sa chambre d'enfant, Bill avait gravé à la pointe d'un canif *ma mère a tué mon père*. Puis, réalisant qu'elle verrait peut-être l'inscription en rangeant du linge propre, il l'avait rayée. La marque imprimée en relief sur le bois demeurait comme une preuve silencieuse de sa colère.

En Allison Rainbow résidaient la beauté et la honte. L'adoration du fils s'était métamorphosée en dégoût. Cette femme qui nageait à la piscine deux fois par semaine et faisait l'admiration de son fils lorsqu'elle plongeait, aussi gracieuse qu'une starlette d'Hollywood, était devenue objet de haine. Il ne guettait plus la marque de bonnet de bain sous la racine des cheveux, redoutait sur sa joue le baiser velours teinté de rouge à lèvres. À l'époque, Billy n'avait pas encore lu la lettre de l'inspecteur Robert Augustus, l'homme qui serait le complice de la mise en scène maladroite d'un accident – petit arrangement ô combien convenable et nécessaire pour une famille catholique.

Un père qui se suicide en se pendant au flexible de la douche aurait jeté le malheur sur sa femme et son fils.

Personne ne devait savoir.

Surtout pas le petit Billy.

La pire connerie que ton père ait faite, Billy, c'est d'épouser une catholique !

Le péché d'un père caché à son fils est peu de chose devant les dégâts que causera le non-dit.

Des miettes sont tombées sur la jupe. La bouche de la vieille femme se tord. Il ne reste rien des gâteaux. Du plat de la main, Bill fait choir les petits morceaux sur le sol.

— C'était bon, maman ? Lequel des deux tu as préféré ?

— J'ai soif.

Bill gratte sa nuque. Il se demande combien de *cupcakes* sa mère aura encore la force d'engloutir. Combien de mois ou d'années persistera cet appétit en survivance. Dans sa décrépitude, Allison Rainbow revient à l'état de nature, proche de l'animalité. Que peut-elle méditer de sa propre dépravation ?

— J'ai soif.

— Voilà, maman…

Un gobelet se tend vers les lèvres luisantes de crème au beurre. Dehors, prenant son envol depuis l'un des bâtiments de l'hôpital, une mouette lance un cri strident et le ciel rougeoie.

Puis, ce sera l'heure du départ. Bill se penchera sur sa mère pour embrasser son front. Elle s'accrochera brusquement à son pull et lui chuchotera à l'oreille, son souffle frôlant sa peau dans une ultime caresse :

— Je n'ai pas tué ton papa, Billy.

Alors, il s'accroupira devant le fauteuil roulant.

Prendra les mains décharnées dans les siennes.

Les serrera fort.

Approchera sa barbe du visage de la vieille femme.

Et dans un soupir, prononcera ces mots :

— Je sais maman.

Recettes

Foie gras en cocotte, aux figues et aux raisins

Le marché pour 4 personnes

2 lobes de foie gras de canard de 450 g chacun
4 grappes de raisin chasselas
8 figues
3 gousses d'ail
2 échalotes
2 brins de sarriette
1 cuillerée à soupe d'huile d'olive
1 noix de beurre
1 cuillerée à café de miel
Fond de veau en boîte 50 g
Sel et poivre du moulin
20 cl de vin rouge
Pain de campagne

Progression

Faire compoter dans une cocotte avec du beurre, les
échalotes, l'ail coupé en deux, la sarriette lavée, saler
et poivrer. Égoutter et réserver.
Dans la même cocotte, déposer les lobes de foie
gras entier. Bien les colorer sur toutes les faces, les
assaisonner de fleur de sel et de poivre, les égoutter.
Réserver.
Remettre la première garniture dans la cocotte, ajouter
la moitié des figues coupées en huit et une grappe de
raisin égrenée. Faire compoter, ajouter le vin rouge,
réduire de moitié et ajouter le fond de veau en poudre.
Laisser cuire 10 mn et passer la sauce.

Poêler le reste des figues et des raisins dans du beurre et arroser de miel.

Ajouter les lobes de foie gras dans la cocotte avec la sauce, les arroser.

Additionner la poêlée de figues et raisins dans la cocotte, goûter l'assaisonnement. La sauce doit être nappante. La mettre à réduire à part si nécessaire et servir le tout dans la cocotte avec des toasts de pain de campagne.

Astuces et conseils

Vous pouvez ajouter à ce plat une poêlée de cèpes aux pommes de terre.

Cappuccino de cèpes aux noix de Saint-Jacques

Le marché pour 4 personnes

50 g de caviar
500 g de cèpes
1 litre de consommé de volaille
2 échalotes, 1 gousse d'ail en chemise
8 noix de Saint-Jacques
3 pommes de terre moyennes
1 litre de crème fleurette
200 g de magret de canard fumé

Progression

Dans une casserole, étuver les cèpes avec les échalotes et une gousse d'ail en chemise, saler, poivrer, ajouter le consommé de volaille, les pommes de terre coupées et lavées et laisser mijoter une heure.

Ajouter ½ litre de crème, cuire 5 mn et émulsionner, rectifier l'assaisonnement. Réserver au chaud.

Fouetter l'autre demi-litre de crème à la nappe, additionner la moitié du caviar, poivrer et réserver au réfrigérateur.

Couper le magret de canard fumé en dés assez petits et additionner à la première crème.

Poêler les noix de Saint-Jacques dans une poêle anti-adhésive sans matière grasse ou à la plancha. Elles doivent être croustillantes à l'extérieur et moelleuses à l'intérieur. Les assaisonner, puis les égoutter sur du papier absorbant.

Présentation

Dans un verre tulipe, verser la crème chaude, les noix de Saint-Jacques, la crème fouettée façon *Irish coffee* et le reste du caviar. Accompagner de toasts de baguette grillée.

Huîtres gratinées aux champignons et à la truffe

Le marché pour 4 personnes

24 huîtres creuses #2
250 g de champignons (girolles ou champignons de Paris)
150 g de beurre
5 tranches de pain de mie rassis
4 échalotes
4 cuillerées à soupe de persil ciselé
½ citron
Crème double 2 cuillerées à soupe
1 kg de gros sel pour le plat
Quelques algues noires ou vertes pour la décoration
Truffe 1 pièce de 10 g

Progression

Préchauffer le four à 180° (thermostat 6). Nettoyer les champignons, les faire revenir dans une poêle avec un peu de beurre afin qu'ils rendent leur eau de végétation, saler et poivrer.
Éplucher et émincer finement les échalotes. Passer le pain de mie au mixeur, en réserver deux cuillerées, mettre le reste dans un bol avec les échalotes, le persil, le jus de citron, le beurre et un peu de sel et de poivre. Travailler à la cuillère afin d'obtenir une pommade.
Ouvrir les huîtres, réserver l'eau et les retirer de leur coquille.
Verser dans chaque coquille les champignons, une huître et un peu de farce. Saupoudrer de mie de pain puis les disposer sur la plaque du four recouverte de

gros sel. Glisser la plaque dans le haut du four et laisser gratiner le dessus des huîtres environ 8 mn. Couper la truffe en tranches fines et en fins bâtonnets. Mettre le jus d'huître à réduire et le crémer légèrement. Napper chaque huître au moment de servir, finir avec la julienne de truffe.

Langouste aux mangues

Le marché pour 4 personnes

2 langoustes de 400 g
1 mangue
1 citron vert
8 pois gourmands
1 cuillerée de vinaigre balsamique
1 cuillerée à soupe d'huile de sésame
140 g de gros sel
50 g de beurre
2 cuillerées à café de curry
2 cuillerées à soupe d'huile d'olive
½ botte de basilic
2 gousses d'ail
1 étoile de badiane
1 brin de romarin
1 brin d'estragon
1 brin de thym
2 échalotes
Sel, poivre en grains
4 cl de cognac

Progression

Plonger les langoustes 6 mn dans 2 litres d'eau bouillante salée au gros sel.
Couper les crustacés en deux avec la carapace et la tête en prenant soin de ne pas les casser. Extraire en bas de la tête le corail et le passer au tamis. Le mélanger à une cuillerée à soupe de beurre.
Découper les bords piquants du corps et les pattes

fines. Écraser à l'aide du rouleau à pâtisserie les pattes pour en extraire la chair, réserver.

Réaliser le fumet de crustacé. Concasser les têtes le plus finement possible ainsi que les pattes décortiquées à l'aide d'une paire de ciseaux. Les faire revenir dans une casserole avec une cuillerée à soupe d'huile d'olive 5 à 8 mn. Ajouter 5 feuilles de basilic, 2 gousses d'ail, l'étoile de badiane, le romarin, l'estragon, les échalotes, le brin de thym. Déglacer au cognac, recouvrir à peine avec de l'eau, laisser cuire doucement à couvert 20 mn.

Récupérer les demi-crustacés, retirer l'intestin. Assaisonner de curry. Faire chanter une cuillerée à soupe d'huile d'olive dans la poêle.

Tartiner la chair avec une partie du corail et faire revenir 4 mn côté chair.

Les retourner, ajouter la moitié des mangues coupées en quartiers et la chair des pattes. Faire mijoter 5 mn. Ajouter le reste des mangues, déglacer avec le fumet de homard, laisser compoter 10 mn. Ajouter les pois gourmands et le basilic, laisser cuire 5 mn.

Au moment de servir, mettre les langoustes dans un plat de service, disposer les mangues et les pois gourmands dans la tête, monter la sauce au beurre de corail restant, feu éteint, en tournant la poêle pour incorporer le beurre. Napper les crustacés et servir bien chaud.

Filet de biche en brioche
lasagnes de pain d'épices aux coings

Le marché pour 4 personnes

500 g de pâte à brioche
2 filets de biche
50 g de beurre
500 g de champignons
200 g de foie gras frais (parures)
2 échalotes
1 carotte
3 gousses d'ail
1 jaune d'œuf
2 coings ou 4 poires
1 cuillerée à café de sucre
2 citrons verts
650 g de pain d'épices
¼ de bouquet de persil/estragon/cerfeuil
1 bouteille de vin rouge
20 cl de jus de viande
Fleur de sel et poivre du moulin
Armagnac

Progression

Préchauffer le four à 180° (thermostat 6). Préparer la viande à ficeler pour qu'elle ait une belle forme, faire chauffer du beurre dans un sautoir et dorer le filet de biche sur toutes les faces. Prendre soin de bien l'assaisonner de sel et de poivre, l'égoutter et le mettre à refroidir.

Concasser les os de biche ou demander à votre boucher. Les mettre à rôtir dans un sautoir. Ajouter une échalote, une carotte coupée en morceaux et 3 gousses d'ail en chemise. Déglacer avec le vin rouge, réduire de moitié et ajouter le jus de viande, cuire 20 mn, passer et réduire pour obtenir une sauce onctueuse.

Ciseler les échalotes, les faire suer au beurre dans une casserole, les saler légèrement. Dans une poêle, mettre de l'huile et faire sauter les champignons (girolles, cèpes, pieds-de-mouton, etc.). Laisser évaporer l'eau de végétation (s'il y en a trop, les égoutter) et ajouter une noisette de beurre pour les dorer. Mettre alors les échalotes, les herbes ciselées et débarrasser dans un plat pour mettre à refroidir.

Disposer les champignons sur une planche et les couper au couteau. Ajouter le foie gras. Hacher grossièrement pour obtenir une farce.

Rompre la brioche et l'étaler sur une planche avec un peu de farine en rectangle pour accueillir le filet de biche. Étaler un peu de farce sur la pâte, déposer le filet de biche et le recouvrir du reste de la farce. Refermer la pâte sur la viande et souder avec un jaune d'œuf détendu avec un peu d'eau, prendre soin de mettre la soudure en dessous.

Cuire dans un four chaud à 180°, 30 à 45 mn, et laisser reposer après cuisson.

Trancher finement le pain d'épices en rectangles, poêler dans du beurre sans coloration. Éplucher les coings ou les poires, couper leur chair en dés et poêler au beurre. Ajouter un peu de sucre, déglacer avec de l'eau, laisser compoter environ 15 mn jusqu'à ce que les morceaux soient fondants. Monter les lasagnes : une tranche de pain d'épices, poire ou coing. Finir avec une tranche de pain d'épices.

Soufflé glacé à la mandarine

Le marché pour 4 à 6 personnes

Pour le parfait

4 jaunes d'œuf
180 g de sucre en poudre
50 cl de crème liquide fraîche
20 cl d'eau

Pour la garniture

4 mandarines
4 cuillerées à soupe de liqueur de mandarine
4 cuillerées à soupe du sirop du parfait
100 g de pignons de pin grillés

Pour le décor

2 mandarines confites

Progression

Porter à ébullition les 20 cl d'eau et le sucre. Laisser frémir 5 mn et faire tiédir le sirop. Mettre les pignons à griller au four.
Peler les mandarines à vif, les placer dans une terrine et les napper de 4 cuillerées à soupe du sirop tiédi, 4 cuillerées à soupe de la liqueur de mandarine et laisser macérer au frais.
Fouetter les jaunes dans un saladier au bain-marie puis verser le sirop en mince filet sans cesser de battre.

Fouetter pendant 10 mn jusqu'à ce que la préparation double de volume et blanchisse. Placer le saladier au congélateur 20 mn ou une heure au réfrigérateur.

Pendant ce temps, tapisser l'intérieur d'un moule à soufflé de 18 cm de diamètre d'une bande de papier sulfurisé pliée en plusieurs épaisseurs pour la rendre rigide. Laisser dépasser la bande du moule de 10 cm au-dessus du bord.

Fouetter la crème liquide, l'incorporer au mélange jaunes d'œuf et sirop en soulevant délicatement. En verser le tiers dans le moule, répartir quelques quartiers de mandarine et des pignons grillés. Verser la partie restante, ajouter les derniers quartiers de mandarine et les pignons et le reste de la préparation.

Placer aussitôt dans le congélateur pendant 3 heures. Au moment de servir, retirer doucement la bande de papier sulfurisé. Décorer le soufflé bien glacé avec des quartiers de mandarine et les mandarines confites.

Vacherin minute aux macarons

Le marché pour 6 à 8 personnes

10 macarons (vanille, framboise, citron, pistache)
20 biscuits à la cuillère
100 g de sucre
1 litre de glace fraise/framboise/vanille
1 litre de glace pistache

Pour le décor

Framboises fraîches, pistaches, feuilles de menthe cristallisées, sucre glace, gousse de vanille

Progression

Pour réaliser le sirop, faire chauffer dans une casserole les 100 g de sucre, 10 cl d'eau et les gousses de vanille grattées. Porter à ébullition puis laisser tiédir. Laisser les glaces à température. Tapisser un moule rond de film plastique et le remplir à moitié avec la glace à la pistache. Lisser la surface.
Mettre à imbiber les biscuits dans le sirop et les déposer sur la glace à la pistache puis recouvrir de glace vanille. Lisser. Ajouter des biscuits à la cuillère et des pistaches puis finir avec la glace à la framboise ou à la fraise.
Mettre le moule au congélateur pendant une heure. Le démouler, le retourner et disposer les demi-macarons tout autour. Décorer avec du sucre glace, les pistaches, la vanille et quelques framboises ou fraises ainsi que les feuilles de menthe cristallisées.

Sapin de chocolat aux griottes

Le marché pour 4 personnes

Pour les corolles

100 g de chocolat noir
50 g de beurre
2 cuillerées à soupe d'eau
4 feuilles de brick

Pour la mousse aux griottes

200 g de chocolat noir
75 g de beurre
4 œufs
40 g de sucre
200 g de griottes
1 cuillerée à soupe de whisky

Progression

Les corolles : préchauffer le four à 180° (thermostat 6).
Faire fondre le chocolat au bain-marie avec le beurre
et l'eau. Bien lisser le tout.
À l'aide d'un pinceau, badigeonner les feuilles de
brick de chocolat fondu. Les couper en 8 quartiers.
Les disposer sur une plaque de cuisson après les avoir
recouvertes dessous et dessus d'un papier de cuisson.
Et recouvrir le tout d'une plaque de cuisson afin
qu'elles colorent sans gondoler. Enfourner 10 mn à
200° (thermostat 8). Réserver.

La mousse : dans un saladier, mettre le chocolat cassé en petits carrés, avec le beurre coupé en morceaux et le whisky. Faire fondre le tout au bain-marie en mélangeant bien à la cuillère de bois. Faire tiédir.

Casser les œufs en séparant les blancs des jaunes dans deux saladiers différents. Fouetter les blancs en neige très ferme et saupoudrer la moitié des blancs avec du sucre. Ajouter le reste du sucre et les jaunes à la crème au chocolat.

Prélever 2 cuillerées à soupe de blanc en neige et les mélanger vivement à la crème au chocolat. Puis alléger la mousse en incorporant très délicatement le reste des blancs au fouet.

Verser la préparation dans une poche à douille cannelée et la mettre au réfrigérateur 2 heures minimum.

Le montage : sur des assiettes individuelles, à l'aide de la poche à douille, déposer des petites boules de mousse en intercalant une griotte et en formant une couronne. Monter une deuxième couche, remplir l'intérieur toujours de la même manière, et monter une troisième couche plus petite.

Piquer délicatement dans la mousse les corolles en feuille de brick pour former les épines du sapin. Saupoudrer de sucre glace. Réserver au frais.

Remerciements

David J. Falzon (Vice Crimes Division de San Francisco) – Sophie Suberville et Christophe Musitelli (Consulat général de France, San Francisco) – Olivier Azancot (restaurant *Café Bastille*, Belden Place, San Francisco).

Les recettes du roman ont été élaborées par le chef Éric Léautey que je remercie infiniment pour son aide précieuse.
Éric a une page facebook et un site officiel : www.ericleautey.com

Table des matières

Composition et mise en pages
Nord Compo à Villeneuve-d'Ascq

Imprimé en France par

à La Flèche (Sarthe)
en octobre 2014

POCKET – 12, avenue d'Italie – 75627 Paris Cedex 13

N° d'impression : 3007182
Dépôt légal : novembre 2014
S25010/01